PHP
文芸文庫

○本表紙デザイン+ロゴ=川上成夫

黄金旋律

旅立ちの荒野

目次

本文イラスト――片山若子
目次・扉デザイン――柳本あかね

黄金旋律

旅立ちの荒野

そは　はるか地平の彼方《かなた》
祈りの声の流るる　最果ての地

無限の砂の海が　陽に照らされ続くところ
金色の砂の粒が　さらさらと歌うところ
黄金郷　ひとつ　そこにあり
砂の海の彼方で　旅人を　待つという

荒野に　おさなき巫女《みこ》ありて
銀の髪に　銀の瞳の　巫女ありて
白き手で　北の星の下を　さししめす
その手のさす方に　すばらしき世界あり
黄金郷　そこにこそ　ありという

つきることなき幸福と　終わることなき平和
その地にいたれば　ひとはみな　そを手にすると
遠き伝承にて　いいつたえられしという

風に花はながれ　緑と澄んだ水が歌う
森に鳥ははばたき　豊かな土は香る
清らかな地が　そこで　旅人を待つという

茨《いばら》のとげの群れる野と
ひび割れ乾いた地を渡り
のどを焼く　熱い風と
身を凍らせる　氷の河を渡る
その永《なが》き旅の果て

はてしなき　黄金の流砂の彼方
夜に日を継ぐ旅の　その旅の果て
終わりなき戦いの　熱き血と涙ののちに

北の星　輝く下に
永遠の　優しき黄金郷ありという
旅人たちを　待つという
永い時を超えて　旅人を待つという

第一章

廃墟《はいきょ》の夢

二〇〇八　冬　光野原《こうのはら》市

臨《りん》はあえぎながら、ベッドから身を起こした。

二段ベッドの上の段に寝ているので、ぐらりと体が不安定に揺らぐ。

天井が近づいて、頭を打ちそうになる。ベッドの金具が、嫌な音できしんだ。

「夢か……」

ひたいにべったりと汗をかいていた。

十四の少年にしては細くて白い自分の手の指先が、カーテンの隙間《すきま》から見える窓越しの街灯《がいとう》の光を受けて、濡《ぬ》れているのが見えた。

壁の電波時計の蛍光《けいこう》の針が、いまは朝に近い深夜だと教える。

十二月。子ども部屋のしんと冷えた空気が、汗まみれの体を冷やす。

震《ふる》えが来る。何度も。波のように。

臨は深く息をついて、両手で顔をおおった。

目の奥に、夢で見た情景がよみがえる。

（廃墟の、街だった……）

そこには廃墟が広がっていた。臨の街、光野原市が、まるで大きな地震か戦争のあとのように、焼けて壊れて、一面の瓦礫《がれき》の山になっていた。

濁《にご》った色の空から、うすぼんやりと日の光が差していた。白や灰色の埃《ほこり》交じりの風が吹いていた。嵐のように吹き荒れていた。

（寒かった……）

（目が痛くて、息が苦しかった……）

臨はひとりきりだった。ひとりきりパジャマを着て、はだしでそこに立っていた。

ごうごうと音を立てて風が吹きすぎる。臨を地に倒そうとする。瓦礫の砂や建物のかけらを揺らし、ひび割れたガラスを震わせる。

おーい、と、夢の中で臨は声を上げた。

誰でもいい、姿を見せてほしいと叫んだ。自分のそばにきてほしいと呼んだ。

どこか遠くでもいい、そこにひとの気配があれば、と願った。

けれど、何回呼んでも誰もきてくれなかった。誰の姿も見えなかった。

声は灰色の空に溶け、吸い込まれ、消えてゆくばかり。

風ばかりが吹きすぎて、臨はひとりだった。

世界に、ひとりきりだった。


「嫌な夢、見ちゃったな。変にリアルな……」

ベッドに体を起こしたまま、臨は笑おうとした。それで終わりにしようとした。

けれど、気がつくと、頬に涙がつたいこぼれていた。

それを手で受けて、臨はまばたきした。なぜ自分が泣いているのか、わからなかったから。

ただふいに、心の奥から波のように、気持ちが押し寄せてきた。

自分は孤独だ、と。

(ぼくは、ひとりぼっちだ……)

(あの世界でも、「ここ」でも……)

え、と、臨はつぶやき、まばたきした。

「べつにぼくは……ひとりきりじゃないだろう?」

いままでそんなことを考えたことはなかった。

自分は充分幸せだと思っているし、両親から愛されていると思っている。学校でだってうまくいっている。友達も多い。

自分は幸せだ。幸せな人間だ。

（ひとりぼっちのはずがないじゃないか？）

しかし涙が止まらない。臨は決して泣き虫ではなく、涙もろい方でもないはずなのに。

正体のわからない不安と悲しみが、胸の奥の方からこみ上げてきて止まらない。と、なにか温かいものが、掛け布団を踏んで、臨の体の上に乗ってきた。優しい重みが腹の上に乗る。ざらついた舌が、そっと濡れた手をなめた。

緑色のふたつの瞳《ひとみ》が、薄暗がりの中で、淡い青色の光を放ち、臨を見つめる。ごろごろと優しくのどが鳴る。

年老いたアメリカン・ショートヘアーのアルトだった。優しくおっとりした雌猫《めすねこ》だ。ベッドの足元の方に丸まって寝ていたのが、起きてきたらしい。

「……ああ、ありがとう。アルト。大丈夫だよ」

温かい銀色の毛並みをなでているうちに、臨は少しずつ落ち着いてきた。

臨が生まれる前から家にいるアルトは、いつも同じ温かさ、同じ匂いで、なにもいわずに臨を包んでくれる。なめて見つめて、ただそばにいてくれる。臨が幼くて記憶に残っていないくらい昔から、たぶんずっと。赤ちゃんだった臨を守るようにそばにいる、若い頃のアルトの写真が、アルバムに何枚もあった。

臨は、猫をぎゅっと抱きしめた。柔《やわ》らかな毛並みに顔を埋《うず》めた。のどが鳴る音に耳を澄《す》ませた。そうすれば、たいていのことは忘れられた。いままではそうだった。なのに、なぜかいまは、わけのわからないさみしさが、胸に残ったままだった。

夢は、まるで現実のことのように、生々しかった。

(ありえないことだと、わかってるけど……)

いま目を開ければ……カーテンを開けて外を見れば、そこにあの夢と同じ廃墟の世界が広がっているような気がした。

世界が自分ひとりの場所になっているような。


ベッドの下の段の方で、物音がした。

かちゃりと電気スタンドのスイッチを入れる音がして、そのあたりがぽうっと明るくなった。ぎしぎしと金属のはしごを誰かがのぼる音がする。

下の段に寝ていた従兄弟《いとこ》の優《ゆう》が、ベッドの上に眼鏡《めがね》をかけた顔をのぞかせた。

茶色い癖《くせ》っ毛が、寝癖でふわふわと逆立《さかだ》っていた。眠たげなまなざしがまばたいて臨を見つめる。どことなくうさぎのような雰囲気のある優が、いつもよりさらにうさぎめいて見える。

優は、ベッドの鉄の枠につかまって、よいしょと手を伸ばし、臨の枕元に置いてある電気スタンドのスイッチを入れた。光が広がった。

「……どうしたの、臨？」

おだやかな声で、臨に聞く。少しだけ高い、舌足らずな声で。

「大丈夫？　あの、なにか、嫌な夢でも見たの？」

また眼鏡をかけたまま寝てしまったのか、落ちそうになっている眼鏡をなおしながら、従兄弟は笑顔を見せる。臨とは同い年なのに幼い笑顔だけれど、それはどこかアルトの表情に似た、柔らかな、優しい笑顔だった。

（あ、優のやつ、また姿勢が悪くなってる……）

臨はぼんやりと思った。母さんがここにいたら悲しい顔をするな、と。

『優ちゃん、また猫背《ねこぜ》になってる。ほら、顔を上げて。笑って。しゃんとしなさい。でなきゃ幸せがこないわよ』

母は、自分が泣きそうな顔をして、切なそうな声で、でも鞭打《むちう》つようにいうだろう。

優の首はいつも左側に傾《かし》いでいる。背が小さくてやせているのに、気がつくといつも背中を丸め、うつむいているから、よけいに幼くかぼそく見える。

だから優は、いつも顔を上げてまっすぐに背を伸ばしている臨と並ぶと、血のつながりが感じられないくらい、雰囲気《ふんいき》が違って見えるのだった。

彼は臨の父方の従兄弟、父さんの妹の子どもだけれど、わけあって小さい頃から、臨の家で、いっしょに暮らしていた。ふたりは同じ学校に通っている。だけど、最初から従兄弟同士だと気づくひとは少ない。よく見ると、瞳がとても似ているのだけれど。臨の黒い目と優の茶色い目とでは、色合いは違う。しかしふとしたまなざしや、ひとを見つめるときの力強さには同じものがあった。

(そのことを知ってるのは、気づいてるのは、意外とぼくだけなのかもしれないけれど……)

小さい頃から優は臨だけには、まっすぐな瞳を向けてくるから、臨はときどき鏡でものぞき込むような気持ちで、従兄弟の目を見つめるのだった。

臨は従兄弟の優しい目から視線をそらし、明るい声でいった。

「ごめん。起こしちゃった? ちょっと変な夢を見ただけだよ」

優は、そうなの、とうなずいた。あはは、と、笑う。

のほほんとした言い方で、いった。

「臨が夢にうなされるなんて、めずらしいねえ。大体そんなことになるのはぼくなのに」

でもそれは臨の言葉にあわせてみせただけで、その目は心配そうに臨を見つめたままなのが、ふりかえらなくても、臨にはわかっていた。

臨は膝《ひざ》の上のアルトの背中を、そっとなでた。自分のその手を見ながらいった。

「優は本ばかり読みすぎるんだよ。少しは運動したり散歩したりするといいのに」

顔を上げて、もっと元気にしていればいいのに。みんなの中に入っていけば。

「でも本は面白いから」

優の声が笑う。それからふいに、優は、ああ、と叫び声を上げた。一気にこちらへと身を乗り出す。

ベッドの鉄の枠をつかんで、臨の鼻先のあたりで叫んだ。

「今夜読み始めた本が、すごい面白いんだってば。『黄金旋律《おうごんせんりつ》』。読み終わったら貸してあげるから。

ううん、臨だったら、ぼくよりも先に読んでもいいよ。読む？　ね、読む？」

「……『黄金旋律』？」

臨は眉《まゆ》をひそめた。

（ああ、あれか……）

いまベストセラーになっている、外国のファンタジー小説のタイトルだった。砂漠の果てにあるという伝説の黄金郷をめざして少年少女が旅する話らしいということは、前にネットニュースの記事で読んだ。

活字を嫌いなわけではない。でも、臨はやはりものの本には興味がなかったから、本屋でたくさん積んであるのを見かけても、手に取ったこともなかった。

そもそも臨は、あまり物語の本は読まない。ノンフィクションか趣味の機械やインターネットに関する本か、でなければ、写真集を見るのが好きだった。花や星空や鉱物の写真のような、ただきれいなものを見ていると、心が解き放たれて、自由になってゆくような気がした。

「……ほら、臨。これだよ、この本」

一度下のベッドに降りた優が、緑色の表紙の分厚い本をかかえてまたはしごの上に姿を現した。臨の布団の上に本をふわりと投げる。運動神経のにぶい従兄弟の投げ方はそれでも充分乱暴で、アルトがびっくりしたように飛び退《の》いて逃げた。

掛け布団越しでも、すねのあたりに本の角《かど》があたって痛かった。臨はむっとしながら、でもそれを表情に出さずに、しかたなく、本を広げてみせた。

優ははしごからベッドに体を半分移し、布団に頬杖《ほおづえ》をつくようにして、にこにこと笑う。

（落ちなきゃいいけど）

臨はひそかに心配する。

（あいつ、あんなふうにしてて、過去に下に落ちたのは、一度や二度じゃないぞ）

臨はため息をつきながら、ぱらぱらとページをめくる。

臨はこの従兄弟に対して、きつくあたることができない。しかたないやつだと思っても、突き放すこともできない。それどころか、いつも気になって、目の端で追いかけてしまう。これじゃまるで、ぼくはこいつのお母さんじゃないか、とか、自分でつっこみをいれながらだ。


そうしてしまうのはたぶん、六年前の冬、まだ小学二年生だった従兄弟が、彼の両親の離婚をきっかけにこの家に引き取られたあの雨の日の午後に、玄関の扉の向こうで泣いていた姿を見てしまったせいかもしれないと、臨は思う。

細くて小さな体の従兄弟は、雨が降る外で、ひとりきりで泣いていた。背負っていた大きなランドセルに押しつぶされそうになりながら、うつむいて泣いていたのだ。声を殺して。凍《こご》えるように冷たかったろう冬の雨の中で。

けれど、臨が声をかけると、その背中は、ぴくりと動き、優は泣くのをやめた。

そして、ふりかえった優は笑っていたのだった。

『ごめんね、ごめん。今日からお世話になります。ごめんね。よろしくね』

照れたように笑いながら、赤く泣きはらした目をこすって。折れて欠けた前歯をみせて。ただただ笑みを浮かべて。

そうして、臨は思い出す。もうひとつの雨の日の記憶を。従兄弟が家に来るその前の日のことを。

雨が静かに降る昼下がり、薄暗い居間《いま》に、母と臨はふたりでいた。

母は、臨の手とよく似た白い手で、スイートピーやかすみ草やフリージアや、そういったかわいらしい花たちをガラスの花瓶《かびん》に生けていた。その花は、その日、母が雨に濡れながら、優ちゃんのために、と、買ってきたものだった。長い髪は濡れて、髪の先に水滴が、きらきらと光っていた。

母は、ふと生ける手を止めて、泣きそうな表情で口をむすんだ。

「……優ちゃんは、かわいそうな子なんだから、優しくしてあげなきゃいけないわ。明日から、優ちゃんはうちの家族。みんなで、あの子を守ってあげなくちゃ。いっぱい愛してあげなくちゃ。……それはきっと難しいことよね。大変なことなのよね。できるかしら……わたしにできるかしら。わたしみたいな、弱くてもろい、まるで子どものようなだめな人間に、つとまるようなことなのかしら」

母は、弱々しくため息をついた。そして、胸の奥の深いところから出たような、低い声でいった。

「……わたしには、もう律《りつ》くんがいないのに。あの子はもうこの家にいないのに」

――『律くんがいない』『もうこの家にいない』。その言葉は、小さなささやきだったのに、臨の耳を打つように響いた。

降りしきる雨の音を聞きながら、臨はぎゅっと手を握りしめた。

母の潤《うる》んだ目が、臨の方をみた。

「臨……。ねえ、臨なら、大丈夫よね？　臨は、強い男の子だから、あの子と同い年でも、優ちゃんのことを守れるわよね？　優ちゃんのお兄さんになってあげられるわよね？」

声にならない言葉が、聞こえた。――『律くんがいなくても、臨にはできる？』

『律くんが立派なお兄さんだったように、あなたもそうなれる？』

澄んだきれいな声は、悲しそうだった。いまにも泣き出してしまいそうだった。

そこにいて花を抱いているのは、臨の母親ではなく、小さな女の子のようだった。

（ぼくは、優のことは、元々いいやつだって思ってた……）

(夏休みや冬休みに会うたびに、いっしょに遊ぶのが楽しかったし、気が合うやつだって思ってた。従兄弟だけど、兄弟みたいだって)

(だから)

(元々、それが嫌だなんていうつもりはなかった……優とは仲良くするつもりで、できると思ってた)

(優が家に来るのが、少しだけ、楽しみなくらいだった)

(嫌だなんていうつもりはなかった。でも万が一、嫌だといったら、あの時の母さんは死んでしまいそうで……壊れてしまいそうで怖かった)

だから臨は、自分もまだ八歳だったのに、八歳なりに胸を張って、いった。母を見上げて、誓《ちか》うようにいった。

「ぼくが優ちゃんのお兄さんになるよ。大丈夫だよ。ぼくが、優ちゃんを守る」

騎士《きし》がお姫様に誓うように、おごそかに母に誓ったのだった。

律兄さんがいなくても、大丈夫だよ、と。がんばってみるよ、がんばるよ、と。

実際、まあ、と、涙ぐんで微笑《ほほえ》んだ母の顔は、西洋のおとぎ話のお姫様のように、愛らしく、はかなげに見えた。

小さかった臨は言葉にはできなかったけれど、優を守ることでこの人のことをも自分が守るのだと誓っていたのだと……いまの臨は、理解している。

記憶に不思議と残っている、いまより若いあの日の母の表情は、白い手を胸元にあてて微笑む姿は、ジョン・エヴァレット・ミレイの名画「オフィーリア」に重なって見えてくる。美しい姫君が、川の流れに浮かびながら、色とりどりの花に取り巻かれ、目を天に上げて、歌うように口を開いている、あの絵。

いつだったろう、最初にあの絵をどこかで見たときから、そう思うようになった。……これは母さんに似ている、と。

母があの絵の姫君に顔立ちが似ていて、あの頃もいまも、花に囲まれているからなのかもしれないけれど。母もまた、よく歌う人だからかもしれないけれど。

（でもあの絵は……）

心を病んだ姫君が、水に落ちて死んでゆく姿を描いたものだという。

好きな絵だったから、中学に入ってから、絵の名前と画家の名前、由来を、図書館のパソコンで調べたのだけど、その情報を知ったとき、心の奥が冷えたような気がした。

あのとき、うしろから画面をのぞき込んだ若い司書さんが、ふと笑って、

「あら、きれいな絵ね。ちょっと臨くんに似てるかな。あなたハンサムだし」

といったので、「似てないですよ」と笑いながら、臨はブラウザを閉じたのだっ

た。

臨は母親似の子どもだった。黒い柔らかな髪も。ほっそりした体つきも。

そしてたぶん、認めたくないけれど……。

（心が弱くて、怖がりで、傷つきやすいあたりも、ぼくは母さんと似ている）

（ぼくは、それを知っているから……）

だから臨は、いつも笑顔でいたいと思う。笑顔でいないといけないと思うのだ。

強くなければいけないと。


従兄弟の優は、弱い子どもだった。

優は走るのが遅かった。歩くことすら得意ではないようで、何もないところで器用に転ぶことができた。弱虫で泣き虫で、機転が利《き》かなくて、いじめられても抵抗できず、弱々しく笑うことしかできなかった。腹を立てた臨が、たまにはやりかえせと叱ったら、ひとを傷つけるなんて怖い、できない、と、泣きそうな顔でうつむいた。国語は得意だったし記憶力はよかったけれど、数字と計算が嫌いで、つまり、理系の科目は全然できなかった。

優は、自分から友達の中に入っていこうとはしなかった。いつも学級文庫や図書館の本を読んでいた。頬杖をついて、小さな背中を丸めて。まるでリアルな世界に背を向けて、活字の世界にとけこみ、逃げこんでしまおうとしているように。

そういう子は当然のように、みんなからつつかれ、いじめられる。臨はいつも優のボディガードのように気を配っていなければならなかった。

臨は友達が多い。体育も音楽も含めてすべての教科が得意科目といえるほどなんでもできたし、勉強も嫌いではなかったから、先生たちからも気に入られ、一目置《いちもく》かれていた。「あれで本当に従兄弟同士なのかねえ」と、先生たちまでもがいっているのを聞いたとき、臨はむっとしながらも、どこかで得意な気持ちになっていたりしたのだった。

たぶんそれは、いっしょに暮らしはじめた小学二年生の頃から——学校の行き帰りの道で、子猫やら木の上の小鳥やら水たまりやら青い空やら、いろんなものにみとれて、いつまでも歩き出そうとしない従兄弟の手を引いて、家につれて帰ったりした、あの頃からのことだった。

いつも優は、臨をにこにこと見上げて、そうしてついてきていたのだった。

いつも、どんな日も。二人が中学二年生になった今でも。

(ぼくがいないと、こいつはどうなっちゃうんだろう?)

ときどき、臨はくすぐったい感じで、あるいは深刻に、不安を覚えた。

中学生になったばかりの頃、遠い街で上映されていたアニメ映画を観るために、ふたりで電車に乗って出かけたことがあった。

駅のそばで、道路を渡った。臨たちの住む光野原市にはないような、広くて長いスクランブル交差点。信号が変わりそうだったから、臨は優に声をかけて、走って先に渡っていった。ついてきていると思ったのに、渡り終えてふりかえると、従兄弟はいなかった。

足が遅い上に、都会の風景にみとれていた従兄弟は、道路の途中で赤信号になってしまったらしかった。そこで、渡るか戻るか素早く決めればいいものを、どちらも決められなかったのか、交差点の真ん中で立ちつくし、車の流れの中に、とり残されてしまったのだった。

車の流れは速く、いらだたしげに、クラクションを鳴らしていくひともいた。優を心配して、前を渡りなさいというように車を停めてくれたり、速度を遅くするひともいて、優は謝ったりお礼をいうようなそぶりを見せながら、車の前を渡っていこうとする。でも、その車のうしろを走っていた車の運転手が、事情がわからないままに、速度を落とした車に抗議して鳴らすクラクションに、優は驚く。そして、優は飛び退くようにして、また元の場所に戻る。

そんなくり返しをする優の周りは、よけようとして迂回《うかい》する車や、クラクションを鳴らす車でいっぱいで、優は青ざめうろたえ、悲しそうに、ただ立ちつくすのだった。まるで、道路に置き去りにされた、小さな茶色いうさぎのように。

「ああもう」

臨は、左右を見回し、大きく手を挙げて車に停まってもらいながら、従兄弟のそばへと駆け寄り、たどりついた。

「大丈夫か?」と、きくと、優は、眼鏡の奥の目を潤ませて、うなずいた。

震える声で、

「……怖かった。死ぬかと思った」

「大げさだなあ」

車の流れの中で、臨と優は、信号が変わるのを待った。ふたりをよけ、ふたりのために速度を落としてくれる運転手たちに、ふたりで頭を下げて、お礼をいったりしながら。

ふいに、優が、臨の手をつかんで、ぎこちない笑顔でいった。

「臨。助けに来てくれてありがとう。足が遅くてごめんね。ドジなやつでごめん。なんかぼく……ぼくはいつも、かっこわるいね。ごめんね。ありがとう」

「だから、大げさだって」

優は、ぷるぷると首を横に振る。茶色い髪がゆれて、眼鏡が落ちそうになった。

そして、優はいった。一言一言、誓うように。

「約束するよ。いつかきっと、ぼくが君を助ける。ぼくはいつかきっと、広くて危ない道路を渡って、いま君がしてくれたみたいに、君を迎えに、助けにいくんだ」

最初、その言葉を聞いたとき、臨は笑って流そうと思った。

（だって、アニメの台詞《せりふ》みたいだし。まったくこいつ、とか思ったし……）

でも、見上げた優のその顔が真剣で、その茶色い瞳が、とても澄んでいたから。

まっすぐに臨を見つめていたから。

（だから、ぼくは……）

臨は、うん、と、うなずいたのだった。自分もまた、おごそかに。誓うように。

「わかった。ぼくは、そのときは、優を待っているよ。優が助けに来てくれるのを。信じて、きっと待っている」

そのとき、ちょうど信号が青になった。臨は優の手をつかんで、ほら、と、いっしょに横断歩道を渡っていったのだった。

「『黄金旋律』か。きれいなタイトルだね。いまとてもはやってる本なんだっけ」

臨は、軽くため息をついて、笑顔を作った。

本のページを興味深そうに、でも実は活字を素通りさせた目で、ながめた。挿《さ》し絵はない。表紙もただ緑色で、金色の飾《かざ》り罫《けい》とタイトルが書いてあるだけだ。

「おもしろそうだね。でも、せっかく優が読んでいるところなんだから、まだぼくは読まなくてもいいよ。それにぼく、いまちょっと忙しいし……」

忙しいのは本当のことだ。このところ、塾のテストがつづいている。学校の授業の内容はもうとうに追い抜いているから、そちらの勉強の方には気を遣わなくていいのは救いだけれど、塾のためのテスト勉強は、早起きと夜更《よふ》かしをくり返しても終わらなかった。気を抜くと順位が落ちて、クラスのランクを下げられてしまう。それが怖かった。いまはもう十二月。来年は受験生なのだ。ここで下のランクのクラスに落ちるわけにはいかない。トップから一つ下のクラスに落ちれば、授業の内容も進行速度もまるで変わるのだ。

臨だけでなく、臨の属するクラスのみんなが、不安と緊張でぴりぴりしていた。同じ塾に通っていても、苦手を克服したり、学校の授業に追いつくための勉強をするクラスで、のんびり勉強しているらしい優にはわからないことかもしれないけれど……。

（同じ塾でも、優のクラスの方からは、たまに笑い声が聞こえてきたりしてるもの

な）

臨は、ふと思い当たった。——自分は疲れていたのかもしれない、と。

（そうか。きっとそうだよ。この頃、ぼくは寝不足だったから、だから変な夢を見たんだ）

（客観的に見ると、ぼくは最近、精神的に追い詰められていたかもしれないから）

（あの廃墟は、ぼくの疲れと不安、閉塞感《へいそくかん》が投影《とうえい》されたものだったんだ）

……そう思うと、腑《ふ》に落ちるというか、とても気が楽になった。

「ねえ。出だしだけでも読まない？」

優の手が伸びて、本の最初の方を開く。見開きのページに、詩のような文章が書いてあった。臨がしょうがなしに黙読《もくどく》を始めると、そばで優が、細い声でその言葉を暗唱《あんしょう》した。

そは　はるか地平の彼方《かなた》

祈りの声の流るる　最果ての地

無限の砂の海が　陽に照らされ続くところ

金色の砂の粒が　さらさらと歌うところ
黄金郷　ひとつ　そこにあり
砂の海の彼方で　旅人を　待つという……

暗い部屋の中には、壁の電波時計の規則正しい針音が響いている。兄が使っていた隣の部屋の古い柱時計が時を刻《きざ》む音もかすかに聞こえるような気がする。いまは夜明け前、通りを行く車は途絶え、目覚めた鳥たちが鳴き出すにはまだ早い時間なので、空気はしんと静まりかえっていた。そんな中で、優の声は魔法の呪《じゅ》文《もん》でも唱《とな》えているように、ひそやかに、でも、凜《りん》として響き渡った。

（僧侶《そうりょ》の祈りみたいだ……）

どこか外国の、岩と石で造られた寺院の中で、夜明けに、白い衣を着た老いた僧侶が、臨にはわからないその国の古い言葉で祈《いの》りを唱えている——いつかテレビで見たそんな情景が、ふと脳裏《のうり》をよぎった。言葉の意味はわからなくても、窓からさす夜明けの光と、光に照らされた白い壁と、そして歌うように祈り続けたその僧侶の表情は、今も忘れられなかった。

優は言葉を唱え終わると、ふうっとふしぎな笑みを浮かべ、どこか遠いところを見た。

「この本の世界では、ずっとずっと争いがつづいているんだよ。地上は荒廃《こうはい》しきっているんだ。戦争が何回も何回もあって、大きなひどい災害もあって、その上に、悪い魔法使いが世界を滅ぼし去ろうとしたり、恐ろしい未知《みち》の獣《けもの》やモンスターたちが人間を襲ったりもする。大人も子どもも心がすさんで、未来を夢見ることなんて忘れている。

そんな中、ほんの数人の勇気ある少年少女たちが、本当の幸せを求めて、命をかけて旅してゆくんだ。砂漠の向こうにあるという幻《まぼろし》の楽園を求めて。

そこは平和な、幸せの国で、すべての夢が叶《かな》えられる理想郷なんだ。そこにいきつきさえすれば、ひとはみな、幸せになれるんだよ」

「ふうん。この詩は、じゃあ、予言の言葉かなにかなんだ？」

まるでＲＰＧだと臨は思った。

（よくあるっていうか、ゲームのオープニングの画面に流れる言葉みたいな……）

臨はいつだって忙しいから、いつもこの手の文章が画面に映し出されると、最初の一度だけは読むけれど、次からは、早送りをしていた。

でも、何回でも同じ画面を見てうっとりするたちの優は、笑顔で答えた。

「そうだよ。これは予言の言葉なんだ。黄金の理想郷がある場所を指《さ》ししめすといわれている伝説の歌。この言葉を頼りに、主人公たちは旅するんだ。混乱し荒廃した世界を離れ、平和で美しい楽園を求めて。

命がけの戦いの旅なんだよ。幸せになるための旅なんだ」

そのとき臨の頭に、少しだけいじわるな疑問が浮かんだ。わずかの間ためらったけれど、でも臨は、その言葉を結局は口にした。

「自分たちだけ理想郷に行こうとするわけ？　なんかそれってどうなんだろうね。どうせ命をかけるなら、自分たちの手で、その混乱した世界を救おうとか、荒野に理想郷を作り出そうとか、そう考えるべきなんじゃないのかな？　自分と仲間たちだけが救われて幸せになるんじゃなく、みんなの力で、がんばって幸せになろうとするべきなんじゃ？」

お気に入りのお話をけなされて、従兄弟がしょげるんじゃないかと、臨は一瞬、それを見たいような見たくないような気がした。

が、従兄弟の表情は、ぱあっとほころんだのだ。

臨の手を取るようにして、従兄弟はいった。茶色い癖っ毛をふわふわさせて、いきおいよくうなずく。

「ぼくもそう思うんだ。そりゃこの子たちは、子どもだし、世界は荒廃しきってるんだけど、でも、この子たちみんな、剣や魔法が使えたり、英雄みたいに勇気があったりするんだもの。どこかにあるっていう黄金郷の伝説なんかに頼らずに、自分たちでいまいる場所で、幸せになろうとがんばるべきなんじゃないかって、ぼくも思いながら読んでたんだよ。理想郷は、どこかにあるものを探し出すんじゃなく、自分たちの手で、地上に作りだすべきものなんじゃないかなって」

うなずくたびに、癖っ毛がはねる。眼鏡がずれ、その奥の茶色い瞳が輝く。

「この本は大好きだし――本当に、冒険も活劇も、謎解きも、すごく面白いけれど、ぼくならこんなふうに書かないのになって、ずっと思ってた。でも、リアルでもネットでも、みんなそんなことといわないみたいだから、これでいいんだろうか、とも思ってたんだ。

だけど、臨は、ぼくと同じ意見だったんだね……」

じっと見つめてくる澄んだ目から視線をそらして、臨はいった。

「……優は作家志望なんだものね。きっといつか作家になって、この本よりもすごい本を書いて、有名な賞を取るとかしてさ、いずれは世界的ベストセラー作家になるんだよね」

優はためらいもせずに、うん、とうなずいて笑った。

ふと、臨の顔をのぞき込むようにして訊いた。

「臨の夢はなんなの？　なんになりたいの？　そういえば、聞いたこと、なかったよね？」

「……ぼくは、医者になるんだと思うよ」

臨はもう、医大受験コースを進んでいた。塾に通い出した小学校四年生の時から、そういうことになっていた。春の次には夏が来ると決まっているように、簡単に自然に。

けれど従兄弟は首をかしげた。

「ぼくが作家になりたいように、夢とかさ、憧《あこが》れて、なりたい職業はないの？」

臨は詰まった。自分と優とは違う。

「だって……だって、律兄さんだって、医者志望だったんだし……」

声がかすれた。自分の声が遠く聞こえる。

ベッドの上からは見えないけれど、臨の机の上には、写真がある。

高校生の律が、八歳の臨といっしょに庭で笑っている写真。臨は律のお下がりの子ども用自転車に乗って、自転車の特訓中で、それを律が手伝っているところだ。

庭には夏の日差しが満ちている。まだ若かった頃のアルトが、きょとんとした顔をして芝生《しばふ》にいる。その情景を、古いカメラで撮ったのは、父だった。がっしりしたあごのその口元に、穏やかな笑みをいつも浮かべていた父。その日、ファインダーをのぞき込む前に、にこ、と、自分たち兄弟に向けた明るい笑顔を、臨はいまも覚えている。

臨の父は写真を撮るのがうまかった。企業用の最先端の技術を搭載するようなコンピュータを開発する仕事をしている技術者なのに、古い機械や古い道具が好きで、家にはもう製造中止になったような、カメラや映写機がたくさんあった。この写真も、アナログの、大きなカメラで撮ったものだった。

この写真を撮ったすぐあとに、律は交通事故で死んでしまった。

父はそれ以来、カメラをみんなしまってしまった。もう写真を撮らなくなった。

兄は父と仲がよかった。古いカメラやたくさんのフィルムやいろんな機械を間に置いて、ふたりで夜遅くまで楽しそうに話し込んでいたのを、臨は覚えている。居間に置いてあるパソコン（臨はまださわってはいけないことになっていた）で、ふたりで調べ物をしたり。

父が買ってきた古いＰＤＡ（携帯情報端末《たんまつ》――個人の情報を管理し、持ち歩くための機械だけれど、臨の目には手のひらサイズの小さなパソコンに見えて、とてもほしかった）をいじったり、ふたりでウッドデッキに天体望遠鏡を設置して、星の写真を撮ったりしていた。兄の律は両親のどちらにも似ていたけれど、穏やかな笑顔と優しい雰囲気は父にとてもよく似ていたから、そんなふうにふたりで仲良く作業をしていると、親子というよりも、年が離れた兄弟のようにみえた。

幼い臨は、ふたりの間になんとか入りたくて、会話に交じりたくて、がんばった。でも、小学二年生に、ふたりのややマニアックな趣味の話が理解できるはずもなく、けれど、父と兄は、そんな臨をかわいがって、天体望遠鏡からきれいな宇宙を見せてくれたりしたのだった。

そして、そんな臨たちのようすを、離れたところから、母は妖精のようなまなざしで見つめていた。お茶やコーヒーや、時にはいつの間にか焼いていたクッキーや何かを、ちょうどいいタイミングで、みんなに差し入れてくれたりしたのだった。幸福そうな笑みを浮かべて。

(母さんだけじゃない。みんな笑ってた)

(みんなが笑ってた。幸せだった)

臨の家は、笑顔でいっぱいだったのだ。あの頃は。とても幸せな家だった。

(もう遠い日のことになっちゃったけれど……)

望遠鏡の中の星空のように、手を伸ばしても届かない情景になってしまった。

あの夏の写真は、臨の部屋に飾られている。兄といっしょに臨がいるあの夏の日の写真は。

母がある日、そうしてからずっと。

あの日、母は、微笑んでいったのだ。やつれた顔で、くぼんだ目で、けれど笑顔で。

「律くんがね、お兄ちゃんがきっと、臨を見守っていてくれるわ。臨が自分みたいな、賢くて優しいいい子になりますように、って。ほら、こんな風に、お部屋でいつも見ていてくれるから」

兄が死んだあの夏。夏が終わって、秋が近づきはじめたその頃まで、母は毎日、泣いて泣き明かして、今にも死んでしまいそうだった。それはたとえではなく、幼かった臨も、そしておそらく父までも、母がふっと死んでしまうのではないかと毎日怯《おび》えていた。

そんな母の、それが久しぶりの笑顔だった。

それきり、写真は臨の机の上にある。その日から、置く場所を動かせない。そんなことをしたら、秘密の魔法の封印《ふういん》が解けて、死神が姿を現し、母を連れ去ってしまうような気がするからだった。非科学的な妄想だと、ありえないことだとわかっていても、写真を動かせなかった。

写真の中の律は、いつまでも十七歳のまま、ずっと変わらない笑顔で、臨のことを見つめている。笑顔だけれど、まるで、静かに臨を見はっているかのように。

（ちゃんと生きているか？　この家の「長男」として、きちんとふるまえているか？）

（母さんを泣かせたり、父さんに心配をかけたりしていないか？）

（優に、優しくできているか？　ひととして真面目に誠実に生きているか？）

そんなふうに。

臨は写真が怖かった。兄が好きでも、懐かしくても、怖かった。

（こんなもの、いっそどこかにしまってしまうか、伏せてしまいたい……）

実際、何度も、そうしようと写真立てに手をかけたことがある。でも、できなかった。

（そんなことをしたら、封印が解けてしまう）

なにかふしぎな魔法の力が働いて、きっと、母が死んでしまう。

ひとは、あっけなく死ぬものなのだ。

（兄さんが、ある日突然死んでしまったように）

夏の日に、本を買いに出かけて、永遠のさよならになってしまったように。

あの昼下がり、とても暑かった日。庭の木々から蟬《せみ》の声が降りしきり、太陽がぎらぎらと照りつけていた午後。

自転車で街に行こうとした律に、八歳の臨は自分もいっしょに行くといったのだ。

新品の赤い自転車で、いっしょに行きたい、つれていって、といったのだ。

あの頃の臨は、新しく買ってもらった自転車が楽しくて、少しでも乗りたくて仕方なかった。どこかへ行きたかった。

(兄さんといっしょに走るのが、いちばん好きだった……)

(かっこよくて、上手に走る兄さんの背中を見つめて、自転車に乗るのが好きだったんだ)

(速度を落として走る兄さんが、たまに少し振り返って、こちらを見る、そんなときの、優しい目が、一瞬の笑顔が、好きだったんだ)

でも、律は、「今日はだめだよ」と、笑っていった。青い大きな自分の自転車のハンドルに手を置いて、夏の庭の草花の波の中で、臨を振り返っていったのだ。

「今日の日差しはちょっと強すぎるから、小さい子は日射病になってしまうよ。臨は家にいなさい。おみやげ買ってきてあげるからさ。母さんに冷たいミルクコーヒー作ってもらって、それ飲んで待ってたらいい。お兄ちゃんの部屋で遊んでていいよ。すぐに帰ってくるから。ね？」

背の高い体をかがめて、優しい声とまなざしで、そういった。

でも臨は、どうしても行くといいはった。ぼくも自転車に乗りたい、と。

アルトが、庭の木々から降り注ぐ木漏《こも》れ日を浴びながら、ひらひらと飛ぶ蝶《ちょう》にじゃれついていた。きれいな黒あげはだった。黒い蝶は、庭に咲くサルビアやペチュニアや、そういった色とりどりの夏の花々にとまろうとして、美しい影のように庭を舞う。でも、地上に近づくとアルトに飛びかかられるので、そのたびにふわりと空に舞い上がる。

そのうち律が、暴れるアルトを捕まえて、はい、と、臨に渡した。

「猫だって日射病になっちまう。毛皮きてるからな、こいつは。さあ、臨はアルトをつれて、部屋に入ること。それがきみの使命だ」

「使命って」

臨は、口をとがらせた。アルトは臨に両方の前足を摑《つか》まれ、だらんと長い胴をのばして、観念《かんねん》したように二本足で庭に立っていた。緑色の目だけが黒い蝶を追う。

律が、黒あげはをそっと振り返りながら、優しい表情で、

「アルトを家に入れないと、蝶を死なせたりしたらかわいそうだろう？」

そして律は、ひとつうなずくといった。

「今日お兄ちゃんは、街まで歩いていくことにするよ。秋になって涼しくなったら、いっしょに本屋まで自転車に乗っていこう。約束するからさ」

律は青い自転車を物置にしまうと、花咲く庭を門の方へと歩いてゆく。

臨はそれを口を結んで見ていた。遠ざかる律の背中を見ているうちに、叫んでいた。

「お兄ちゃんの馬鹿。大嫌いだ」

「はいはい」

律はそういって、笑顔で振り返った。門のところで、白いばらのアーチの下で手を振った。

「おみやげ買ってくるからね」

それが、臨が見た、兄の最後の笑顔だった。

律は街からの帰り道、歩道に猛スピードでつっこんできたトラックにはねられて死んだのだ。

不幸な事故だった。トラックの運転手が、その日の暑さと過労のせいで、心不全《しんふぜん》を起こし、スピードを落とさないまま歩道に乗り上げ、そのまま走ったのだ。トラックは通りを歩くひとをはね、カフェのテーブルやいすを客ごとつぶし、なぎ倒した。店につっこんで止まるまでの間に、たくさんのひとが事故に巻き込まれた。

兄は病院に運ばれたあと、少しの間は生きていたらしい。けれど、その姿を、幼い臨は見せてもらえなかった。両親といっしょに病院までは行ったけれど、病室に入れてもらえなかったから。廊下でひとり、両親が病室の中の兄の姿を見て泣く声を、聞いただけだった。

冷たい亡骸《なきがら》となって帰ってきた兄は、全身を包帯で巻かれていた。だから臨の最後に残っている律の記憶は、あの、夏の日差しの下、振り返り笑顔で手を振る兄の姿なのだった。

その笑顔を思い出そうとすると、同時に臨は、自分の声を思い出す。たぶん永遠に思い出す。

兄の背中に向かって投げた、「大嫌い」という言葉を。

（どこかで……ぼくは思ってる）

非科学的だとわかっていても、思っている。

（あのときのぼくの言葉が呪いになって、それで兄さんは死んだんじゃないかと）

少なくとも、あの日、臨が自転車でついていきたいとわがままをいわなければ、律はたぶん、あのとき、あの事故が起きた瞬間に、あの商店街の歩道にいなかったのだ。つっこんでくる不幸なトラックに遭遇《そうぐう》しなかったのだ。青い自転車で街に行った律は、もっと早い時間に、無事に家に帰ってきて、臨に笑顔で、買ってきたおみやげを手渡したに違いない。

そして、臨たちは、その夜、その日も職場から遅く帰っただろう父といっしょに、街で起きたという事故のことを、怖かったね、ひどい事件だったね、と、話したのだろうと、臨は思う。

（亡くなったひとたちはかわいそうだったね、って話しただろう）

そして、いつも通りに眠って、夜が明けて、いつも通りの朝を迎えただろう。母の作る美味《おい》しい朝ご飯と、父が豆をひいて、いれてくれるとっておきのコーヒーの香りと、白いまぶしい夏の制服を着た兄の笑顔と。ニュースの合間に少しだけ見せてもらえる子ども番組の歌声と。家族が仲良くしているのを見て、自分もはしゃぎはねている猫のアルトと。

そんな当たり前の情景が、あの夏の日を最後に、なくなってしまった。

いなくなった兄の代わりに、不思議と無傷の漫画雑誌が残った。小さな男の子向けのその漫画雑誌は、あきらかに臨のためのおみやげだった。兄が自分のために買ったのだろうPDAの専門誌は、血に濡れて赤く染まり、破れてしまっていた。その雑誌は、父が大事に抱いて、自分の部屋に持っていった。ひとりきり部屋の奥で声をあげて泣く声を、臨は聞いた。

あれから長いといってもいいだけの年月がたって、臨は中学二年生になった。いまの臨はたぶん、あの頃の父や兄の趣味の会話を聞いても、理解でき、話に加わることができるだろうと思う。

けれど、律はもういない。父はあの頃あんなに好きだったカメラにいまは手もふれない。ウッドデッキに置いたままの天体望遠鏡にも目を向けなくなってしまった。居間に置かれたまま、ずっと電源を入れられていないパソコンはOSが古くなって、もうネットには接続できない。父や兄があの頃夢中になって遊んでいた小さな機械、PDAは、時の流れの中で、この国ではあまり使われなくなり、その多くが、いまは生産中止になってしまった。

（みんな、なくなってしまった……）

いまなら臨は、趣味の機械や道具のことを、兄や父と仲間のように話せたのに、きっと。パソコンにさわることだって、許してもらえたのに。

臨はひとりで、機械の扱い方を覚えた。最初は家にある本を読んで。やがて書店や古書店で専門書を集めて。古いノートパソコンを獣医師の伯父《おじ》に譲《ゆず》ってもらって、やがては独学でプログラミングの勉強もするようになった。インターネットにつないでからは、検索エンジンやいろんなサイトで調べたり、そこで出会う年長の人々に教えを請《こ》うたりしながら、少しずつ知識を蓄《たくわ》えていった。

十四歳になった臨は、いまではたぶん、律が知らなかっただろうことをいくつも知っている。律が知らない新しい知識を持ち、新しい機械を使いこなすことだってできる。

（携帯電話、とかさ。兄さんがいたころは、今みたく高機能じゃなかった）

律は現代の携帯電話を知らない。まるで小さなパソコンのように独自の進化をとげた日本の携帯電話を。携帯が進化し、ひとの暮らしにとけこんでいったために、兄が愛していた小さな機械――ＰＤＡたちは滅びていったのだけれど。

（こんな時代が来るって、兄さんは思わなかったろうな）

（がっかりしたかな。さみしがったかも）

それとも律は、いや律のことだから、もしいま生きてこの世界にいたとしたら、携帯電話の端末に夢中になっていたかもしれない。大学生になった律は、父と二人で、携帯電話の新製品のスペックや値段について語り合ったりしていたかもしれない。いやあえて、時代に背を向け旧式のＰＤＡを改造したり、仕事帰りや大学の帰りに、それぞれが中古のショップを回ったりしていたのかもしれない。ネットで仲間と語り合ったりしていたのかもしれない。

（兄さんは器用だったし、人間が好きだったから、自分でサイトくらい立ち上げていたかもしれないね。すごくレベルの高いサイトを作って、知識を与える側に回っていたかもしれない）

そんなふうに想像するとき、臨の口元にはかすかな微笑みが浮かぶ。

いまの時代、もしここに兄がいたなら、大学生になった兄と自分は、父は、どんな会話をしていただろう？　どんな楽しい会話を、毎日交わしていたのだろう？

（いまのぼくなら、ふたりの話題の中に入っていけたのになあ）

（でも……）

記憶の中の、夏の日の律の笑顔を思い出すたびに、臨は自分が永遠に律の背中に追いつけないような気がするのだった。

もし、知識が追いついたとしても。臨が律の知らない新しい機械にふれ、律が知らないままに終わったことを、たくさん覚えたとしても。

きっと、臨は兄にはかなわない。

（いつかぼくは、兄さんの年を追い越すだろう）

でも……その日になってもきっと、自分は同じように考えているだろうと、臨は思っていた。ひょっとしたら大人になってもそのままなのかもしれない、と。


「いいうちのお嬢さん」で、女子大を卒業したあと、社会に出ることもなく、高校時代の同級生だった父と、早くに結婚した母は、いつまでも少女のようだった。

母は楽しそうに、お菓子を焼いたり刺繍《ししゅう》をしたり、ピアノを弾《ひ》いたりするひとだった。白雪姫がドワーフたちの世話をするように、家事をしながら、いつも楽しげに歌っていた。それがかわいらしくて絵になる女性だった。

兄の律も、そうして臨も、ピアノを母から習った。でも臨は、手が大きかった律のようには、ピアノを上手に弾けなかったし、小さい頃は、じっと座っているのが苦手だったから、いつか母は臨にはピアノを教えるのをあきらめてしまった。

居間にあるピアノは、いまは母が花を生けて飾るための場所になっている。

臨の家には花があふれていた。庭には様々な色とりどりの花。季節ごとに咲き誇る花。緑色の葉を茂らせ、吹きすぎる風にざわめかせる草や木。家の中にも、花瓶に生けられた花と、たくさんの鉢花《はちばな》。葉と枝を伸ばし、ジャングルのように茂る観《かん》葉《よう》植物たち。律が生きていた頃、臨が小学生だった頃よりも、花と緑の数は増え、枝を伸ばし茂り、根を張っていた。まるで家を呑《の》み尽くそうとするような勢いで、花と緑はこの家を覆《おお》っていた。

　どこか花たちこそがこの家の主人のような、臨の家は、そんなアンバランスな花の家だった。実際、臨の友達が家に遊びに来たとき、「怖い」といったことがある。緑が怖い、と。緑の波に呑み込まれそうだ、といった。

（いつからだったろう？）

　臨の家は、おかしな家になった。

（昔は、緑を怖いなんて思ったことはなかった）

（昔は、ぼくや兄さんの友達が、よく家に遊びに来ていて、みんなで庭で遊んだ）

（みんなこの家は素敵だ、庭の花や花瓶の花がきれいだっていってくれてた。母さんが手作りのお菓子を出してくれて……紅茶や冷たい飲み物を入れてくれて）

　いつのまに、この家には友達が遊びに来なくなったのだろう？

　いつのまに、この家は、緑に呑み込まれてしまったのだろう？

　花と緑のことで、父が母を責めるように話しているのを、聞いたことがある。

　あの夜は、ふだん帰りが遅い父が、さらに遅く帰ってきていた。夜明け近くにタクシーが家の近くにとまって、タイヤの音と、ドアが開く音で、六年生だった臨は目が覚《さ》めたのだ。

のどが渇《かわ》いたのと、父に久しぶりに会いたかったのとで、臨は子ども部屋の二段ベッドから降りた。下の段に眠る優は例によって眼鏡をかけたまま熟睡《じゆくすい》していたので、起こさないように、明かりをつけないまま、そっと子ども部屋の扉を開けて閉めて、静かに階段を下りていった。

すると、玄関で、父が、疲れたような声でいうのが聞こえたのだ。

「……なあ、いいにくいけれど、なんだってこの家は、植物だらけなんだ？　家に帰ってきても、これじゃあ、息が詰まるんだ。右を見ても緑、左を見ても緑。視界のどこかに植物が入らないことがない。……少しでいい、少しでいいから、花の数を減らせないのか？」

母は――父の帰りが遅くても、必ず起きて、笑顔で父を迎《むか》える母は、その言葉を聞いて、静かに泣きはじめた。しゃくりあげるように、いった。

「花を減らすなんてそんな……そんなひどいこと、どうしていえるの？　みんな生きてるのよ。みんなわたしが大切に育てているのよ？　捨てろっていうの？　生きてるのに」

「ひどいって……植物だろう？　人間じゃあるまいし」

「生きてるのよ。わたしが育ててるのよ。わたしが守ってあげていないと……いつもそばで見ていないと、律くんみたいに死んじゃう……」

父は何も答えなかった。しばらくして、しゃがれた声で、すまない、といった。父が、ぎこちない足取りで廊下を歩いてゆき、自分の部屋へと遠ざかる足音がした。母がすすり泣きを続ける声がずっと聞こえていた。

雨の音がした。――そうだ。あの夜も、静かに雨が降っていたのだ。

臨は階段の途中で、凍りついたように、雨の音を聞いていた。


そしていま。従兄弟の優は、茶色いうさぎのような幼い表情で、なのに臨を追い詰める。

優しい声で、眼鏡の奥の茶色い瞳で、臨を見つめて問う。

「お医者さんになるのは、律さんの夢でしょう？　臨の夢は、なんなの？　臨がやりたいことは、なんなの？」

自分は医者になるのだと思っていた。理由なんて、考えたことがなかった。

臨の母は、医師の家の娘だった。親戚には医師や、研究者が多い。そんな家で、愛されて育った。体が丈夫ではなかったこと、その家のきょうだいたちの、年の離れた末っ子でたったひとりの女の子であったこともあって、大切に宝物のように育てられた娘だった。

一方で臨の父は、早くに両親を亡くして、妹と、ひきはなされて育った。ひとりきり苦労して成長したこともあってか、あるがままに家族を愛する人だった。健康でいてくれさえすればいいと、そんな言葉をよくつぶやいていたのを、臨は覚えている。「子どもはね、笑顔で健康でいてくれればいいよ。うちの子たちには、それしか望まないよ」と。

けれど、臨の母は、子どもたちがよい成績をあげ、やがては自分の兄たちのように、医師になることを望んでいた。

「だって、お医者様というのは、世界一すばらしいお仕事だって、ママは思うんですもの」

そんなときの母は頰を上気《じようき》させていて、幸せそうだった。父は、そんな母を笑顔で見ているだけで、母にも子どもたちにも、何もいわなかった。

兄の律は素直に母の言葉に従い、その予定で高校も選び、進学した。臨もまた、いつか自分もそうしようと思っていた。兄と同じように。

(自然に思ってた。それ以外、なかった)

(それに……)

医師を目指して勉強していれば、母は笑顔でいてくれた。

「律くんの夢を、臨が継いでくれるのね。ありがとう、臨。きっと律くんも喜んでいるわ」と、歌うように、そういってほめてくれたから。

臨は従兄弟の茶色い瞳を見つめた。

言葉が、口をついて出た。自然に答えようとしたはずだったのに、どこかうめき声のような、低い声になった。

「医師というのは……立派な夢だって……そう母さんだっていってるし——親戚のおじさんやおばさんも、みんなそういってる。……世の中の人から尊敬される、立派なお仕事だよって」

臨も、そう思っている。自分の心に聞いてみれば、たしかにそう思っているのがわかる。

(ぼくは——ぼくは本当に、お医者さんになりたい。ああ、なりたいんだ)

(でもそれは、たぶん、立派なひとになりたいからじゃない。ひとから尊敬されたいからじゃ)

(母さんの願いも大切だけど……律兄さんの代わりに、夢を叶《かな》えてあげたいけど。それがぼくが立派になることで叶うなら、なんとかしてあげたいと思うけど……)

(でも、ぼくは、ひとを救うために、医師になりたい)

この手で、ひとを救うために。
この手で誰かを助けるために。

あの事故の時、幼かった臨は病室に入ることを許されず、廊下にひとり残されて、不安で泣いていた。若い看護師が、わずかの間、仕事の手が空《あ》くごとに、そんな臨の手を握り、肩を抱いてくれた。臨はそうしてその夕方から夜、翌日の朝から昼までの、病院の戦いを見ていたのだった。

事故現場に近かった、丘の上の大きな病院は、その日、まるで野戦《やせん》病院のようになっていた。大勢のけが人が次々に運び込まれ、死んでゆく人々が出て、家族たちが駆けつけ、泣き叫んでいた。ガラスのドアの向こうにはマスコミが詰めかけ、写真を撮り、カメラを回していた。

そんな中を、必要な処置をするために、医師や看護師たちは、患者を支え、ストレッチャーに乗せて急ぎ足に移動させ、時に口論のようにあわただしくやりとりしたりしながら、命を救おうとしていた。

その病院、光野原市民病院には、母の兄のひとりが外科医《げかい》として勤務していた。その伯父《おじ》は、いつも笑顔の、だじゃれの好きなおじさん、としか臨の目には見えていなかった。けれど、その日のおじさんは、現場を指揮して戦い抜く戦士だった。

その日、その病院で、たくさんの人々が亡くなっていった。

夜明け前、暗く明かりを落とした廊下のすみのソファで、手術のための緑色の服を着たままの疲れ果てた伯父が、祈るように額《ひたい》に手を当てながら、うつむいていたのを臨は見た。泣いている、と思った。涙は流れていなかったけれど、でも、のどが震えていた。


「ぼくは……」

臨は、目を伏せ、自分の心の奥にある光をのぞき込むようにしながら、いった。

「ぼくは、医師になりたいんだと、思う。ひとの命を、少しでも救いたいから」

それは間違いなく、自分の夢なのだと、臨は思った。

（ぼくは、ひとを救える力がほしい……）

（ひとを救い、幸せにするための力が、この手にほしい）

医師というのは、命を救う仕事、ひとに幸せをもたらす仕事だ、と臨は思う。思っている。

臨の家が律の死によって、それまでの当たり前に幸せだった日々を失ったように、どこかの家の大切な誰かが死のうとした時に、もしかして、優《すぐ》れた医師がそこにいたら、死に近づいた誰かを救って幸せな家に戻してあげることができるかもしれない。優れた医師には、その家族に、幸せな日常を、魔法の贈り物のように、返してあげることができるかもしれないのだから。

優の笑顔が、輝いた。

「そうだよね。臨は優しいから、お医者さんになりたいんだ。訊くまでもないことだったね」

優は照れたように笑った。「臨は賢いし、強いから、きっと夢は叶うよ、うん。ぼく、見えるような気がするなあ。未来に、臨はきっと、たくさんのひとを救うひとになるんだ。ヒーローのように、たくさんの命をその手で救うんだよ」

気がつくと、ベッドの柵《さく》にかかる優の手の指先が、あちこち荒れていた。

「優、それ逆《さか》むけ」

「あ」

「痛くないのか?」

従兄弟は指先を隠すようにして笑った。

「まったくもう」と、臨はため息をついた。

優の指は、よく逆むけした。そのあと、無意識にいじってしまう癖があるのか、優の手の指先には、たまに血がにじんでいた。

「明日そのむけたところ、切ってやるから。とりあえず今夜は、朝までそれ以上むけないようにしとかないか？　そのまんまじゃ痛いし、ばい菌が入りそうだ。毛布にひっかかって痛いはずだし。ぼくの机の右の一番上の引き出しに、絆創膏《ばんそうこう》があるから、巻いていいよ。

……いや、絆創膏と指を貸せ。ぼくが巻く」

この従兄弟に、夜中、自分の指、左右数本分に絆創膏を巻く、なんて、器用で難易度の高いことができるとは思えなかった。

従兄弟は黙ってはしごから下りると、いわれたとおり絆創膏を持ってまたはしごを登ってきた。柵をつかみ、腹ばいになり、おとなしく臨の方に両手の指を差し出す。

「おまえさ。なんでこんなに逆むけをむしるんだよ？　見てるだけでこっちが痛くなるから、もう自分の皮はぐのはやめてくれ」

へへ、と、気弱そうに従兄弟は笑う。ふと、低い声でいった。

「逆むけはさ、親不孝しているとできるんだって。小さい頃、そんな話を聞いた」

「誰から？」

「父さんから。酔っぱらいの話だから、どこまで本当かわからないけど、でもそんなこといってた。だからおまえの指はいつも逆むけになるんだ、っていわれた」

優は、眼鏡の奥の目を伏せたまま、妙に明るい声でいった。

「なんかね、あんまり小さい頃のことっておぼえてないんだけどね。でも、そっか、なるほど、ぼくは、いい子じゃないから、逆むけができるんだって、自分で納得したことだけは覚えてる。……うちの父さん論理的なひとじゃなかったから、いつもはあのひとの言葉に納得するなんてことなかったのにね」

優はあまり小さい頃のことを話さない。そして夫婦仲がよいとはいえなかったという両親の間で、どんなふうに暮らしていたのか、臨も臨の家族も優に訊こうとはしなかった。


同じ家で暮らし始めたばかりの頃の冬の夜、優と一緒に入浴した臨は、はだかになった従兄弟がずいぶんやせていることに気づいてびっくりした。体のあちこちに、あざや傷跡があるのも不思議だった。まるで漫画に出てくる格闘家か、冒険家の体のようだと八歳の臨は思った。

髪を洗って、すすぐのを手伝ってあげているときに、後頭部にはげているところをみつけた。

「どうしたの?」と、臨がきくと、優は前歯の欠けた顔で笑った。

「頭にアイロンがぶつかったんだ。そしたら、それきりね、はげちゃったの」

臨は、ただ不思議だった。アイロンがどうやったら、頭にぶつかったりするんだろう？

だから臨は素直に、母に優の話をした。傷だらけの体のことや、はげた頭のことを。

母は、まあ、といって口元を押さえた。そのうちに目から、涙があふれ出した。たまたま子ども部屋から顔をのぞかせた優のそばに、母は駆け寄るようにして近づくと、床に膝《ひざ》をつき、優を強く抱きしめた。そのままいつまでも強く抱きしめていた。白い手で優の頭をそっとなでながら。

「……大丈夫よ。もう大丈夫。このうちでは、もう絶対に、怖いことも痛いこともないんだから」

きょとんとしていた優は、やがてはなをすすり始め、母の手にすがるようにして涙を流した。

臨は、ただそれをみていた。事情も理由もわからなくても、母と従兄弟が深く悲しんでいることはつたわってきて、胸の奥に名付けようのない感情が渦《うず》を巻いたことを覚えている。

優の父親は働かず昼間から酒を飲む人間だった。酔えば、妻や子にからみ、おまえたちが悪いのだと暴力をふるった。

優の母親は、優しく強い女性だった。賢いひとでもあった。でもその優しさも強さも賢さも、子どもや自分を守ることの方へはベクトルが向かなかった。

（優の母さんは、暴力に耐え続けた……）

いつか夫が、子どもの父親が、優しさと愛に目覚めてくれると信じて。けれどとめどない暴力の中で、優の母はある日殺されかけて道に倒れ、心配した近所のひとに警察に通報されて……。

結局はそれがきっかけになって、優の両親は離婚し、優は臨の家に来ることになったのだった。優の母は、それまでの年月の間に、あまりにも心と体が傷ついていたので、自由の身になれても、子どもとふたりで暮らしてゆくことができなかった。

臨が優と暮らすようになってから六年。その間に少しずつ、少しずつ、臨は優の家庭の事情を、知ることになった。ききだそうとしなくても、本人や自分の両親の言葉の端々《はしばし》や、夜中にささやくおとなたちの内緒の話を聞くうちに、いつか知るようになっていた。

臨は、絆創膏を従兄弟の指に丁寧《ていねい》に巻き付けた。

「優。いくらおまえが文系で、読書が大好きなロマンチストでも、あんまり非科学的な話を信じるな。親不孝と逆むけの間に因果《いんが》関係なんて、かけらもあるもんか。おまえは月に人類が行く前の時代に生まれた人間なのか？　逆むけなんて、単に指先に脂分《あぶらぶん》や水分がたりてないだけだ」

優は肩をすくめた。へへ、と笑う。でも今度は茶色い目もちゃんと笑っていた。

そして優は、自分の指に絆創膏を巻く臨の手元を見ながら、ふと、静かな声でいった。

「わかったような気がした」

「なにが？」

「臨に包帯巻いてもらう犬や猫の気持ち」

「え？」

「臨はあたたかい、優しい手をして、心を込めて手当てをしてくれるんだね。きっと犬も猫もみんな思ったと思うよ。優しさをありがとう、って」

何の話、と、臨は聞き返しかけて、笑う従兄弟の顔を見るうちに、ああ、と思いあたった。

臨には母方に、獣医師の伯父もいる。斜《しゃ》に構えたところのある、皮肉屋の伯父だ。臨はその伯父と特に仲がよくて、時間があれば（この頃ではその時間もなかなかないのだけれど）、伯父の家に遊びに行くことが多かった。

そんなとき、伯父は、アルバイトと称して、臨に診療の手伝いをさせることがあった。手伝いといってもそれはもちろん、医療行為ではなく、患畜《かんちく》を押さえるのに手を貸したり、治療に必要な道具や薬をそろえて運んだりするだけの、単なる「お手伝い」以外の何ものでもなかった。でも臨は動物が好きだったし、薬品の匂いも好きだった。伯父がそろえている本棚いっぱいの獣医学の本を読むのも興味深かったし、何よりも、傷つき病んでいた動物たちが伯父の手で元気になり、笑顔の飼い主たちと帰って行く様子を見ているのが好きだった。

でも、臨の手先が器用なことを見抜いた伯父は、臨にたまに、看護師のような仕事をさせることもあった。そんな中で、このあいだ、傷が治りつつある犬猫の包帯を巻く手伝いをさせられたのだ。あれは学校帰りのことで、優もそばにいて、それを見ていた。

「ほんとにね、臨は、お医者さんに向いてると思うよ」

にこ、と、優は笑う。夜明け前の子ども部屋で、自分の指に巻かれた絆創膏を見て。

「素敵な夢だね、臨。叶ったら、そのときは、臨もみんなも幸せになるね」

「受験にうかればの話だけどね。そのあとは大学でも勉強だし、国家試験だってある。おとなになるまでのあいだにどこかで脱落したら終わりだよ」

「臨なら大丈夫だよ、がんばりやさんだもの」

従兄弟が底抜けに明るい顔で笑う。

臨はつられて、少しだけ、自分も笑った。

どこか、その会話がドラマの中の出来事、誰か他人の話のように思いながら。

(ぼくの夢は、そう、医師になることだ)

(医師になるのは、ぼくの夢だ。……まちがいなく。――でも)


兄の死後、そうたたなかったある日、自分が医師になりたいと思っているということを、母に話したら、母は嬉《うれ》しそうに微笑んでくれた。小さな頃にしてくれたようにぎゅっと抱きしめてくれた。頭をなで、優しい声で、ほめてくれた。

「おとなになって立派なお医者さんになった臨の姿を、早く見たいわ」

目を輝かせ、頰を染めて、母はそういった。幸せそうだった。とても。

そんな母の笑顔は久しぶりに見た、と、小学生だった臨は思った。

(でも、ぼくがなりたい医師と、母さんが考えている「立派なお医者さん」は、きっと違う)

最近のことだ。家族で夕食を食べている時に、テレビの報道番組で、海外でボランティア活動をする医師たちが紹介されているのを見た。そのひとたちは、世界中から集まってくる善意の医師たちで、天災や人災、戦争などのせいで生命の危機にある人々を、助けるのだという。その時彼らは、人種や宗教、思想や政治的理由などによって、人々を差別することはない。そうして、非人道的行為を発見したら世界に知らせる勇気ある使命ももつのだという。その番組を見た時、それぞれの故国《ここく》を離れ、明るい笑顔とまなざしで、遠い国で医療活動を行う人々の姿をテレビで見た時、臨は、心が熱くなるのを感じた。

自分もいつか医師としてこんなふうに働けたら、と思った。

けれど、いっしょにテレビを見ていた母は、深いため息をつく。

「臨は絶対に、こんなことをするお医者さんにならないでね」

悲しげな表情でいった。

「自分が生まれた国を離れて、危険かもしれない外国で、ボランティアで働くなんて。母さんは、臨がそんなことになったら、心配で淋《さみ》しくて、生きていけないわ。このお医者さんたちの家族は、どうして子どもを叱らなかったのかしら。行くなって止めなかったのかしら。家族は淋しくないの？ 大事な子どもが遠くに行ってしまって。もしかして――もしかして子どもが死んでしまったらなんて、考えないのかしら……」

その夜は、いつも仕事で家にいない父が珍しく早い時間から家にいて、いっしょに同じ番組を見ていた。とまどった臨が父の方に顔をめぐらせると、父は臨から目をそらして、「母さんのいう通りだな」といった。

「……いくらすばらしいことをしている人々でも、自分の家族を心配させているんじゃ、ひととして失格だと……父さんも思うよ」

母は、少女のような笑顔でうなずいた。

その笑顔を見ながら、臨は何もいわずに、冷たくなったハンバーグを口に運んだ。そばで優が、困ったような表情で、臨を見ていた。


この頃では、父は、何日かに一度、夜中にしか家に帰ってこなくなっていた。会社や、会社の近くにあるビジネスホテルに泊まっているらしい。

(最初は、本当に忙しかったんだと思う)

(仕事が本当に忙しくて、疲れていて、家に帰れなかったんだと思う)

(でもだんだん……)

父は家から……母から遠ざかるようになってしまったのだ、と、臨は思う。

少し前、夜中に臨が水を飲みにキッチンに行こうとして、子ども部屋のある二階から階段を下りた時、ちょうど帰ってきて、玄関のドアを開けた父と目があったことがある。

びくりと顔を上げた父はやつれていて、青白く、臨は一瞬、幽霊がそこにいるのかと思った。

父は、「やあ」と弱々しい笑顔でいって、よろよろとした足取りで家に入ってきた。お酒を飲んでいるようだった。玄関に腰を下ろし、のろのろと靴を脱《ぬ》いだ。臨が話しかけようとした時、一階の、母が寝ている寝室の方で、物音がした。電気がつき、母が起きてくる気配がした。

そのときの、父の表情の変化が、臨には忘れられない。さあっと無表情になって、そうして、彫刻刀《ちょうこくとう》で彫《ほ》ったような笑顔になったのだ。

靴を脱ぎ捨て、「ただいま」といいながら、父は母の方に向かって歩き出した。さっきまでとは違う、ヒーローのような胸をはった歩き方で。疲れよろけた足取りで、でも母の方にまっすぐに。

臨は、その背中に声をかけられなかった。ただ黙って、自分の顔に手をふれていた。父のあの笑顔と同じ笑いが、自分の顔にも貼りついているような気がして。

昔――ずっと昔、律が生きていたころ、臨の家はいつも笑い声でいっぱいだった。毎日があたりまえのように幸せだった。賢くて明るい律、元気で少しわがままだけれど、家族のみんなから愛されている臨。強くておだやかで何でも知っている父と、かわいらしく優しい、少女のような母。

　律が死んだその日に、たぶん臨の家は、壊れてしまった。もう、あの幸せな日々はもどってこない。……それがわかっていて、でも、家族みんなが昔のままのようなふりをして暮らしているのかもしれなかった。この「幸せな家」で暮らしつづけていこうと。

（たぶん、みんなが、いろんなことから目をそらしてる）

（そのままにして、何もいわずに暮らそうとしてる）

（でも、いえば、なんとかしようとすれば……変えようとすれば、きっと、母さんが泣く）

　臨はもう、母が泣くのを見るのはいやだった。六年前の夏と、それから続いた長い年月の間に、十分すぎるほど、母の悲しい涙を見たから。

（これ以上、泣いたら、きっと母さんは死んでしまう）

　魔法の封印が解けて、死神が母を連れに来る。また家に、死が訪れる。

　そのとき、優がかろやかに声を立てて、笑った。

「うん。親不孝と逆むけの間には、なんの因果関係もないんだね。臨の手にも逆むけがある。ほら左手の薬指。

ぼくならともかく、優しい臨が親不孝なんてことあるわけないもんね」

臨は自分の左手を見た。優のまなざしを追って、自分の薬指を見た。指先に血がにじんでいた。ふれてみると、火のような痛みがあった。小さい割に、心に響く痛みが。

「……ぼくの夢は」と、臨は優にいった。

「兄さんと同じなんだよ。立派なお医者さんになるんだ。……それだけのことさ」

優の目を見て話せなかった。緑色の分厚い本を、従兄弟に押しつけるようにして返して、そうして臨は、布団にくるまり、優に背を向けた。

優が少しの間、そこにまだいるのは感じていた。寝たふりを続けているうちに、優はそっと臨の枕元に手を伸ばし、電気スタンドのスイッチを切った。淡い暗闇に、ふわりと絆創膏のにおいがした。

ぎしぎしとはしごを下りていく音がした。優が布団に潜り込み、自分の電気スタンドのスイッチを切る音がした。部屋が暗くなり、静かになった。

猫のアルトが、優のかわりのように臨によりそい、のどを鳴らしながら、胸のそばで丸くなった。臨は猫をなでた。猫は青く光る目を細め、優しく臨の手をなめた。

アルトは、臨が生まれる前から家にいた猫だ。臨の兄、律がまだ小学生だった頃、クリスマスの時期に、ペットショップで売れ残っていた病気のアルトを見つけ、あの子猫をプレゼントにほしいと両親に頼んで、それで家にきた。

写真や映像で残っている若い頃のアルトと、いまの老いたアルトは、見た目には変わらないように見える。毛並みもつやを失っていないし、緑色の瞳も宝石のようにきらめいている。けれど、いまのアルトは、若い頃のようには遊んだり走ったりしない。かわりに、積み重ねた年月の分だけ、アルトの瞳には、家族への愛情が蓄《たくわ》えられて、その蓄積《ちくせき》が化石のようになり、深くゆらめいているように思えた。

（猫って、不思議ないきものだよな）

人間ではないのに、人間の家族とともに暮らし、純粋な愛情でひとのことを見守っている。いつもよりそい、家族のことを、愛情深い目で見つめている。家が平和で幸せであることを祈っている。——家族が言い争いでもすれば、鳴きながら止めに来るのがアルトだった。しつこい押し売りが来たときは、玄関で家族を守ろうとするように、毛を逆立《さかだ》てて威嚇《いかく》したこともある。

赤ちゃんの頃の臨といっしょに、アルトが写っている写真がある。アルトは眠る臨の枕元に横たわり、ほやほやの毛がはえた臨の頭を優しい表情でなめていた。まるで臨が、自分の弟か子どもでもあるように。いまと同じように、少し細めた、優しい優しいまなざしで。

(五千年のつきあいの、家族か……)

人間の生活の中に、猫が入ってくるようになってから、一説によると、五千年以上もたつのだと、臨は本で読んだことがある。獣医師をしている伯父の家にあった古い猫の飼い方の本にそういう記述があった。

(猫とひとが、いっしょに暮らすようになってから、五千年か)

(エジプトで農耕が始まった時代……イシスやオシリスの神話の時代から、猫は人間のそばにいて、家族や友人のような瞳で、人間を見つめてくれているんだな)

自分の手がアルトをなで、アルトがのどを鳴らしているように、人間と猫の長い歴史の中で、たくさんのひとが自分の猫をなで、たくさんの猫が、ひとのかたわらでのどを鳴らし、互《たが》いの温かさを感じたのだろうな、と、臨は思った。


あの夏、律が死んだあと、アルトは、家族ひとりひとりのそばにいって、慰《なぐさ》めようとしているようだった。そばに寄り添い、うつむく顔や手をなめ、足元に体をこすりつけた。床に座り込んだままの家族が自分を振り返らないと、立ち上がり両手を肩にかけて、振り返らせたりした。自分のおもちゃをくわえてきて、いっしょに遊ぼうよ、というように、視線で語りかけたりした。

そうしてアルトも、律がいなくなったことを悲しんでいた。

いまもそのままになっている律の部屋の扉の前で、あるいはベッドで、アルトが静かにたたずんでいる時があるのを、臨は知っている。夕方、いつも律が帰ってきていたあたりの時間になると、玄関の前で待っていたりすることがあるのも知っている。

猫のアルトには、律が死んだということがどこまで理解できているのか、臨にはわからない。獣医師の伯父は、動物にも家族や仲間の死はわかるようだよ、といっていたけれど。

(でも、もしかして、アルトには死がなんなのかわかっていたとしても)

(兄さんに帰ってきてほしい、帰ってくるんじゃないかなって、思うんだろう。家族なら……)

アルトは、家族の一員として、臨たちと傷と痛みを分け合って暮らしていた。それだけはたしかだった。老いた耳は、いまも、家に帰ってきた兄の足音を探して動くことがあるのを、臨は知っている。


気がつくと、廃墟の夢から覚めたときの、あの得体《えたい》の知れない寂しさは、胸から消えてしまっていた。その頃には、老いた猫はもう熟睡してしまっていて、のどを鳴らすのをやめていた。臨は、起こさないように最後にそっとひとなでだけして、猫から手を離した。

臨はそれから、そっと耳だけで下の従兄弟のようすをうかがった。かすかに寝息が聞こえた。

臨は天井を見上げ、声を出さずに「ありがとう」といった。そして従兄弟が、ちゃんと眼鏡をはずしてから寝てくれただろうかと、それを心配した。

カーテンの隙間《すきま》から見える空は、夜明けの淡い青色になってきていた。

少しずつ眠気が差してきて、目を閉じたとき、耳の底に残っていた言葉の響きが蘇《よみがえ》った。

そは　はるか地平の彼方
祈りの声の流るる　最果ての地
無限の砂の海が　陽に照らされ続くところ
金色の砂の粒が　さらさらと歌うところ

黄金郷　ひとつ　そこにあり
砂の海の彼方で　旅人を　待つという……

（冒険の旅か……）

臨は、微笑んだ。少しだけ、苦い笑いだった。

黄金郷。もし、世界のどこかに、幸せになれる場所があるのなら――どこかに旅していけば、幸せに行き着けるものならば、自分こそがその地へひとり、旅立ちたいのかもしれない。

いとしいけれど重たいものを、何もかも捨てて。あとに残して。

幸せになるために、ひとりきり、どこかに行けるものならば……。

気がつくと、臨は、青と緑色の柔らかな光に包まれていた。

一面の青い空の下に、緑色の光る草原が、果てしなく広がっていたのだ。

天と地の狭間《はざま》に、臨は立ち、静かな風に吹かれていた。

草波は、白と薄金色、金色の花を星のように輝かせながら咲かせ、風に吹かれてきらめきながら、海のように広がっていた。咲く花と繊細な葉は、コスモスに似ていた。コスモスを小さくしたような愛らしい花だった。キク科の花なのかな、と、臨は思った。

ひろがる緑は優しかった。優しい、と、臨は思った。草の波は、緑と花の甘い匂いをさせて、ひんやりと優しい感触で、臨を癒《いや》すように包み込み、ゆれていた。吹きすぎる風はそよ風で、柔らかく耳をなでて通り過ぎた。

気がつくと、遠くに、少女がいた。

花咲く草原の波の中に、ひとり、立っている。

臨と同じくらいの年のように見えた。炎のように赤い髪が、風になびいていた。まるで、赤い花が一輪《いちりん》、ふわりとそこに咲いているようだった。

(ああ、きれいだ……)

そう思った時、臨は風に吹かれたように、その子の近くに、ほんの数歩ほどしか離れていないうしろに立っていた。

臨は驚き、焦《あせ》ったけれど、少女は、臨に気づかないようだった。

日本人だと思った。でも、その子は、不思議な赤い髪をしていた。赤い色の目をしていた。日に焼けた肌を持つその子は、民族衣装のような、きれいな刺繍《ししゅう》のある、ゆったりとした白い服を風になびかせていた。身をかがめ、丈高《たけたか》い草をなでていた。口元に、優しい微笑みが浮かんでいた。

「いい子……いい子ね。がんばって、元気に咲こうね。精一杯《せいいっぱい》、この地上で咲こうね。生きていこうね」

不思議なアクセントだった。耳で聞いていて言葉の意味はとれるけれど、少し早口で、歌うような、不思議な抑揚《よくよう》のついた日本語だった。低くハスキーな、かわいらしい声で、その子は花に語りかけ続ける。子守り歌を歌うような、赤ちゃんをあやすような、そんな感じで。

（鳩《はと》みたいな声だな……機嫌《きげん》が良くて、くるくる鳴いてるときの鳩）

その子は、緑を花をなで続ける。ピアノの鍵盤《けんばん》を奏《かな》でようとするような、きれいな仕草だった。花々は揺れ、風にそよいだ。

少女の微笑みは優しかった。けれど、伏せた目の奥に、赤い瞳のきらめきの中に、わずかに悲しみの影が宿る瞬間があった。それに臨は気づいた。

その影の正体を知っていたから。

（この子も、大事な誰かを亡くしたことがあるんだ……）

瞳の影は、死を看取《みと》ったことがあるひとの、涸《か》れるほどに涙を流した経験があるひとの持つ、透明な暗がりだった。臨も、そして臨の家族も皆、同じ影を瞳に持っているからわかる。

瞳に影を持つ誰かを見分けることが、臨にはできる。いや大事な誰かを亡くした経験を持つひとには、誰でも自分と同じ影を持つひとを見分けることができるのかもしれなかった。

臨の心は、ちくりと痛んだ。その表情と瞳と、緑を愛する優しい仕草は、どこか、臨の母を思わせたから。……けれどその同じ瞬間、この子は母とは違う、と悟《さと》った。

少女の笑顔は、明るかった。影を含んだ瞳をしていても、もっと強い、明るく元気な光を、その瞳は放っていた。微笑む口元は、いまにも楽しげな歌を歌いだしそうだ。

その子は、日に焼けた優しい手で草をなでる。いつくしむように。

まるで、自分が持つ、祝福の魔法のような力を、草に与えようとするように。

植物が、少女の手を喜んでいるように、臨には見えた。

(花々が、比喩《ひゆ》じゃなく、歌ってる……ような)

気のせいだろう。そう思った。けれど、たしかにその子の手がふれるとき、草波は踊るように、ふわりとそよいだような気がした。吹きすぎる風の中に、金や白の花々が歌う少女への感謝と喜びの声が、響いて、ざわめいたような気がしたのだ。

少女の赤い髪は、まるで大きな赤い鳥の翼のように、風に吹かれて、青い空に広がり、一面の草原の草たちは、陽《ひ》にきらめきながら、さわさわと音を立てた。

きらめく花の草原の波の向こうには、藍色《あいいろ》の海があった。

青い空の下、続く水平線は、宝石のように輝き、美しく見えた。

少女の赤い瞳は、遠い水平線を見つめた。――ふと、まなざしが、くもった。


その子は、「何か」が訪れるのを待っているのだ、と、臨にはなぜかわかった。

（なぜわかるのかはしらないけど……）

（でも、魔法みたいに……あの子の思いが、「見える」気がする。わかるんだ）

その子は「それ」を恐れている。何か怖いことが起きるのを知っている。

（そして、あの子は、「それ」を避《さ》けることができないと思っている）

（……絶望してなすすべがないから、恐れている？）

違う、と、臨は思った。

（あの子は、望みを失ったりしていない……）

海の向こうを見る少女の目は、まなざしは、まっすぐだった。

日に焼けた手は握りしめられていたけれど、草波の中に立つ足は、そこから逃げ出そうとするひとの足ではなかった。しっかりそこに立ち、大地を踏みしめて、その子は遠くの「何か」を見据《みす》えていたのだ。

(あの子は「それ」が起きると知っていて、でも、「それ」を迎え撃つつもりなんだ)

(何か「怖いもの」の襲来《しゅうらい》を、ここで逃げずに待ち、ひとりで戦おうとしているんだ)

赤い髪の少女のくちびるは、きゅっと結ばれていた。


少女の細い肩がかすかに震えた。くちびるも、震えていた。

その子の目に、ふうっと涙が浮かんだ。

その子は少しだけ目を閉じて、うつむかないまま、手の甲で涙を拭《ふ》いた。

(でも、怖いんだ……)

(この子はとても強い子だけれど、でも、怖いんだ。悲しいんだ)

ほうっておけない、と、思った。

何かできると思ったわけでもない。臨は、この少女が誰なのか知らず、自分がなぜここにいるのかすら知らない。そもそも「ここ」はどこなのだろう?

けれど臨はその子の方に近づこうとした。せめてもっとそばにいこうとした。

声をかけようとして、臨は自分に体がないことに気づいた。風みたいにふわふわしていて、何よりも、前に差し出した自分の手が見えない。つまりは実体がない。

ぎょっとした。——そして、嫌な可能性に気づいた。

(まさか、ぼくは死んだのか?)

いつのまに、死んだのだろう?

(ぼくは死んで——幽霊になってしまったのか……?)


臨は、死が怖かった。

ひとは死んだらどうなるんだろう、と、小さい頃から、ずっと思っていた。

(魂《たましい》が消えてしまうなら怖い。怖いんだ。とても……)

「消えてしまうこと」が、恐ろしかった。

世界から存在が、魂が、心が消えることが。

律の死のあとでは、死がさらに怖くなっていた。

それでも臨は、ふだんは死のことは忘れている。でもそれは、死への恐怖は、いつも心の隅《すみ》にある闇のようなもので、目をそこに向けると、いつだって必ずちゃんとそこにあるのだった。まるで意地の悪い小さな魔物のように。

(死んだらどうなるんだろう、と、ずっと思っていた)

よくいわれるように、物語であるように、幽霊になるのかとも思った。それなら魂は消えないことになる。会うことも話すこともできる。

小さな頃は、臨はそうだと信じ込んでいた。もしかして、誰か大事なひとが死んでも、そのひとは幽霊になって会いにきてくれる、だから、死は永遠のさよならではないのだと。

だから、待っていれば、また律に会えると信じていた。

（でも、兄さんは、帰ってきてくれなかった……）

あの事故のあと、もう一度会いたいと、幽霊になって帰ってきて、と、幼い臨がどんなに願っても、どこかにいるだろう兄に泣いて頼んでも、律の魂は家に帰ってきてくれなかった。

（もし魂があって、ひとが幽霊になるとしたら、兄さんが帰ってこないはずがない）

律は優しかった。自分が死んで泣いている弟をみたら、姿を現さないはずがない。傷つき疲れ果てた母や父をほうっておく訳がない。臨は知っている。わかっている。

（だから、もし死者が幽霊になるとするならば……）

律は、きっと家に帰ってきただろう。どんなことをしたって、天国から帰宅しただろう。

でも、家族の誰も、律を見なかった。

（だから、幽霊はいない）

でなければ、もし幽霊がいるとするならば。

（ぼくたちの目には、兄さんは見えなかったんだ……）

「それ」は家族の目には見えないものだということになる。そこにいるのに大好きな人々の目には見えない存在――それは恐ろしく悲しい存在のように臨には思えた。

（幽霊がそんなものなら、ぼくは幽霊になりたくない）

そこにいないのと、世界にいないのと同じ存在になってしまうとするならば。

誰の目にも見えない、話せない、そんな存在になってしまうとするならば。

（そんなさみしいものに、ぼくはなりたくない）

（ひとりぼっちは、いやだから）

と、そのとき、赤い髪の少女が、臨の方を見た。ふりかえった。

あわてたように涙をぬぐい、少し首をかしげて、不思議そうに、訊いた。

「誰？　……誰かそこにいるの？」

少女は、風に吹かれながら、草を分け、臨へと近づく。

すぐそばで向かい合うと、その子は臨の胸元くらいの背の高さだった。

赤い髪が揺れ、その顔が静かに臨の方を見上げた。ふわりと香草《こうそう》の香りがした。

優しい手が、豊かなその胸のあたりにあがり、そして、ためらうようにゆるゆるとあがって、臨の顔を、両手でそっと包み込むようにした。

優しい指は、臨にふれることはできなかったけれど、でも、臨はそのときたしかに、その指先から、少女の温かさと、その心の優しさを感じた。

向かい合う胸から、鼓動《こどう》の響きが伝わるような気がした。

「——誰かわからないけれど、わたしの目には見えないけれど、ここに『あなた』はいるのね？」

臨は、うなずいた。

赤い、何かの木の実のような色の瞳で、その子は微笑んだ。不思議なアクセントとイントネーションの言葉で、少し早口に聞こえる言い方で、でも優しく、臨に話しかけた。

「あなたは、とても悲しいのね。どうしてそんなに悲しいの？　何があったの？」

鳩のような声を聞いているうちに、臨の見えない頬に、涙が一筋、流れた。

「……いま、もしかして、泣いた？　どうして、泣くの？」

「ぼくは」臨は、答えていた。「ぼくは幽霊だから……死んでしまったから」

「いいえ」と、少女は笑って答えた。「きれいな声の男の子。澄んだ声のあなた。あなたは生きているわ。死んでなんかいない。魔女が誓うわ」

少女は、花のように微笑んだ。

「だから、泣かないでいいのよ。悲しまなくていいの。不思議な風みたいな、あなた」

「ぼくは……幽霊じゃない？」

「あなたは誰？　名前はなんていうの？　わたしはハルシャ。『赤い魔女のハルシャ』よ」

少女は、すうっと目を細めた。「少しだけ……うっすらとあなたの姿が見えるわ。黒い髪に黒い目の、わたしくらいの年の、男の子なのね。背が高くて、とてもきれいな目で……きれいな……」

ほんのわずか、少女の心配そうな表情の頰のあたりが赤く染まった。

少女はそれをごまかそうとするようにちょっとうつむき、またすぐに顔をあげた。微笑む。

「不思議ね。あなたはわたしのすぐそばにいるんだわ。なのにとても遠くにいるみたい」

少女は、優しい手で、臨の涙をぬぐってくれようとした。けれどその手は臨にふれることができず、少女は悲しそうな顔をした。

「あなたの体は傷ついているわけじゃない。病気だったり、けがをしていたりするわけでもないようなのに、どうしてそんなに辛《つら》そうな顔をしているの？　さみしそうな、傷ついた野の獣のような悲しい目をするの？

あなたは誰？　ねえ、あなたの名前を教えて」

臨、と、言葉を返したつもりだった。けれどその瞬間に、強い風が吹き、風がざわめいた。だから、少女が臨の声を聞いたかどうかはわからない。

風は、臨をすくい上げるように、地上からさらった。ハルシャと名乗った少女のそばから、引き離し、空へと吹き上げていった。

ハルシャが、赤い髪をなびかせながら、遠ざかる臨を見上げた。風をはらむ白い袖《そで》をなびかせ、臨の方へと両手を伸ばした。

けれど、臨は紙きれが風に吹かれるように、ただ飛ばされてゆくしかなかった。

少女は、輝く草原に立ち、いつまでも臨を見上げ続けていた。

その姿は、やはり草原に咲く一輪《いちりん》の赤い花のようで……臨は、

（なんてきれいな子なんだろう……）

ずっと、みとれていたのだった。

（「魔女」？　自分のことを魔女だって、あの子は——ハルシャはいった）

（どういう……意味なんだろう？）

遠ざかっても、見えなくなっても、花のような微笑みが、目の奥に残っていた。

鳩のささやきのような優しい声が、いつまでも耳に残っていた。

あなたは生きているわ、死んでなんかいない、と。

そして気がつくと臨は、星空の下の荒野にいた。

乾ききった土に、白く枯れた雑草がまばらに生えている。雑草の間に、赤く錆びついた線路の残骸《ざんがい》があった。線路はゆがみ、ちぎれていた。あちらこちらで草や土に埋もれながら、夜空の下に、長く長く続いていた。天上の星の光を浴びて、ちらちらと銀色に光っていた。

（ここは、どこ？）

（誰もいないの？）

風が吹きすぎる。草原を吹いていたのとは違う、見えない氷の馬が駆け抜けてゆくような、鋭く冷たい風だった。

心細くて不安で、臨は自分の心も風に吹き散らされてしまいそうだと思った。

ハルシャと名乗ったあの少女は、どこに行ってしまったのだろう？

（ああ違う。あの子がどこかに行った、のではなく……ぼくは、いまいったい、どこにいるんだろう?)

あの子から——あの草原からは、遠いところにきてしまったんだろうか?

臨は途方《とほう》に暮れた。

そもそもここはどこで、自分はなぜ、こんな姿になってしまったのか?

ハルシャは臨は死んでいないといったけれど、ではいまの自分はなんなのか?

(わからない……)

考えようとしても、思考の土台が定まらない感じで、心許《こころもと》なかった。

集中ができなくて、手探りで捕まえようとする言葉や考えが、するすると逃げていってしまう。気がつくと、風に吹かれたまま、空で頼りなくぼうっとしている状態に戻るだけで。

自分はこんなに考えることが下手だっただろうか、と、臨は焦りながら考えて、

(まあ無理もないか)

ふと、笑えた。理由はわからないにしろ、いまのこの身は、風に吹かれ、巻き上げられてしまうほどに、軽くなっている姿なのだ。

(つまりは脳だって、風に吹かれるほど、軽くなっちゃってるわけなんだもんな)

そのとき、遠くから、なにかの光が近づいてきた。

明るい光が、ふわりふわりと、闇の中を、揺れながら近づいてくる。

一瞬、それが怪談によくある人魂《ひとだま》のように見えて、臨はぞっとした。次に小学生の頃に、優に薦《すす》められて読んだ推理小説に出てきた、湖畔《こはん》をさまよう鬼火《おにび》を吐《は》く魔犬のことを連想した。

（『バスカービルの魔犬』だっけ？　ええと、伝説のケルベロスみたいな恐ろしい犬が出てくる……）

そこから連想していって、物語やゲームに出てくる恐ろしげな精霊《せいれい》や、妖怪たちの名前をあれこれと思い出したりしているうちに、じきに、臨はその光は恐れるべきものではないようだと気づいた。

（あの音は……そう、車輪の音がする。近づいてくる……）

その光は、闇の中を、影でできた固まりのように黒々と近づいてくる大きなもののそばで、揺れて光っているのだった。その影の正体は山羊《やぎ》のような生き物がひいている大きな車、光はランプだった。その御者《ぎょしゃ》席のそばに、輝くランプがつるしてあるのだ。

御者をしているのは、おそらくは臨くらいの年の、がっしりとした大きな体の少年だ。金色に見えるほど明るい茶色い瞳と、意志の強そうな口元が印象的な少年だった。

前途の闇を見据える瞳を見て、臨は、ああ、と思った。この少年も死を知っている。明るい瞳の光に紛《まぎ》れて、たしかに、大切な誰かの死を看取った者の持つ暗い影が、ひっそりと沈んでいるのが、臨には見えたのだった。

その子は、夜目《よめ》にも鮮《あざ》やかな色の装《よそお》いをしていた。色とりどりの毛糸を交ぜて編《あ》まれた帽子と、おそろいのセーター、指が出た手袋。帽子もセーターも手編みなのか、あちこちに糸が飛び出たりいびつになっていたりするのがわかったけれど、とても暖かそうな服に見えた。セーターからつきだしている長い足を包むズボンとブーツは、よくなめした何かの革《かわ》でできているように臨には見えた。

（革……あれは革かな？　それとも合皮《ごうひ》？）

臨は、実体のない姿の目をしばたたいて、その子のズボンをよく見ようとした。するとと、ふわりと、体が山羊の引く車の方へと、動いたのがわかった。

（まあ便利といえば、便利なのかな。この状態って）

臨は、その子のそばを、ふうわりと漂《ただよ》いながら、車といっしょに移動してゆくことにした。

（……それにしても、あのズボンとブーツの素材《そざい》はなんだろう？）

臨は優とは違った方向で、活字が好きだった。手が届くところに、字が書いてあるものがあれば、とりあえずなんでも興味深く読んでしまう。新聞でも雑誌でもカタログでも、機械の取扱説明書でも、台所の洗剤の裏に書いてある説明文までも。読んだ物は覚えた。そう、従兄弟の優と同じで、臨もまた記憶力が良かったのだ。

そうして臨は、気がつけばたくさんの知識を蓄《たくわ》えてきた。知らないことに出くわすと調べずにはいられない性格のせいもあったろう。そんな臨はいま、少年の服の素材がなんなのか、自分の持ついろんな知識と照らしあわせて、考えてみないと気が済まなかった。無意識が渇くように知りたいと思うのだ。

（合皮にしては、上等そうに、しっかりしてそうに見えるから……あれはやはり何か、獣の皮でできたものなんじゃないかなあ。でも牛や豚、山羊あたりの革とは何か違うような気が……）

素材の正体はともかくとして、その服は少年にとてもよく似合っていた。

（帽子やセーターが若干《じゃっかん》雑な作りに見えるのも、そういうデザインなのかもしれない……）

少し考えて、いやそれはないか、と、臨は打ち消した。冬は毛糸、夏はレースと、母が編み物をよくするので、それを見ていつしか自分も覚えた臨には、編み物のうまい下手はわかる。

（でも、あの服は暖かそうだし、あの子にとても似合ってお洒落《しやれ》に見えるな）

それだけはたしかだと、臨は思った。——ふだんはあまり表面には出さないけれど、臨は少しだけ、ファッションにはうるさい少年だった。

山羊の車の荷台には、枯れ木のようにやせた老人がひとりと、幼い少女が乗っていた。老人と少女は、一枚の毛布にくるまって、寄り添いあって、眠っているようだった。少女は胸元に、古い人形を抱きしめていた。おさげに編んだその子の髪は、優しく、柔らかな灰色だった。

ふたりとも、少年と同じような服装をしているように見えた。ただ老人は、革のようなものでできたつば広の帽子をかぶっていた。使い込まれたものなのか、帽子のふちのあたりはところどころ裂け、ほつれたり汚れたりしていた。少女の方は、少年とおそろいのような毛糸の帽子をかぶっていたけれど、ところどころに飾りのように花の形のモチーフが縫《ぬ》いつけてあって、それがまるで、本当に花を飾っているように見えた。

（かわいい帽子だな）

臨はそっと微笑んだ。見えない口元で。

あの帽子を作ったのが誰かはわからない。けれど、帽子をかぶる少女のために、かわいく作ろうとしたのだろう思いが感じられるあの帽子は、幼い少女に本当によく似合い、夜の凍える空気から、その子を優しく守ろうとしているようだった。

ふと臨は、誰かの視線を感じたような気がして、そちらを振り返った。

そこに、ゆったりと車を引く山羊のような獣がいた。前に向かって進みながら、目だけで、臨の方をちらちらと振り返っている……そんな気がした。

その生き物は——動物が好きな臨にも、なんなのかわからない動物だった。山羊のようにはえた二本の角《つの》が長い。でもからだの大きさは馬のようで、太い首のまわりにはライオンのようなふさふさとしたたてがみがあった。闇夜に目が緑色に光り、ぽくぽくと歩きながら、臨の方をその目でじっと見つめる。

ぞくっとした。光る瞳と、はっきりと目があった。

(あいつには、ぼくが見えるんだ……)

山羊のような獣の口のまわりで、息が白く光って見えた。動物を操る少年や、眠る少女たちの息も白い。あたりはかなり冷えているようだった。

「……じいちゃん、だいじょうぶか?」

山羊の手綱《たづな》を引きながら、少年が、半分後ろを向いて声をかけた。

「寒くないか？　息は苦しくないか？　あと二十日もすれば、次の街に着くはずだから、そしたらしばらくはそこで休もうな」

ハルシャと名乗ったあの赤い髪の少女と、似た話し方のように、臨は思った。

（少し早口で……アクセントとイントネーションが、歌うみたいで）

どこかの方言のようにも聞こえるのだけれど、それがどこかはわからない。

（まるで、外国の子が日本語をしゃべっているような……不思議な日本語）

と、考えて、臨は、今更《いまさら》ながらここが日本であるとは限らないという可能性に気づいた。

（外国……に、いま、ぼくはいるのかも？）

まとまらない頭で、ぼんやりと臨は考えた。

（なぜぼくは、外国にいるんだろう？　なんで体がなくなってしまっているんだろう？）


「うまいもんが食えるといいな。……いや、きっと食えるよな、うん」

茶色い目の少年は、明るい声で笑う。それはどこか、無理を感じさせる、明るすぎる声だった。

「街にとっちゃ、きっとひさしぶりの訪問者だから、きっと大歓迎されるぞ。おまけに『旅の記者』だ。芋《いも》も大根も食い放題かもな。ひょっとしたら肉も、出汁《だし》だけじゃなく、鶏《にわとり》の一羽くらい食えるかもしれねえな。乾燥肉じゃなく、生《なま》の、いましめたばかりのような柔らかい……」

少年は、目をほわりと宙に向けて、じゅるりと舌なめずりをした。我に返ったように口元をぬぐった。白い息が、少年の口元で流れた。

「俺な、じいちゃん。前にどこかの街で食った、里芋と鶏が入った味噌汁《みそしる》がもう一度食いたいな。細いねぎがいっぱい刻《きざ》んでいれてあって、一口飲むごとに、生き返るみたいに体があったかくなった。……覚えてるかい、じいちゃん。あれは二年前の冬、俺がじいちゃんと出会ってそうたたない時だったよな。北の方の街道のはずれにある小さな街でさ、雪の中探しても、地図が古くて、なかなか見つからなくてさ。山羊と俺とチヒロとじいちゃんと、みんなで凍り付きそうになった頃に、やっとあの街の灯《ひ》が見えてきたとき……雪が積もった段々畑が見えて、そのうち、燃える薪《まき》の匂いや、煮炊きの匂いが雪風に乗って流れてきたときに、俺は最初夢だと思って……それから、じいちゃんにしがみついて泣いたんだ」

少年は、遠くを懐かしむような視線でみつめるようにして、微笑んだ。

「あのときさ。自分が泣いてるのが不思議だったな。俺さ、あれがひさしぶりの涙だったんだぜ。母さんが死んだときも、涙、流れなかったからな。なんで俺、あのとき泣いたんだろうな。

迎え入れられたあの街の宿屋で、村のひとたちが、俺たちを歓迎して作ってくれたあの味噌汁、あれも泣きながら食べたんだった。鼻水まで流しながらな。じいちゃん、俺が食べているとき、ずっと頭をなでてくれてたな。俺に味噌汁、わけてくれたたな。自分の分も。じいちゃんもおなかすいてて、あったかいものほしかったろうにな。俺、遠慮《えんりよ》もせずに、ぱくぱく食っちまってたよ。泣きながら、うまいうまいっていいながら。……へへっ。俺の食べた味噌汁は、じいちゃんの食べた味噌汁よりか、塩味がきいてたかもしれないな」

少年は笑った。「てことはさ、あの味噌汁は、料理上手の俺でも再現できない幻の味になっちまってるのかもな」

うっすらと、その金色に見える目には涙が浮かんでいた。

長い睫毛《まつげ》でまばたきして、少年は涙を払う。

「あの夜さ、雪の夜に、真夜中だってのに、宿にやってきた村長さんたちに、じいちゃんは、『旅の記者』として、村にあった古い地図の間違いを正し、新しい地図をその場で描いて手渡した。濡れたコートをやっと脱いだだけで、まだ下の服は雪で濡れたままで、寒かったろうに、手だけストーブであぶってあたためて、じいちゃん、すぐに荷物から道具を出して、正しい地図を描いてたよな。

あのときのじいちゃんの、古い製図用具を扱う手つきの鮮やかさと、街のひとたちの尊敬に満ちたまなざしって、ありゃあすごかったなあ。……俺はどきどきしてさ、このひとは……俺のじいちゃんになってくれたひとは、なんてかっこいいんだと思ったんだ。

何日かして、雪がやんで、街のひとたちに感謝されて、手を振られながら、山羊の車で街道に戻るとき、俺は冬のお日様にあたりながら、いつか自分もじいちゃんみたいになれたらなあって思ったんだ……。うん、じいちゃんの跡を継ごうって決めたのは、思えば二年前のことだったんだな。

へへ、こんなふうに話しちまうと、なんか照れるっていうか、くすぐったいもんだな」

老人と少女を振り返らず、前を向いたままで、少年は、明るい声で話し続けた。

「ああそうさ。あの日の味噌汁が、生涯で一番、うまい食いもんだった。まあこれから先、旅を続けていくうちに、またどっかの街で、あれを超える最高の美味《びみ》なんてものに出会えるかもしれねえけどな。あと、この俺が、これから世界一美味しい料理ってのを作り出すかもしれねえし。

なあ、じいちゃんはいま、食べたいものってなんだ？　俺きっと、食べさせてやる。どんな料理でも、材料でも、さがしてきて、すぐに作って、食べさせてやるからさ。——だから」

と、老人が目を開いて、微笑んだ。深いしわが刻まれた顔に輝くその目は、叡智《えいち》の光をたたえた、優しい瞳だった。「ありがとう」と、老人はいった。

「ありがとう。ソウタ。おまえのいまの言葉だけで、わたしはもうなにもほしいものはない。わたしにとっても、あの雪の夜の味噌汁が、一生でいちばん美味しい食事で……もうあれ以上のごちそうの記憶は、贅沢《ぜいたく》だから、遠慮させていただくよ」

声は、かすれていたけれど、凜として通る、強く美しい声だった。その言葉は、ソウタやハルシャの話す言葉よりも、少しだけ、イントネーションに癖がないように思えた。

「ソウタ。おまえは、今度の街に着いたら、そこに腰を落ち着けなさい。街のひとたちに仲間に入れてもらい、そこで暮らしてゆくんだ。おまえは頭がいい。そして器用だ。おまえなら、どんな仕事でも覚えてゆけて、街に受け入れてもらえるはずだ。うまくいけば、料理屋でやとってもらえるかもしれない。好きなように腕を振るえて、街の人々に喜ばれ、人気者になれるかもしれないぞ。

次の街は、昔のままに栄えていたら、豊かな街のはずだ。ソウタ、その街でチヒロといっしょに暮らしていきなさい……ふたりで幸せになるんだ」

老人は、そういって、深く咳《せ》き込んだ。やせた肩がひどく揺れた。

少年は心配そうにふり返ったあと、むっとした表情になって、また前に向き直った。

肩が無理をしているのが、臨にはわかった。

「……冗談じゃねえ。俺はじいちゃんみたいな旅人になるんだ。『旅の記者』になる。俺はどんな場所にだって、居着く気はねえよ。俺はじいちゃんの跡を継ぐっていつもいってるだろう？　旅から旅の暮らし。街道沿いにどこまでも旅してゆく、それが俺の一生だって、とっくのとうに決めてるんだ。

勉強苦手な俺が、じいちゃんに教わって、字を覚え言葉を覚えて、世界の歴史や伝説なんかも覚えたんだぞ？　不器用なこの俺が、やっとこさペンの使い方も覚えて、地図も描けるようになったんだぞ？　それを、俺の血と汗と涙でいっぱいの努力をさ、無駄にさせる気か？」

冗談めかしていう少年に、老人は、優しく声をかける。

「わたしの跡は継がなくてもいいのだよ。おまえたちを次の街に連れて行ったあと、わたしはまたひとりの旅に戻る。そしていつか道のどこかで、風に見守られてひとり果てよう。それは悲しいことではない。旅人の——この世界に生きる『旅の記者』の、定めのようなものだ。若い頃、故郷の街を離れ、旅することを職業にすると決めたとき、平和な街で暮らし安らかに眠る幸せは、もうそこに置いてきたのだ。今更なんの後悔もない。

しかし、おまえもチヒロも、わたしの本当の孫ではない。旅の途中で出会い、連れとなっただけなのだ。これ以上わたしの旅につきあわせるわけにはいかない。おまえたちにはおまえたちの人生があり、暮らしが、待っているはずの幸福がある。わたしから離れて、それを探し、追い求めなさい……」

老人は、そっと目を閉じ、微笑んだ。

「わたしのような人間が、さすらいの身の男が、ソウタ、そしてチヒロ、おまえたちふたりと出会い、家族として、ほんの数年でもいっしょにいられたこと……それは、得難《えがた》い幸せだった。今日までの毎日は、なんと幸福な日々だったことだろう。ありがとう。おまえたちを愛している。感謝して、幸せを祈っている。

この荒廃した世界で、生きることの難しい地上で生きるおまえたちの幸福を、わたしは——魂の力が続く限り、永遠に祈り続けるだろう。おまえたちによい出会いがあるように。よい友と出会い、仲間と出会い、やがては愛するひとに出会い、永く幸福に暮らせるように、と……」

老人の目が、そこに浮いていた臨を見つめた。じっと見た。

「……きみは、誰だ?」

老人の瞳は、臨を見つめていた。臨はその瞳の中に、死を見てきたひとの影を見た。そして、このひと自身が、近づきつつあるみずからの死を悟《さと》っているということも、たしかに読み取ったのだった。

「どうした、じいちゃん？」

ふりかえった少年と、そして眠りから目を覚ました少女が、臨を見た。目があった。

たしかにふたりとも、臨を見ていた。少年の金色の瞳と、少女の灰色の瞳が。

少年が、その目を見開いて叫んだ。指ぬき手袋からのぞく、爪《つめ》の長い指が、臨を指さす。

「な、なんだ、おまえ？　化け物か？」

少年は手綱を引き、山羊の車を停めた。そして少年は、獣めいた仕草で、闇に身を乗り出し、空気の匂いをかぐようにした。指なしの手袋からでた指先で、その鼻先をぬぐい、老人と少女をかばうようにした。

「……どうしておまえ、浮いてるんだ？　半分、体が透《す》けてるんだ？　そこに見えてるのに、匂いがないんだ？　……おまえは、人間なのか？」

「に……人間、だと思うけども、自分でもよくわからないというか……」

つい、臨はそう答えていた。答えたものの、どうしようと焦った。

不思議なもので、「見えていない」状態だったときは、寂しかったり不安だったりもしたはずなのに、みんなに見えているかもしれない、となると、

（なんだか……微妙《びみょう》に居心地《いごこち》が悪いというか……ばつが悪いというか……）

どんな表情でその場にいればいいのか、臨にはわからなくなっていた。——それに。

臨は、「山羊」のひく車の荷台に力なく座っている老人を見つめ、少年と少女を見つめた。

（あの人は、もうすぐ死んでしまうんだ……）

臨は、自分の手を握りしめた。この家族は、じきに欠けてしまう。あの優しそうなひとが死んでしまう。この少年と幼い少女はそのとき、どんなに泣くのだろう。

（あのおじいさんだって、そのときは、泣くだろう）

家族をおいて死んでゆく側だって、泣かないはずがない。悲しくないはずがなかった。

（兄さんだって、そのとき意識があったとしたら、泣いていたと思うから……）

臨は律の死に立ち会えなかった。最期《さいご》の瞬間の兄がどんなようすだったかは知らない。けれど、臨にはそのときの兄の感情が想像できる。いまの、律が死んだ年に近くなった臨には。

山羊の車で旅する彼らは、いままで臨が会ったことのない家族だった。知らない家族、ましてや謎の世界で会った人々だ。事情も知らないような人々だ。いままで彼らがどんなふうに暮らしてきたのかも、これからどんなふうに生きていくのかも知らない、通りすがりの旅の家族。

だけど臨は、この家族が泣くところを見たくないと思った。

(ひとが死んで、誰かが泣くのを見るのは、もうたくさんだ)

臨は歯を食いしばった。

ふと、老人が、にこ、と笑った。優しげで、同時にほんの少しだけ気障《きざ》とも見える、ヒーローのような笑顔だった。つば広の帽子の陰の、おだやかなまなざしで臨をみあげ、語りかけてきた。

「きみ、そこの不思議な少年。もしかしたら——ほんとうにもしかしたらなのだけれど、きみはどうやら、見ず知らずの旅人のわたしのために、悲しんでくれているんだね。……ああ、やはりそうか。優しい子だ。わたしのために悲しんでくれて、ありがとう。とても、その気持ちが嬉しいよ。ほんとうにありがとう。

わたしはね、自分の人生、そう悪いものじゃなかったと思っているんだ。若い頃から書いてきた日記も、読み返すと実に幸せな人生になっていると思う。

……わたしはこれまでたくさんの旅をした。長い旅を続けてきた。楽しかった誰かとの出会いや、不可思議な出来事に遭遇《そうぐう》して興奮したこと、きれいなものや壮大なものを見たこと、過去の世界のあれこれについて考察《こうさつ》したこと……生きてきた日々の、素晴らしい記憶がたくさん、日記帳に書き残してある。……じきに一生の旅が終わるだろう、いまの時期に、不思議なきみに会えたこと、きみに悲しんでもらえたことは、わたしには最後の、記憶の宝物になるだろうと思う。きみの正体を考察する時間まではなさそうなことだけ、心残りになるかもしれないけれど」

老人は、静かに微笑んだ。

「わたしの名は風野隼人《かぜのはやと》。空に浮かぶ不思議な少年、きみの名は？　よければ教えてくれないか？」

臨が名乗ろうとするより先に、灰色の髪のおさげの少女が、臨を見上げた。きれいに澄んだ淡い灰色の瞳で、臨を見つめ、そして老人を振り返った。

「――あのお空のお兄さんはね」

花の帽子をかぶった少女は、澄んだ声で、歌うようにいった。

「天の神様のお使いなの。この世界が、あんまりひどい世界で、人間も生き物も草や木たちも辛くて苦しいから、助けてあげようって、つかわしてくれた、世界を救う導きの天使様なんだよ」

ね、そうでしょう、というように、少女の瞳は臨を見上げた。

少女の灰色の目は、ランプの光に照らされて、きらきらと輝いていた。幼いのに、まっすぐな、迷いのない瞳だった。

灰色の柔らかそうな髪が、光を受けて、銀色に輝いた。

（不思議な子だ……）

そう思ったのを、臨は覚えている。――この子はまるで予言者みたいに、迷いなく、言葉を語るんだな。

そう感じた自分の直感が当たっていたことを、ずっと先になって知ることになると、そのときは思わなかった。

静かに雪が降ってきた。ちらちらと、闇に光る白い蛍《ほたる》のような雪が、空から落ちてくる。

臨は目を覚ました。

朝の光が、ベッドの横にあるカーテンの隙間から射していた。胸元にくっついて寝ている、猫のアルトの毛が、日差しを受けて光っていて、銀色と白のおなかがゆっくりと動いている。

臨は、自分の顔に頭に手をやり、それから両手をまじまじと見た。

朝の光に照らされたてのひらが、たしかにそこにあった。

体を動かしてみる。普通に重い。地球の引力を感じる。

（どうやら、もう風に吹き流されるなんてことはないみたいだ……）

臨はかすかに笑った。

身動きをするとぎしぎしと鳴るベッドの音に、リアルを感じた。

瞬間、幻を見た。白い蛍のように闇の中に舞い落ちる雪。その中で臨を見上げて笑う、あどけない灰色の髪の少女。

「きみの名は？」と問うた、美しい声の病んだ旅の老人。

白と黄金の花が揺れる草原で、風に吹かれていた赤い髪、赤い瞳のハルシャ。

涙をこらえているような笑顔で老人に語りかけていた金色の目の少年。

めまいがして、ベッドの枠に掴《つか》まると、慣れたひやりとする金属の感触がして、
臨はまるで、自分が、この世界にこの枠を通して掴まっているような錯覚《さっかく》を覚えた。

（また、夢を見たんだな……）

あの、廃墟の夢のように。あれよりはよほどましな――もっと先まで見ていたいと思えるような夢だったけれど。

（そう……ぼくは、夢を見ていたんだ）

深くため息をついてうつむくと、額から、ぽつりと汗が落ちた。ひどく汗をかいていた。

体が冷えきっていて、寒気がした。体の奥の方から、思い出したように、ぞくぞくと寒気がこみ上げてくる。

枕元の時計を見ると、もう八時近かった。

「――やばい。遅刻だ」

ぎょっとして臨は起きあがった。家と学校は近いけれど、こんなに遅い時間まで寝ていたことはない。いつもなら五時には起きて、自分の机に向かい、塾の勉強をしていた臨だった。

（しまった、優を起こさないと……）

七時前に優に声をかけて起こすのが、臨の仕事の一つだった。臨がこの時間まで寝ていたということは、優はきっと、まだ熟睡しているに違いない。

臨はあわててよろけながらはしごを下りて、ベッドの下の階の住人に声をかけた。

「優、優、起きないと、遅刻するぞ」

いつもそうしているように、のぞきこんだ。けれど、いつもなら布団にくるまって、だんご虫のように寝ているはずの優の姿は、布団だけ抜け殻《がら》のように残して、そこになかった。

と、がちゃりと扉が開いて、優が顔を出した。もう中学の制服を着ている。

臨をみて、驚いたようにいった。

「寝てなくていいの、臨？」

「だってもう、学校の時間だろう？　ていうか、おまえ、ひとりで起きられたのか？」

「……えっと、臨。おぼえてないの？」

「なにを？」

「今朝、臨は夢でうなされてたよね？　ぼくそれで起きて、臨を起こしたよね？」

臨は、え、と、従兄弟の顔を見つめた。……全然記憶になかった。

ゆっくりと、優は話し続ける。

「夢から覚めたあと、臨は気分が悪いって、枕から顔も上げられないみたいだった。ぼくが、臨に、『今日は具合が悪いみたいだから、学校を休む？』って聞いたら、『そうする。休むよ。今日も明日も休みたい。ぼくはほんとうは毎日だって学校を休みたいんだ』って、臨は答えて……」

優は、臨の顔を見つめた。眼鏡の奥の茶色い瞳でじっと臨を見つめた。

「……臨、本当に、具合、悪いみたいだね。大丈夫？」

臨はだまりこんだ。はっきりしない記憶をたどると、たしかに……おぼろげに、今朝、優とそんな会話をしたような気がしてきたからだ。

（布団の中で、そんな言葉をいったかもしれない。……のどと舌と耳に、かすかな記憶がある）

臨は自分の額に手をふれた。熱っぽかった。それに、立っているだけでやっとのような、足がふらつくこの気分の悪さは——。

（ああ、そうか、ぼくはきっと風邪をひいてるんだ。だから、変な夢を見たんだ。そういうわけか……）

臨はどこかほっとして、そう思った。

（勉強のしすぎによる疲労と睡眠不足とストレスが、知らず知らずのうちに、きっとたくさんたまってたんだ……）

まだ心のどこかに、さっきの夢のかけらが残っているような気がする。あの夢の中の、体がなかった時のふわふわと頼りない感覚が、残っているような気がする。いまも風が吹けば、抵抗できないままに飛んでいってしまいそうな気が。

（自分がいつのまにか死んでいて、幽霊になったかと、思ったんだっけ……）

臨はぞっとして自分の手を見た。……大丈夫、いつも通りの臨の手が、そこにある。

　ふう、と、息を吐く。ほっとすると、心に滑《すべ》り込んでくるように、夢の中のあの草原にいた少女の記憶が蘇《よみがえ》る。記憶のかけらが溶けてゆくようにいまは少しずつ忘れていっている、一輪の赤い花のような姿が。

『あなたは生きているわ』

　そうあの子はいったのだ。いってくれたのだ。ハルシャという少女は。

　温かい声と明るい瞳と、ふわりと感じた香草のような香りと。白と薄金色の花の草原になびいていた長い赤い髪が、まるで心にきれいなガラス細工《ざいく》のかけらか何かを抱いているように、思い出せた。

　そして、あの家族は――「山羊」のひく車で旅をしていた人々は。

　あのあとやはり、あの老人は死んで、少年と少女は泣いたのだろうか……。

（ハルシャは、あのあと、どうしたんだろうか？）

　海の向こうから来る「何か」に怯えていたハルシャ、けれど逃げずに立ち向かおうとしていたハルシャは、あのあと、どうしたのだろうか？　あの子は、「何」と戦おうとしていたのだろう？　ひとりで。風吹き渡る草原の中で、涙をこらえて。

　臨は考えて、そして、少し苦笑した。

（夢の中の登場人物の話なのにな……）

夢の中の人々なのだ。彼らには、あのあと――あの情景のあとの出来事なんて存在しない。するはずがない。だって、彼らはきっと、臨の無意識が生んだ幻のような存在なのだから。

きっと寝る前に優と話した、ファンタジーの本のことがきっかけになって、無意識がファンタジーめいた夢を見せたのだろう。

（そうだ。あれは、夢だ。ぼくが見た夢なんだ）

そう思おうとしても、夢で見たあの老人の静かな深いまなざしは、闇に響いた凜とした声は、いまもまだ思い出せた。金色の瞳の少年の涙混じりの明るい声も、耳の底に残っている。雪が舞い散る中で見た灰色の髪の少女のきらめく幼い瞳も。予言するように迷いなく語った。歌うような澄んだ声も。

（――本当に夢……なんだろうか？）

そう片付けようとすると、胸の奥で、しくりと痛むものがある。

花の咲く草原で、自分を見上げた少女ハルシャの瞳が、あの赤く温かな色の瞳が、ただの自分の無意識から生まれてきたものとは……まったくこの世界に存在しないものとは思えなかった。

思いたくなかった。優しく語りかけてくれたあの声が、臨を見つめてわずかに赤く染まった、柔らかそうな日に焼けた頬が、空にさしのべられた手が、風にふわりと広がった白い袖が、夢の中だけの存在だとは。

そのとき、母がそっと扉を開けて、部屋に入ってきた。

心配そうに、臨を見上げるようにした。

「大丈夫なの、臨？　優ちゃんから聞いたんだけど、具合が悪いんですって？」

扉にかかる白い指が骨が浮き出るほどぎゃしゃに見えた。小さくてほっそりとした母の背丈《せたけ》を、もうだいぶ前に、臨は追い越してしまった。

「大丈夫だよ」と、臨は笑顔で答えた。さらさらと言葉が口をついて出る。

「うんたしかに、さっきちょっと具合が悪かったんだけどね、でももう治ったから。たぶん軽い貧血だと思う。急いで急に起きあがったから……」

ぱあっと母の顔が明るくなった。

「そうよね。臨はいつも元気で、学校を休んだりはしないわよね？　律くんだって中学生の頃、そうだったもの。臨もあの頃のお兄ちゃんと同じで、いつだって、元気いっぱいなんだものね」

「そうだよ、母さん」臨は力強くうなずいた。

そばで優がなにかいいかけた。それを臨は目でとめた。笑顔のまま、臨はふたりに背を向け、洋服ダンスの引き出しを引いた。早く着替えて、学校に行く準備をしなくてはいけない。

「母さん、ぼくこれから、急いでシャワー浴《あ》びて、すぐに朝ご飯食べに行くから」

「はいはい。もう用意はできてますからね」

母の表情は、振り返らなくてもわかる。踊るような楽しげな足取りが廊下へ消え、階段を下りてゆく。

もうひとつ、振り返らなくてもわかるのは――。

「優」と、臨は従兄弟に声をかけた。

「心配してくれてありがとう。でもぼくは……大丈夫だから」

背後にたつ従兄弟は、しばらく黙っていた。やがて、ぽつりといった。

「学校で、具合が悪くなったら、ぼくにいってね。きっといってね」


授業はいつものように始まって、いつものように続いていった。

熱でぼんやりとした頭で、臨はそれでも先生の質問に答え、休み時間には、友達と話し笑いあった。昼休みには悩み事があるという後輩の少女に、その時間人通りのない階段のそばへと呼び出され、臨にはたいして深刻なようにも思えない友人との仲違《なかたが》いの話を、親身《しんみ》になって聞いた。

塾との両立が難しいのでやめてしまった天文部のその後輩は、臨とはもう直接のつながりがないはずなのに、いまだに臨を慕《した》っていた。廊下や階段ですれ違えば、きゃあと叫んで喜ぶし、遠くで臨を見つければ、大きく手を振ったりもする。クラスの友人たちが冷やかして、その少女は、たぶん臨を好きなのだろうという。

その話を聞いた時、そして、いま実際に幸せそうな笑顔で頬を赤らめているその子を見るうちに、臨は、めんどうだと思った。疲れたな、と。

かわいい子だと思う。性格がいいのもわかっている。けれど——誰かに好きになられるというのは、ひどく疲れることだと思った。

自分を好きでいてくれる、相手の思いに応《こた》えるために、友情やら愛情やら期待やらに応えるために、一体どれだけのことをしなくてはならないのだろうと考えると、強い疲労を感じるからだった。

疲れ果てて、一歩も歩けない状態なのに、まるで終わりの見えない果てしない荒野に立ちつくしているような気分になってしまう。

（もう歩けないのに、さあもっとこの先までも旅していきなさいといわれる旅人みたいな気分になる）

（贅沢かな？）

（ひとの好意をありがたく思えない、感謝できないって、ひととして最低だよね、きっと）

（でももうぼくは……）

限界だ、と思った。これ以上、誰かに笑顔を向けるのは。誰かの言葉に耳を傾け、優しい目で、優しい声で話すのは。


臨には支えなければいけない家族がいる。守り続けたい家がある。

（だって、兄さんはもういないんだから）

（ぼくが……ぼくが、殺してしまったんだから）

（だからぼくはせめて、兄さんの代わりにあの家を守る。守るんだ）

ほころびが見えている家庭だとわかっていても、もはやおかしい家だと気づいていても、臨は兄の写真を机から動かすことはできない。

ずっと笑顔でいようと思う。兄の代わりでいようと思う。

（でも……もう……たぶん、このあたりで限界）

一瞬、世界が白く見えるほど、めまいがした。けれど臨は持ち直し、きょとんとした顔をした後輩の少女に、何でもないよ、と笑いかけた。

そうだ。もう限界だった。限界だと思った。自分にはもうこれ以上、誰かのためにさく時間も、余分な精神力もない。

（もう誰も、これ以上、どんなつながりも、ぼくは、もういらない……）

気がつけば、臨はいつも、男女を問わずいろんなひとたちに好かれていた。そう、いつだって、臨は誰かを好きになる側ではなく、好かれる側だった。あるときはうらやましがられたりねたまれたりする側で——臨はいつも、それが不思議だった。

（ぼくのことなんか、どうしてみんな気になるんだろうと思ってた）

いまも思う。臨はただいつも、一生懸命に生きているだけなのに。死んだ律兄さんがそうだったように、強く優しく賢くなろうとしているだけなのに。なのに、みんな臨を勝手に好きになる。本当の臨、ハムスターが車を回すように、ひたすら努力し、がんばっている臨を知らずに。みんな、「明るく優しく強い臨」を、好きになる。表面だけの、理想的な人間であろうとしている、それを演じている臨を。

臨は知っている。自分ではわかっている。本当の臨は、あの日、八歳の夏の日のまま、成長してなんかいないのだ。夏の庭で、ふくれっつらをして、兄といっしょに自転車で街に行きたいと、わがままをいっていた臨、優しい兄の背中に向かって、「大嫌い」といった臨が、本物の臨なのだ。

（乱暴で、あきっぽくて、わがままで、強情《ごうじょう》で、でも怖がりで寂しがり屋で、すぐ泣いて怒って、傷ついて……ぼくはそんな子どもだった。大人たちに、兄さんと比べられて、叱られたりため息をつかれたり、困った子だと笑われていたのがぼく

だった）
（ぼくは……兄さんが死んだその日に、そんなぼくを封印したんだ）
（本当のぼくを）
（みんなが見ているのは、好きになるのは、本当のぼくじゃない）
（死んだ律兄さんになろうとして、がんばって演技している、作り物のぼくだ）

臨はさめた気持ちで、目の前の幸せそうな少女を見つめる。でも、自分のくちびるは微笑みを浮かべているのがわかる。だって律ならばきっと、自分を慕ってくる後輩の少女には、優しくするだろうと思えるからだ。

（兄さんなら、きっと、いつどんな時にでも、ひとに優しかったはず……）

律ならば――自分が熱に浮かされていて、立っているのが辛いくらいでも、きっと、かわいらしくかわいそうな後輩を突き放したりはしない。

少女のセーラー服の襟元《えりもと》のあたりから、そのとき、ふわりと甘いいい匂いがした。それは臨をどきりとさせたけれど、でもそのとき臨が思い出したのは、夢の中のあの子だった。

（ハルシャ……）

不思議な響きの名前。赤い花のようだった少女。藍色《あいいろ》の海の彼方《かなた》を見つめていた、強いまなざし。こらえた涙。鳩のような声。優しい声。覚えていたいのに、少しずつ忘れてゆく姿。

もう一度あの子と会いたいと思った。眠ってまた夢をみたら、再会できるのだろうか？

ふと思った。もし自分が好きになるとするならば、きっとあんな少女だろうと。


臨がいつも通りの日常を送っている同じ教室で、優もまた、彼なりの、いつも通りの日常を送っていた。

提出しなければいけなかった書類を忘れ、休み時間が終わっているのに気づかずに本を読み続けていて先生に叱られ、掃除の時間には床に投げ出されていたぬれぞうきんにつまずいてひっくり返った。クラスのみんなが笑いながら見つめる中で、自分もへらへらと笑いながら立ち上がる優の眼鏡のフレームはゆがみ、レンズは割れていて、それに気づいた臨は肩を落としてため息をついた。

優が眼鏡を壊したのは、今月だけでもう二回目だった。そのたびに母が笑顔で、でも悲しげにため息をつき、眼鏡を直すためのお金を優に渡す時の、その表情が、臨は苦手だった。恐縮して、縮《ちぢ》こまる従兄弟を見るのもいやだった。傷ついたうさぎが耳をたれ、悲しそうにうずくまっている姿のように見えるからだった。

優は壊れた眼鏡をかけたまま、背中を丸め、ごきげんうかがいをするような目で臨を見て笑った。

臨はその瞬間、吐き気がこみ上げてきて、口を手で押さえて、廊下へと出た。


学校がようやく終わった。

あのあと、ひどく吐いた臨は、青白い顔で、それでも教室で授業を受け続けた。先生やまわりのクラスメートたちが心配してくれたけれど、ひどく疲れていて、そのすべてがうとましかった。そして誰よりもうとましいと思ったのが、少し離れた席にいる優だった。壊れた眼鏡を顔にぶら下げて、ろくに授業も聞いていないような様子で、臨を見守っている優だった。

やっと一日が終わって、気がつくと、その日は塾がある日だった。

（まだ、終わりじゃないのか……）

臨は、机に手をついてなんとか立ち上がり、ため息をついた。額に脂汗《あぶらあせ》をかいているのがわかったけれど、自分の手でそれをぬぐうだけの気力もなかった。腕が、からだがとても重かった。

（帰らないと……なるべく早く家に帰って……）

家に帰って着替えて、教材を詰めたバッグを提《さ》げて、バスに乗って塾に行かなくてはならない。いつもより早く着くようにしないと――。

(今朝、起きられなかったのが痛いな。テストの時間までに、どこまで勉強できるか……)

めまいがする。椅子に座り込んで休みたいと、全身が訴《うった》えているのがわかる。

けれど臨の脳は、冷静に、少しでも長く効率よく勉強するための段取りを計算しはじめていた。重要でないこと邪魔なものを少しでも切り捨てて、時間を作るのだ。

自分のものではないような重たい足を動かし、教室の扉に向かって何とか歩き出すと、うしろから、聞き慣れたぎこちない足音が追いついてきて、優が心配そうな声をかけてきた。

「臨、大丈夫?」

か弱いうさぎのような姿が、そこにある。

臨はぼうっとして立ち止まった。まばたきをする。――優の存在を忘れていた。

いっしょに帰るときも帰らないときも、授業が終わればまず従兄弟の表情を見ていた臨だった。泣いていないか、いじめられていないか、家に帰るのを忘れて本を読みふけっていないか、宿題のプリントを忘れそうになっていないか……臨が気をつけていないといけないと思っていた。

臨の脳は、いま、優のことを忘れようとしていた。切り捨ててしまおうと。

優が、ゆっくりと、臨に声をかけた。

「ねえ、本当に大丈夫？　きみ絶対いま、熱があると思うよ？」

「大丈夫だよ」

臨は笑おうとした。でも、笑顔になるギミックがうまく働かないように、ぎこちない笑顔しか浮かんでいないのが、自分でわかった。無意識のうちに、手が自分の頬をなでる。

ゆがんでかしいだ眼鏡の従兄弟が、舌足らずな声で、言葉を続ける。

「きみは今日、無理しないで、学校を休むべきだったんだよ。具合が悪かったんだもん。とてもつらそうだったたんだもん。

臨はがんばりやさんだけど、からだがつらいときは、休んだって罰《ばち》は当たらないと思うよ？　ねえ、たまにはさ？　熱があるときくらいは」

「……熱なんてない。ぼくは元気だよ。だから大丈夫さ」

だめだ。笑えない。のどの奥がぎゅっとつまるような感じがした。

従兄弟は、大きな茶色い瞳で、じっと臨を見つめる。

滅多《めった》にない強いいい方で、臨にいった。

「今日、塾だよね？　せめて塾は休むべきだと、ぼくは思う」

「休めないよ。だって、テストが……」

「一回くらい休んだって、賢い臨ならすぐに取り戻せるよ。

あと……えっと、臨が学校や塾を休めないのは、お母さんにいいづらいから？

だよね？

臨はとても優しいから、お母さんを心配させたくないんだよね？」

純粋な表情で、従兄弟はほほえむ。

「でも、臨のお母さんだって、臨が無理して病気になったりするよりか、家でゆっくり休んでほしいって思うよ、きっと。伯母《おば》さまも、とても優しいひとだもん。だから、臨。家に帰って伯母さまに、具合が悪いっていおう。で、休もう。ベッドで寝てさ。この頃、夜あまり眠れてないみたいだし。

そうして、明日は学校も休むといいよ。えっとあの、病院に行くのもいいかもね。だって臨、もう何日も、ずっと具合悪そうだったもの」

「そんなことが……」

のどの奥から、低い声がもれた。

「そんなことが、できるはずないだろう？」

あらげた声に、ほとんど殺意に近いものがこもっているのが自分でわかった。

優が驚いたように後ろに下がるのが見えた。大好きなひとに石を投げられたうさぎのようだった。

（ああ……しまった）

笑顔に戻らなくてはと思った。優は自分を心配してくれているのだから。

（こんな優しくて弱い、うさぎみたいなやつを、傷つけたりなんかしちゃだめだ）

けれど、いつもなら出てくる優しい言葉が、今日は出てこなかった。いうべき言葉が、のどの奥にはりついてしまったようで——だから、臨は、黙ったまま、道を急いだ。教室に優を置き去りにして。

臨の声にびっくりしたように、クラスの子たちがふりかえっているのがわかった。心配そうに見つめる視線も感じた。どうしたの、と、優に話しかけている子もいる。そんな中で、優が立ちつくし、自分の方を見ているのを、目の端で見た。


臨は家に帰った。玄関の鍵《かぎ》を開けて、いつも通りに「ただいま」といったけれど、迎えにきたのは、猫のアルトだけで、母の気配はなかった。

臨の母は、夕方近くのこの時間は、近所の商店街に、夕食の材料や花を買いに出かけていることが多い。今日もそうなのだろう、と、臨は思った。

靴を脱ぎながら、どこかほっとしていた。

いまの自分が、上手に笑えるかどうか、自信がなかった。

さっき教室で叫んだあとののどが、まだ痛い。怯えたような優の表情が、心に痛い。

臨は目を閉じ、片方の手で、自分の顔を覆《おお》った。やがて、ゆっくりと顔を上げた。

(行かないと……ああ、早く塾に行かなくちゃ……)

二階の自分の部屋にあがろうとする。階段も手すりにつかまらないと、まっすぐあがれないような気がして、立ち止まったとき……物音がした。

(一階? 居間の方、かな?)

母が家にいたのだろうか、そう思いつつ、引き出しを荒っぽく引くような音が聞こえたので、臨は、上りかけた階段を足音を忍《しの》ばせて下り、一階の居間の方へと向かった。

父がいた。こんな時間なのに、父が家にひとりでいた。居間の向こうにある両親の寝室で、背中を丸め、あわただしくタンスを開け閉めしている姿が見え、音が聞こえた。

(何を、してるんだろう?)

居間まできたとき、臨は気づいた。……テーブルに、メモがある。

居間には、籐《とう》とガラスでできたテーブルがある。つたとポトスの鉢《はち》からあふれた葉に覆われたそのテーブルの上に、メモがあった。

「さよなら、すまない」と、それだけ書かれたメモが。父の字だった。癖がある、万年筆の太い文字。見慣れたブルーグレイのインク。

臨は自分の心臓のあたりが、一瞬で冷えるのを感じた。

（さよなら……って）

（さよなら、って、どういう意味だよ、父さん？）

いつも家族で、テレビやＤＶＤを見たり、笑い合ったりした場所の、ガラスのテーブルの上に、そのメモは置かれていた。そう、いつも臨たち家族は、そんなふうにして連絡を取り合っていたのだった。居間のこのテーブルに、小さなメモを置いて。『伝言メモ』と呼んでいた。

昔からそうだった。昔、律が生きていた頃からのしきたりだった。

それはただの伝言では終わらずに、家族同士でだしあう、小さな手紙になることもあった。日記のようなつぶやきでありながら、みんなにあてた手紙になっていることも。律が生きていた頃は、交換日記のようになっていたこともあった。

（ああ、父さんの『伝言メモ』って、久しぶりに見たなあ……）

臨は、熱でぼうっとする想いで、ひとごとのように切なく懐かしく思った。

父は引き出しをあけて、古いボストンバッグに、自分の下着や靴下を詰めていた。畳《たたみ》の上に、スーツやネクタイが、投げ出すように置いてあった。

「父さん、今日は会社はどうしたの？」

臨が声をかけると、父はびくっと背中を震わせてふりかえった。久しぶりに見た父は、追いつめられた逃亡者のような、こけた頰をしていた。

そのとき、臨にははっきりとわかった。父親が考えていることを、一瞬で悟ったのだ。

「父さん――家を出るの？　この家を、ぼくらを、捨てていくの？」

父ののど仏が、ひくひくと動いた。臨から目をそらして、かすれた声でいった。

「すまない――もう、限界だ。会社は、辞めてきた。どこか遠くの街で、ひとりで少し休みたい」

ひざにおいた手が、震えていた。「もう、父さんは疲れたんだ……すまない。もう……」

「休むって……それならうちでもできるじゃない？　ぼくたちとさよならしなくたって」

臨は父の腕をつかんだ。背広の下の腕は、昔と違って、細くたよりなく感じた。

臨は、あの夏の日、庭でカメラのファインダーをのぞいていたときの、父の笑顔を思い出した。いまもはっきりと思い出せた。誠実そうな、力強い笑顔。

（世界中のことは、何でも知っていて、どんなひとよりも強いと思ってた）

（何があったって、ぼくらを守ってくれるって）

（ぼくは……ぼくも兄さんも、父さんのようなひとになりたかったんだ）

　父は、一言つぶやいた。

「この家には、安らぎがない」

　臨の手から、力が抜けた。

　父はよろけるようにしながら、口が開いたままのバッグを抱《かか》え、まるでどろぼうのように無様《ぶざま》に家を出て行った。


　気がつくと、そこに母がいた。いつのまにか居間に、臨のそばに立っていた。

　買い物袋を手に提げ、花を抱いたまま、ぼんやりとそこにいた。セロファンに包まれたアルストロメリアとかすみ草、白い百合《ゆり》を抱いたまま、ガラスのテーブルのそばにいた。

　母の視線は、寝室の畳の上を見ていた。そこに父の靴下が片方落ちていた。洋服ダンスの扉にネクタイが挟まったままになっていた。

　いつの間に来ていたのか、アルトが心配そうに、母の足元に座り、その顔を見上げていた。

臨は、ひどい耳鳴りを感じた。

(母さん……母さんを)

(母さんが……どうしよう?)

どうしたらいいのか、わからなかった。

臨は、ただ、「いま、父さんが」と、それだけいった。でも母の表情で、父が出ていくところを、見てしまったのかも知れない。

て行ったということを知っているのだということがわかった。

(そうさ。母さんにはわかるだろうさ)

臨は、しんとした心の奥で思った。

(母さんは、勘《かん》も頭もいいんだ。メモの一枚だけで、何もかもわかるさ。父さんから、さよならの言葉を聞かなくても。わかるさ。わかってしまう……)

母は、花と買い物袋をばさりと落とした。買い物袋の中で、たぶん卵だろう、つぶれる音がした。アルトが驚いたように飛び退いたけれど、それも目に入らないようだった。

「母さん」

臨は声をかけた。でも、母は臨を振り返りもしなかった。そばを通りすぎる。

まっすぐに、歩いていく。居間の一角へと。さっきまで抱えていたアルストロメリアとかすみ草と百合を、細い足が踏み、花たちが揺れて潰れた。

母は、窓辺にある、たくさんの緑を飾った棚《たな》の前に立った。そこには花々が咲き、様々な緑たちが葉を茂らせ、蔓《つる》を伸ばしていた。いつもなら、窓越しの光に包まれて、宝石のように花と緑が輝いているそこは、今日は冬の曇り空の薄ぼんやりとした光を受けて、どこか古い映画の中の情景めいて見えた。母は、観葉植物の鉢のそばに置いてあった花ばさみを手に取った。そのままぐるりと視線を巡《めぐ》らせた。

蘭《らん》の鉢植えの茎《くき》をばさりと切った。白い花がついたままの茎が、床に落ちた。

「……わたしが悪いっていうの？」

母は、誰かに向かって、そういった。そのままきゃしゃな手は動いて、今度はモンステラの茎を切った。木立《こだち》ベゴニアを切り、こうもり蘭の葉をざくざくと、切っていった。部屋の床に、緑の残骸がばらばらと散らばった。床に落ちるそれはまるで、植物たちの死体や血のように見えた。

「母さん」臨は、かすれた声で、叫んだ。

「やめて、母さん。かわいそうだから……」

母は、アジアンタムの葉を切り落とす。ポトスとムーンライトの茎をためらいもなく切ってゆく。

居間の床はいま、緑色の血がこぼれたように、植物たちの花と葉と茎と枝でいっぱいだ。

聞こえないはずの植物たちの悲鳴が聞こえそうだった。……いや、聞こえていたのかもしれない。臨は耳鳴りのする頭を抱えた。重たくて上にあげていられなくなった手が、のどのあたりに落ちる。放課後からずっと痛かったのどが、いまは抉《えぐ》られるような激痛になっていた。

母の目には、臨は見えていないようだった。声も聞こえていないのだろう。

母ははさみを手に、ガラスのテーブルに足早に近づき、父の残したメモのそばにある、つたとポトスを切った。

そして、はさみを握りしめ、その手をもう片方の手で握りしめると、泣いた。

泣きながら、高い声で叫んだ。

「わたしが悪いっていうの？　わたしは大事な子どもを亡くしたのよ。あんなにかわいかった、賢くて、優しかった立派な息子を亡くしたのよ？　死にたかった。ずっと死にたかったわ。いまだって死にたいほど苦しくてさみしいのに、なのに一生懸命に、がんばって生きてきたのに……あれから六年も生きてきて、わたしはもう精一杯なのに、みんなわたしを責めるの？」

母は、はさみを高く振り上げた。両手でさかさまにもって、刃先を、テーブルにおかれたメモに、ガラスのテーブルにたたきつけた。突き刺すように、抉《えぐ》るように、何度も。何度も。

テーブルの上にあった植物の鉢が落ちた。テーブルのガラスに傷が付き、ひび割れる音がした。ガラスの欠片《かけら》が散る。母の白い手に赤い線が走った。

「母さん、危ない」

臨は母に駆けより、その手からはさみをとろうとした。

「……うるさい。じゃましないで。――わたしのじゃまをするな」

母が、母ではないような恐ろしい声で叫んだ。獣のように身をふりほどこうとした。

信じられないような力ではさみをふりまわす。臨はそれを止めようとして、右の手のひらに熱い痛みを覚えた。どくどくと、脈にあわせて、痛みが燃え上がる。無意識のうちにもう片方の手で、痛む側の手首を押さえて、臨は自分の右手をみた。はさみで切られた傷口から、赤い血があふれるように流れ出していた。

汚れたはさみを手にしたままの母が、焦点《しょうてん》のあわない目で、臨の手のひらの赤い血を見つめた。

くちびるが震えはじめた。肩が震え、両手が震え出すのがわかった。そのうち、母の両手からは力が抜け、はさみが手をすり抜けて、ごとりと床に落ちた。古い飴《あめ》に床にうずくまった。

ぺたりと座り込んだ母の目から、涙が流れた。表情がゆがんだ。

臨のてのひらを見つめたまま、母は涙を流し続け、しゃくりあげ、やがて両手でその顔を覆《おお》った。嗚咽《おえつ》の声が漏《も》れた。

「母さん」臨は、手首を押さえたまま、笑おうとした。

「ねえ、母さん。ぼくは大丈夫だから。母さんが、けがをしなくてよかった……」

耳鳴りはやまない。右手の傷はよほど深いものらしく、ぎゅっと手首をつかんでいないと痛みをこらえられなかった。痛みのせいなのか、それとも……刃《は》が神経を傷つけたのか、右の指先に力が入らなかった。熱も上がってきているのか、立っているのが辛い。

(——笑えているかな、ちゃんと)

(ぼくはいま、不自然でない笑顔でいられているかな?)

耳鳴りはひどいのに、自分の血が床にしたたり落ちる音は聞こえた。植物たちの血のような枝や葉が散らばる中に、臨の赤い血が、水たまりを作るようにたまってゆく。

「母さん」痛みでひきつるようなのどで、臨は母に声をかけた。

「ぼくはだいじょうぶだから、大丈夫だから……」

傷つかないで、と、いいたかった。

(お願いだから、自分を責めないで。ぼくを傷つけたことで、傷つかないで)

(ああ、ぼくはどうして、けがなんてしたんだろう？)

(はさみくらい、かんたんによけることができたはずなのに)

臨は、母に歩み寄った。体が揺らぐような気がしたけれど、そのそばにいった。

身をかがめる。

「母さん、ごめんなさい。ぼくが悪かったんだ。だから……」

床に座り込んでいた母が、急に叫んだ。家の中を切り裂くような、高い高い声だった。両手で自分の頭をかきむしるようにして、その手でそのまま自分の両方の頬をかきむしった。

手が止まった。そして、母の涙にまみれた目が、上目遣《うわめづか》いに臨を見た。

疲れ切った、どんよりとした目で、母は臨を見つめて、いった。

「こないで。臨なんて、大嫌いよ」

臨は、その場に凍り付いた。

母は、呪いの歌を歌うように、言葉を続けた。

「そうよ。臨なんか大嫌いよ。いつも人の顔色ばかりうかがって……無理に笑ってばかりで、何考えているのかわからない子だって思ってたわ。なんて子どもらしくない子だろうって。昔は、小さい頃の臨は、素直で子どもらしくてかわいかったのに。いまの臨は嫌い。大嫌い」

臨は何も答えられなかった。頭ががんがんと鳴って、のどが痛かった。

低い声で、母はつぶやいた。

「わたしは律が好きだった。律は——律くんは賢くて優しくて、家族のことを愛してくれて、本当にいい子どもだった。律くんがここにいればよかったのに。そうしたらきっと、わたしは、幸せでいられたのに。お父さんも、家にいてくれたのに」

臨は黙って部屋を出た。母をその場に残して、廊下に出た。

気がつくと、優がいた。いつもどおりの取り繕《つくろ》うような笑みを浮かべて、そこにいた。

居間のすぐそばの、廊下にたたずんでいた。

肩に鞄《かばん》をかけたままだった。うさぎのような表情で、小さな声で優はいう。

「いまね、ぼく、帰ってきたんだよ。そしたら、あの、声が……聞こえたから」

「見ていたのか？」

臨がたずねると、優は、ゆがんだ眼鏡をかけた顔で、困ったようにへろへろと笑った。

臨は、自分の血に濡れた左手で、玄関の壁を殴《なぐ》った。

「……ざまあみろと思ってるんだろう？　ぼくが自分と同じになったから……不幸で、かわいそうな人間になったから。家族に見捨てられた、ひとりぼっちに、なったから。見ていて面白いか？　面白かったかよ？」

優は驚いたように目を見開いて、なにかいおうとした。

そのとき、甲高《かんだか》い猫の声が聞こえた。アルトだった。

臨はゆらりと、自分の足元に視線を投げた。アルトがそこにいて、鳴いていた。

さっきからずっと、鳴き続けていた。臨が居間にいた頃から。それに気づいていたけれど、いままで臨の耳には、猫の声は聞こえていなかった。

足元でアルトが鳴いていた。臨を見上げて、心配そうに鳴いていた。

アルトはいつも、そうだった。みんなが仲良くしているのが好きで、家族がいい争いでもすれば、喧嘩《けんか》しないで、というように、間に入って鳴く猫だった。

そしてアルトは、臨の手のけがを見上げていた。心配そうに、緑色の目を見開き、ひげを震わせて、臨に向かって鳴いていた。大丈夫なの？　痛くないの？　ときくように。

いつもは愛《いと》しいと思うそんな仕草が、いまの臨にはうとましかった。

「うるさい」

瞬間、沸騰《ふっとう》したような怒りがこみ上げてきて、臨は床を蹴《け》った。

床を蹴とばしたつもりだった。でもその瞬間、身を寄せてきたアルトが、その足にはね飛ばされた。

柔らかな感触がした。アルトの小さな体は、軽々と飛ばされていった。アルトは悲鳴を上げて、玄関のたたきに転がった。

ああ、と臨は叫んだ。

「アルト……ごめん、アルト……」

臨は、猫の方に手をさしのべ、近づこうとした。

アルトは怯えたまなざしで、臨を見つめた。尾をふくらませ、怖いよ、と訴えるように、耳を伏せた。瞬間、パニックを起こしたのか、急に身を翻《ひるがえ》し、細く開いていた扉から、外へと走っていった。

すぐそばの道を、車がスピードを出して走ってくる音がした。嫌な感じの、鈍《にぶ》い音がした。

臨はびくりとした。その音は知っていた。……道で不幸な猫たちが、事故に遭《あ》う瞬間を見たことがあったから。

玄関のまわりには、花壇《かだん》があって、母が植えた花たちが咲きほこっていた。煉瓦《れんが》が敷かれたロックガーデンがあり、プランターが並べてあった。それ以外にも、敷地中に、緑があふれるほど、広がっていた。十二月の庭は、パンジーやビオラやシクラメンや、そういった色とりどりの冬の花で彩《いろど》られていた。ばらのアーチをくぐって、臨はよろよろと、外に出た。もう夕方になっていて、暗い空に、冬咲きの白いばらの花びらが広がっているのが見えた。空は迫り来る夜のせいだけではなく、雨を含んだ雲を浮かべているせいで、重い、どんよりとにごった色をしていた。

門をくぐって、外に出て——臨は、たちどまった。

そこに、道路にアルトが倒れていた。口から血が流れていた。臨が駆けよって抱き上げると、前足をけいれんするように動かして、声を出さずに鳴いた。小さく口を開けて、甘えるように。

「アルト……アルト」

アルトは、自分が事故に遭ったことがわからないのか、臨を見上げて、猫の笑顔で嬉《うれ》しそうに笑った。のどが鳴っている。臨が自分に優しく話しかけていることが、臨の腕の中にいることが、とても嬉しいようだった。

臨がつい抱く手に力を込めると、傷に障《さわ》ったのか、猫は悲鳴を上げた。自分の腹部のあたりを、まるで見えない何かにかまれた、というように、きつい目で見つめる。けれどそこに何かいるわけでもないので、猫はすぐにきょとんとして、のどをごろごろと鳴らし続けた。

臨は吐き気をこらえながら、ゆっくりと猫の全身の様子を見た。少しずつ、体に触っていった。下半身が、腰のあたりから、不自然にねじまがっていた。皮膚が裂けていてみるみる血に染まってゆく。後ろ足がだらりとして力がなかった。触っても何の反応もなかった。何も感じないようだ。

「ごめん……アルト……ごめん」

臨は泣きながら、猫の柔らかな腹部にそっと顔を埋《うず》めた。

(背骨と肋骨《ろっこつ》が折れてる。たぶん、折れた骨が、内臓を傷つけているだろう。腰から下の神経も、傷ついてだめになっている。もう……助からない)

臨には、それがわかった。

獣医師の伯父の家で診察する伯父を手伝いながら、棚に並んでいた獣医学の本を読んでたくわえた知識が、この猫はもう助からないと臨に教えた。

(ごめん。アルト。君を助けられない……)

臨は猫の名を呼びながら、そっと抱いた。腕の中の猫はいつもの通りに温かかった。のどが優しく鳴っていた。

気がつくと優がそばにいて、臨の名を呼んだ。

臨は、顔を伏せたまま、やっと言葉を口にした。

「──ごめん、優。しばらくでいいんだ。ひとりにしてほしい……」

臨は猫を抱いたまま、歩き出した。従兄弟の足音は、ついてこなかった。

ごめん、と、臨は口の中で、つぶやいた。涙が流れた。

雨が降ってきた。ぽつりぽつりと、静かに降り始めた。


雨からかばうようにアルトを抱いて歩きながら、臨は、猫にいろんなことを語りかけた。彼女が好きだったもののことや、苦手だったもののこと。家族との、楽しかった思い出。一歩歩くごとにてのひらの傷は焼けるように痛み、体を打つ雨と一緒に血がしたたった。

「アルト、ぼくはアルトを大好きだったよ。いつも君が大好きだった……」

臨が声をかけるごとに、アルトはとぎれとぎれにのどを鳴らし、前足をにぎにぎと動かして、聞いていますよ、と、答えるのだった。少しずつその体の力が抜けてきて、臨によりかかる体の重みが、ずっしりと重たいものになってきていた。

どこに行くというあてもなかったけれど、ただ大通りの歩道を、道なりに歩き続けた。雨に濡れ、制服のまま、傷ついた猫を抱いて歩いている臨に、けげんそうに、あるいは心配そうに目を向けるひともいたけれど、時間は夕方、みなそれぞれに道や仕事を急ぐ時間で、あえて声をかけようとするひともいなかった。

「――ずっと、アルトといっしょだったね」

臨が生まれる前から、家にいた猫。クリスマスの贈り物として、家に来た猫。家族のアルバムには、必ずいっしょにいて、少しずつ大きくなっていった銀色の猫。臨の一番の友達で、きょうだいでもあった猫。

「もっと、いっぱい遊んであげればよかった。おやつのチーズをあげればよかった。もっと、なでて、名前を呼んであげればよかったね」

アルトは、自分の名前を呼ばれるのが好きだった。名前の最初の、ア、やアル、という響きをとらえただけで、耳がぴんと立って、きらきらした緑色の目がこちらを向いていた。どうかすると名前を呼ばれる前からわかっているのではないかと思えるときもあった。

母はよくアルトを抱いて、アルトの名前を呼びながら、適当な歌を歌っていた。アル、アル、アルちゃん、アルトちゃんは、かわいい、いい猫ね、と。アルトはそんなとき、ひげを上げ、とろけそうに幸せな顔をして、母の顔を見つめていた。母猫を見るようなまなざしで。

臨は、そんなときの母とアルトを見るのが好きだった。

臨は立ち止まり、泣きながら、空を見上げた。

雨粒が重たく、顔に全身に降り注いだ。

「アルト、きみが大好きだったよ……」

家族が嬉しいときも、悲しいときも、そばにいてくれた猫。なにもいわずなにも望まずに、ただ家族を見守ってくれていた優しい猫。

臨は猫を抱きながら、暗くなってきた道を歩いた。雨がスクリーンのように降る中で、ひとつまたひとつと、街灯の明かりが灯《とも》りはじめていた。大通りを行き交う車のライトは、雨を輝かせてまぶしく光り、タイヤがたまに水たまりの水を歩道へとはねとばした。

やがてアルトは臨の腕の中で、深い息を一つすると、目を薄く開いたまま死んでしまった。口の端から、舌が、少しだけはみだしていた。口元が血に染まってさえいなければ、熟睡している時のような顔に見えた。雨に濡れないようにかばっていたけれど、毛が濡れそぼっていた。それがとても寒そうに見えて、臨はてのひらで猫の顔の辺りをぬぐってやり、低く声を上げて泣いた。

（ぼくが、殺したんだ——）

ずっと変わらずに、臨を好きでいてくれた小さな命を、臨は殺してしまった。

（また、同じことをしてしまった……）

アルトを蹴った感触を、足が覚えていた。

あの夏の日に、兄に「大嫌い」と叫んだ声を、いまも耳が覚えているように。

歩いていくうちに、気がつくと、駅前の大きな交差点に来ていた。

きれいな商店街があり、通りにあるいろんな店や街灯に、明かりが灯り、きらめいていた。

十二月――クリスマスが近いので、そのきらめきはひときわ華やかで、楽しげだった。クリスマスソングが聞こえた。

ああ、いまは十二月だったんだなあ、と、臨はぼんやりと思った。冷たい風と雨に包まれた街は、華やかで美しく、夢の中の景色のようだった。

「遠くまで来ちゃったね、アルト」

臨はつぶやいた。

このあたりにはふだん来ることはなかった。この商店街には。

気がつくと、誰かが供《そな》えた白い百合《ゆり》の手向《たむ》け花が、歩道に置いてあった。雨に濡れながら、通り過ぎる自動車のライトに、時折照らされていた。

胸が、じくりと痛んだ。

臨もまた、母や父につれられて、この街に、花を手向けに来たことがあった。

律が、あの夏の日、トラックにはねられたのは、この商店街の、いまいる場所の近くだった。臨はゆっくりと首を巡らせた。いまはもう建て直されて、あの夏の日にそこにあったカフェはない。けれど、不幸なトラックが暴走した歩道は……たくさんのひとびとが傷つき死んだ場所は、あのあたりだろう、と、臨にはわかった。何度も花を手向けに来た場所だから。

あの夏。律が好きだった姫ひまわりの花を、かかえるほども母は道に供えた。歩道にしゃがみこみ、アスファルトに涙を落として泣きじゃくっていた。

いま、大きな音を立てて、冬の夜の雨の中を車たちが行き過ぎる。

車のライトが流れていく様子もまた、クリスマスの飾りのようで美しかった。

臨は、車の波が動くのを、ずっと見つめていた。歩行者用の信号が赤から青になっても、見つめたまま、道路をわたろうとはしなかった。

そして、また赤になった時、臨は眠るアルトを抱きしめて、まっすぐに歩き出していた。

耳は、クリスマスソングを聴いていた。ああ、「アメイジング・グレース」だな、と思った。腕の中の、すっかり冷えてしまった猫が、いつかのクリスマスの夜、居間のピアノでクリスマスソングを弾く律を見上げて、目を輝かせていたのを思い出した。床に腰を下ろし、尊敬するようなまなざしで見上げていた。猫にも音楽はわかるのだろうか、と、あのとき自分が思ったのを覚えている。

（どうなんだろう……？）

氷のように冷えた体で、震える唇《くちびる》で、臨はふっと笑う。濡れた前髪から落ちる雨のしずくが、車のライトを受けて光る。

（ほんとうのところはわからないけれど、でも、アルトは音楽が好きだったね）

（みんなが歌ったり、楽器を弾いたり、楽しそうにしているところにいるのが好きだった）

（楽しそうなみんなのそばにいるのが）

車が急ブレーキをかける音が聞こえた。タイヤのきしむ音や、クラクションを鳴らす音が。

でもすぐに何も、聞こえなくなった。

気がつくと、臨はまた風になっていた。うす青色に灰色が混じったような色の果てしない空を、ふわふわと流れていた。

目の下には、知らない景色があった。赤い土と、崖《がけ》と、一面の地割れがつづく大地だ。誰もいない。生き物の気配もない。埃《ほこり》が風に舞う。

腕の中で抱きしめたアルトが、まばたきをしていた。臨を見上げて、にゃあと鳴いた。

（アルト、生きていたの？）

臨は驚いて、猫の顔を見る。その体は柔らかく、毛並みはふわふわとして、あたたかかった。

その口元はもう赤く染まってはいなかった。だらんとしていた下半身も、もう傷ついてはいない。いつもの通りに、ゆるやかに丸く、臨の腕の中に収まっている。

アルトは、のどを鳴らし、臨の顔をなめると、ふいと体をねじった。足が柔らかく臨の体を蹴る。臨の腕を優しくするりと離れ、宙に舞い上がると、どこかに飛んでいってしまった。その背中には、いつの間にか、白い翼が生えていた。

(アルト、アルト、アルト、どこに行くの?)

声が、声にならない。

けれど、アルトは、臨の方を振り返った。そして、優しい優しいまなざしで、臨を見つめると、一声鳴いた。

その声は、「さよなら」とも、「大好き」とも聞こえた。

それきり振り返らなかった。アルトの姿は遠ざかってゆき、やがて、空の果てで一番星のような光になって、消えていった。

臨は泣いた。

猫が、遠い世界に旅立ったのだと、わかったからだった。

風に乗って、誰かの声が聞こえた。
澄んだきれいな男の子の声だった。

そは　はるか地平の彼方
祈りの声の流るる　最果ての地
無限の砂の海が　陽に照らされ続くところ
金色の砂の粒が　さらさらと歌うところ
黄金郷　ひとつ　そこにあり
砂の海の彼方で　旅人を　待つという

どこかで聞いたような言葉だと思った。声も、知っている声のような気がした。
目の下の大地に、荒野に、ひとりの少年がいた。臨と同じ年くらいだろうか？
丸い眼鏡の奥の茶色い目をきらきらと輝かせて、美しい言葉を歌うように唱えていた。

肩から大きなかばんを斜《なな》めに提《さ》げて、長めの茶色い髪を楽しげに風になびかせて。

違和感を感じたのは、その少年の耳が、風になびくほど長いということだった。まるで、垂れ耳のうさぎのようだ。耳には、うっすらとうす茶色の毛が生えているようにも見える。ビロードのようなその毛並みは、日の光を受けて輝いていた。

荒野に　おさなき巫女《みこ》ありて
銀の髪に　銀の瞳の　巫女ありて
白き手で　北の星の下を　さししめす
その手のさす方に　すばらしき世界あり
黄金郷　そこにこそ　ありという

少年は言葉を唱《とな》えながら、踊るように大地を歩く。乾いた大地に多少の段差や地割れがあっても、そのままひょいと飛び越した。それは人間ではなく、獣のようなかろやかさだった。でなければあたかもアニメのキャラクターのように、不自然に身が軽かった。

少年は楽しそうに地を駆ける。ひとりでくるくると踊る。そのうちかばんからパンフルートのような笛を出して、音楽を奏で始めた。ケルトの音楽のような、明るくにぎやかな曲だった。その曲が流れると、いままで死んでいたように見えていた大地が、絵の具を塗ったように、息づいてゆくような気がした。凍り付いていた景色が、春のぬくもりでとけていくように。命が芽吹《めぶ》いてゆくように。

臨は、日の光にきらめく少年の髪に、眼鏡の奥の琥珀色《こはくいろ》の瞳に、そのかろやかな仕草にみとれた。

もう何も感じられないほど、凍《い》てついていた気持ちが、ほどけていくような気がした。

少年の茶色い目のまなざしを、知っているような気がした。懐かしかった。どこで見たものかは思い出せないけれど。

と、少年が空を見上げた。

口からゆっくりと笛を離し、まばたきをくりかえしながら、臨を見上げた。

「きみは、だれ?」と、少年は聞いた。

「なんでそんなところにいるの？　――ていうか、あの、ごめんなさい。どこかでぼく、きみに会ったことがある？　よね？」

臨は、答えようとした。けれど、言葉は声にならず、風が臨をまたどこかに運んでいこうとした。

「待って。ねえ、どこに行くの？」

少年が空を見上げながら、追いすがろうとする。でも風は速く吹きすぎる。

やがて目の前に深く切り立った崖が現れ、少年はその場で軽く跳ねるように足踏みをすると、悔しげに立ち止まった。

遠ざかる臨に向かって、手を口に当てて、少年が叫んだ。

「ねえ、きみは、なんで泣いているの？　もしかして、ひょっとして、なにか不幸なの？　悲しいことがあったの？

ねえ、なにかできるなら、ぼくになにかできるなら、話して。君の話をぼくに聞かせて」

少年は、風に長い耳をなびかせ、両手を臨に向けてさしのべた。

「もし君がさみしいなら、ぼくが――このぼくが、君の友達になるから」

臨はその子の茶色い瞳に、あの影を見た。……誰かを見送ったひとびとのもつ、しんとした深い悲しみの影を。

だからこそ、深く生命《いのち》を愛している、その強い光を。

少年の声は、遠ざかり、そして臨の目の前は暗くなり、何も、見えなくなった。

闇の世界に引き込まれていくように。


（友達……）

臨は、風の中で、いまは真っ暗な世界の中で、悲しく笑った。

何も見えなかった。闇が体を包み、心へとしみ通っていくようだ。

死というのは、こういうものなのかな、と思った。闇は水に似ていた。ひんやりとしていて、そして重い。

（ぼくに——ほんとうのぼくに、友達なんてできるものか）

（ぼくは、律兄さんを殺した。アルトを殺した。ひどい人間だ）

（わがままで怖がりで短気で、乱暴な人間なんだ。律兄さんのまねをしているぼくじゃなく、本当の本物の、弱くて情けないぼくを友達だと思ってくれる人間なんているもんか）

学校の友人たちのことを思った。あの場所に、学校に、みんなといっしょにいることが好きだった。塾だって、そこにいるみんなと会話する余裕なんてほとんどなかったけれど、受験が終わったらカラオケに行こう、なんて話は、たまにしていた。塾の帰りに、バスを待つ時間、缶コーヒーを飲みながら、よくいっしょになるメンバーでたわいもない話をするのも、楽しかった。メルアドさえ教えあわないような、淡いやりとりだったけれど、そう、臨は彼らのことも、友達だと思っていたかもしれない。

（ぼくは……ぼくは、ああ、みんなのことが、好きだったかもしれない……）

自分に笑顔を向けてくれていた、たくさんの仲間たちのことが。

遠くで、楽器の音がした。弦《げん》を弾《はじ》く音……ギターだ。

ぽろんぽろん、と、音が続き、やがて和音になり、メロディになってゆく。

知っている曲だ、と思った。

ゆっくりと思い出した。兄がよく弾《ひ》いていた古い外国の曲。サイモンとガーファンクルの「明日に架ける橋」だ。

ぼくが君の友達になろう、悲しいときはそばにいよう、と、歌う曲。

（兄さんは、ギターを弾くのがうまかったなあ）

（ぼくも弾いてみたかったんだけど）

（手が小さくて、小さすぎて）

（コードを押さえるなんてとんでもなくて）

ぽろん、ぽろん、と、弦を一本一本弾いて音を聞くことしかできなかった。

(でも、それでも、きれいな音だと思ってたんだ。いつかぼくは……)

大きくなったら、大人になったら、あの曲を弾こうと思っていた。


臨は泣いた。暗闇の中で、泣いた。

(でもぼくは死んだ。たぶん今度こそ、死んでしまったんだ。夢じゃなく)

(ぼくは、大人にはなれない。どんな夢も叶えられない……)

仕方がないと思った。自分のような罪深い人間は、もう死んでしまうしかないのだ、と。


闇は濃かった。漆黒《しっこく》の闇の中を、臨はゆるゆると流されていった。このまま闇に溶けていくのかな、と思った。

(アルトはきっと、天国に行ったんだな)

空の果てに、天国のそばに、死んだ動物たちがたどり着く、虹の橋と呼ばれるところがあるという。

そこで動物たちは、生き別れた愛する誰かと再会するのだという。

(律兄さんと、また会えるんだね、アルト)

アルトは家族のみんなを愛していたけれど、いちばん好きだったのは、遠い日の十二月、最初に彼女と出会い、家につれ帰ってきてくれた律だということを、家族のみんなが知っていた。

(ぼくは、アルトにも兄さんにも、もう会えない)

(だってぼくが行くところは、天国なんかじゃないからだ……)

このまま闇の世界に引き込まれて、地の底の冥《くら》い世界に向かうのだ。そこできっと、闇に溶け、闇そのものになるのだろう。


暗闇の中で、誰かが旋律を奏でた。

誰かの優しい声がした。美しく澄んだ、若い男のひとの声だ。

声は、「明日に架ける橋」を歌っていた。

君がもし、疲れ途方に暮れて、泣いているようなことがあったら、ぼくがきっと、この手でその涙をぬぐってあげるから、と。

優しい響きの、きれいな英語で。

(誰の……誰の声だろう?)

臨の日に、一瞬、果てしない青空が見えた。

青空と、そして、そこに翼を広げる、大きなドラゴンと。

ドラゴンの翼は、金属でできていた。鱗《うろこ》の一枚一枚も、ふれれば切れそうなほどに薄い、青緑色の鋼《はがね》でできていた。

ドラゴンの背中に、ひとりの青年が座っていた。歌は、彼が歌っていた。

まるで物語にでてくる吟遊《ぎんゆう》詩人のように、長い毛織り物のマントを羽織《はお》ったその青年は、しかし頭に飛行眼鏡を載せ、足元にナイロン製（と一目でわかる）の、黒いリュックサックを置いていた。金色の長い髪を風になびかせ、古いギターをかき鳴らしていた。

その目が、ふとあがり、臨を見つめた。見つめた、と思った。

「おう」と、青年は声を上げた。青い宝石のようなまなざしが、明るく温かく臨を見つめる。

英語らしい言葉で、何事か嬉しげに早口にいいながら（臨にはよく聞き取れなかった）、臨に手をふる。

そのときには、金属製のドラゴンも、長い首を巡らせて、大きな顔で臨を見ていた。金色の目が、まばたきもせず、臨の方を見つめていた。

ドラゴンのその瞳に、ゆらぐ煙のような姿で、臨が映っていた。情けない、きょとんとした表情で。泣きそうな顔をして。

強い風が吹いた。まるで見えない闇の手に引き込まれるように、臨はまた、何も見えないわからない世界へと、引き戻されていった。

とっぷりと闇が満ちた、深く果てしない、暗がりの中へと。

ただ、最後に、青年の澄んだ声が、歌うようにいったのが聞こえた。

「Good《グッド》 Luck《ラック》」

第二章 ★ 復活

息が苦しかった。胃も気持ちが悪い。強い吐き気がした。

胸の中に生ぬるいものが満ちているようだ。新鮮な空気がほしくて、呼吸をしようとしても、入ってくるのは何か生臭《なまぐさ》い匂いがするものだけだ。

臨《りん》は胸元に手をやりながら、もがいた。

体が、生暖かい水に浮かんでいるようだった。目がかすんでよく見えない。何とか見開こうとすると、上の方に、光の揺らめきのようなものが見えた。薄緑色の何かが見える。

遠い夏の日に、プールの底に沈んで上を見上げていたときの気持ちをぼんやりと思い出した。

(あれは空？　それとも、何か建物の天井？　違う。もっと近くにある——)

(すぐ近くだ。真上)

（蓋《ふた》、のような……）

（入れ物の）

（ここは何だ？　ぼくは、何かに入っているのか？）

見えないままに、上へと両手を伸ばし、思い切り突っ張った。爪の先に鈍い痛みと反動を感じる。何かにぶつかったのだ。

臨はもう一度、今度はゆっくりと、そっと手を伸ばしてみた。

伸ばした先に、何かつるりとしたものがある。指先がふれる。臨はふれたものの周囲をなでた。上にあるそれからずっとつたってゆく。それはゆるやかに湾曲《わんきょく》しながら、臨を包む壁になり、水に浮かぶそのからだの下にある部分へと続いているようだ。

目に力を入れて、ぼやける視界の中で、臨は自分の周囲を見た。

（ああ、これはやっぱり）

臨は、楕円形《だえんけい》の入れ物に入れられているようだった。ざっと見た感じでは、長さは、臨の身長よりもいくらか長い。幅はからだの横幅よりもいくらか広い。ということは、とのろのろと考える。長さはおよそ二メートルほど、幅は、六十センチくらいだろうかと思う。見たところ窓もないのにあたりが薄ぼんやりと明るく見えるのは、この「入れ物」の素材が半透明で、外の明るい光を通してくれているかららしい。

心臓が、跳ねるようにどきりとした。

(ここはどこだ?)

(なんでぼくは、こんなものに入れられているんだ?)

(ぼくは——あのとき、死ななかったのか?)


臨は、あの雨の日のことを思った。死んだアルトを抱いて、車道に歩き出したあの十二月の夕方。自分をはねた車の姿は見なかったけれど、激しく鳴るクラクションをきいた。銀色の雨の中で、自分に当てられるライトのまぶしさと、そして、体に感じた衝撃は、覚えている。

(それともあれは……夢だったのか?)

臨は、自分の手を見た。両の手を見ているうちに、右の手のひらに薄く残る白い傷跡に気づいた。

(母さんの、はさみの……)

すると、あの雨の日の出来事は夢ではないのだ。

臨は事故に遭《あ》い、そして——。

(生きて、いま、ここにいるのか……)

（でも、「ここ」はどこだ？）

臨は、力の入らない手で、手のひらの傷跡を握りしめた。

（「いま」は、いつなんだ？）

はさみで傷つけた、あの傷は深かった。いくつかの太い血管と、神経までも傷つけていただろうと、臨は思う。それがこんなに治っているなんて……。

（あれから、あの事故から、いったいどれくらいの時間がたったんだ？）

あれから、あの冬の雨の日から、臨の家は、どうなったのだろう？


あたりは静かだった。ひとの気配はない。ない――と思った。

しんとした空間で、臨はただ自分の呼吸の音だけを聞いていた。

やがてその呼吸の音が荒く、速くなった。

「ここは……ここは何なんだ？」

まだ目がよく見えない。半透明の「入れ物」に入れられていると気づくと、そのこと自体が、恐ろしく息苦しい。

自由になりたい。きれいな空気が吸いたい。自分が浸《ひた》っている、生暖かくぬるぬるした液体が、気持ちが悪い。

動きがこころもとない手足をなんとか突っ張るうちに、なにか指先が、でっぱりのようなものにふれた。押してみる。

「入れ物」の上の部分が裂けるように開いた。音もなく、二枚貝が開くように。

光が臨に降りそそぐ。

同時に、臨を包んでいた液体が、ざあっと外に流れてゆく。

臨は「入れ物」の中で体を起こし、息をついた。水が気管に入り、咳《せ》き込んだ。

濡れた髪から目に落ちるなま暖かい液体を手でぬぐいながら、まわりを見渡した。まぶしくて、目がよくあかなかった。

（寒い……）

ひやりとした空気を感じた。いままで入っていた液体の暖かさから離れ、濡れた体が部屋の空気に触れたからだろう。

そこは、白い部屋だった。白い壁と白い床と、白いカーテンの掛かった窓と。

広い。とても広いようだ。そしてほんとうにしんとしている。誰の気配もない。

（ここは、どこだ？）

どこかわからない場所だけれど、この雰囲気《ふんいき》は臨には覚えがあった。つんと鼻に感じるこの匂いにも覚えがある。懐かしい匂いだ。

薬品の匂いだ。たくさんの薬がいりまじった、つんとくる匂い。――病室の匂い。

（……病院？）

生命維持装置だろうと思われるものや、他にもいくつかの医療用の機械が、部屋のあちこちに置いてあった。そばにある機械に書かれたメーカーのロゴらしきものは、どれも見たことがないもののようだった。臨は小さい頃から医師になるつもりでいたから、病院に行く機会があるごとに、診察室や病室にあるものを、ひとつひとつ興味深く見る癖《くせ》がついていた。

（そう。たぶんここは病院だ）

臨はぼんやりと思った。——つまりぼくは入院しているのだろうか？

（この楕円形の入れ物は、すると、新しいベッドとか、治療のための装置？）

臨は記憶の底をさらうように脳内にそういう知識がなかったかさがした。科学や、医学関係のニュースを、雑誌やネットで調べるのが趣味だったから、どこかしら記憶にひっかかっているかと考えたけれど、こういう装置は知らないと思った。

とにかくこの「入れ物」から出ようと思った。

（廊下に出たら、誰かいないかな？　その前に、そうだ看護師さんを呼んで……）

「入れ物」は、低い台で床に固定してあるようだった。白い部屋の真ん中に、この「入れ物」があり、あとは「入れ物」のそばと窓際、しまったままのカーテンのそばに、医療用の機械らしきものが置いてある。逆光になってよく見えないけれど。

ぼやける目をこらして、部屋を見回してみた。

臨が入っている「入れ物」のそばの床の上に、なにか白っぽいものがたくさん、いくつか――でこぼこと、置いてあるようだ。

（置いてあるっていうか……まるで、投げ出されてる、とかそういう感じ？）

いろんなものを、ばらばらと床に放り投げたような有様に見えた。

臨は怪訝《けげん》に思った。病室が、こんなふうに乱雑に散らかっているなんて、許されることなのだろうか？

（まるで、地震の後とか、空き巣にあったあとみたいに見えるな……）

そう思って気づくと、医療用の機械も、きっちりとは置かれていないように見えた。斜めになっているように見える。元々置いてあった場所から、転がっていった様子にも見える。考えてみれば、精密機械を、窓のそばに置くというのも不自然な話だった。

（……ということは、やっぱり、地震でも、あったのかなあ？）

「入れ物」の中で、すべらないように注意しながら、なんとか中腰に立ちあがった。「入れ物」につかまりながら床に足をつく。

そのままうずくまった。足腰が体重を支えられなかった。

気がつくと、裸だった。寒さが身にしみた。臨は、床にあったタオルのようなものをとっさにつかみ（幸い、それは本当にタオルだった）からだをおおった。なぜかそれはひどく埃《ほこり》っぽくて、さわった手が真っ白になった。吸いこんだ埃のせいで、くしゃみと咳がでる。はずみで、濡れた髪がべたりと体にまつわりついた。なぜだろう、足に届くほどに、長くのびている。

臨は濡れた髪が自分の一部ではないような気がして、気味が悪かった。

少しずつ、目が見えるようになってきてから、妙なことに気づいた。

臨が手にしたタオルだけが埃っぽいのではない。医療用の機械もみんな埃まみれだ。部屋中に、埃が積もっているのだ。床に何か、巨大ないも虫のような、大きな白い固まりがころがっているのだけれど、それも埃まみれ。白や灰色の埃が、部屋全体にうっすらと雪のように積もっているのだ。

そして臨は、体を動かそうとしたはずみに気づいた。

長い髪に交じって、何かがある。何かが、自分の背中から生えている。

背中のあちこちから、コードのように長く細い管《くだ》がのびていた。血のように真っ赤な細い管が幾本も。

臨は反射的に引き抜こうとした。理性では、それが医療用の何かなのだろうとわかっていた。おそらく自分を生かすために、挿管《そうかん》されていたものだろうと。抜いたりしてはいけないということだって、わかっていた。けれど、いまの臨には、違和感と恐怖が抑えられなかった。

そのとき、誰かの声がした。

『動かないでください……。お願い、動かないで』

床の白い大きな固まりが、ぎしぎしと動いた。固まりが、臨を見上げて、話しかけていた。

それは、白い制服を着て、ナース帽をかぶった、埃まみれの看護師さんだった。ショートカットの髪がよく似合う、かわいらしい感じのお姉さんだと思った。思った、けれど――。

（看護師さん……いや違う……なんだ、「あれ」は？）

（人間じゃ、ない）

人間に似ていて――でもなにか違うものだと臨は思った。

（動き方が、違う。人間は、あんなふうには……動かない）

床から起きあがろうとする、その仕草が、友達の家で見たことがあるロボット犬に似ていた。何かしら、ぎこちないのだ。生き物ではあり得ない感じに、不自然に筋肉や関節が動くのだ。

臨は悪夢を見ているような思いで、目の前のものを見ていた。笑顔の「それ」

は、ひとの姿をしているだけに、気味が悪かった。

臨は、床にうずくまったまま、後ろへと逃げようとした。けれど体が動かない。なんとか立ち上がろうとして、無理に体を起こしたとき、濡れた足が滑《すべ》って、前のめりに、顔から、床に転びそうになった。埃が綿《わた》のように積もったリノリウムの床が、目の前に、映画のように迫ってきたとき、臨の体を、何かがしっかりと受け止めた。

『大丈夫、ですか？　臨くん。神崎《かんざき》臨くん』

にこ、と、明るい笑顔が、下から臨を見上げる。臨の体の下敷《したじ》きになるようにして、埃だらけの柔らかな体があった。汚れた白衣を着たその「何か」は、胸に「佐《さ》藤《とう》ひまわり」と刻まれたプラスチックの名札をつけていた。

『臨くん、どこも痛くはないですか？　具合が悪いところはない？』

わたしの声が、聞こえますか、と、心配そうにつけくわえて、首をかしげた。

その「何か」の半袖の白衣からでた腕は、無理な形に折れ曲がり、臨の下敷きになっていた。

臨は思わずその部分から目を逸《そ》らそうとしたのだけれど、そのとき、折れた部分から、腕の中が見えた。……そこには、肉も脂肪もなく、機械の部品と、コード類が見え、血の代わりに、黒いオイルのようなものが流れ、しみだしていた。

その「何か」は、ようやく体を起こした。何回か失敗しながら。よく見ると、ひざやひじのあたりの皮膚もところどころ破れたようになっていて、中からちぎれたコードや、プラスチックや金属の部品がのぞいていた。

臨は、夢を見ているような思いで、ただその「何か」を見つめていた。

『佐藤ひまわり、です。はじめまして、神崎臨くん。わたしが、当病院、光野原《こうのはら》市民病院の、いまの代の、あなたのお世話を担当している看護師ロボットです』

にっこりと笑った。

そのときの、埃の積もった看護師の帽子をそっとかぶり直す仕草は、臨には人間にしか見えなかった。健康的な、笑顔のかわいい、若いお姉さんだ。

ひまわりは、優しい手で臨の手を取り、体温を計り脈をとった。背中のそれはあとではずしてあげますからちょっと待ってね、と笑った。その声も手も、人間のもののように、柔《やわ》らかく、あたたかかった。違うのは、その体からは、女のひとの甘い匂いではなく、機械の体のオイルの匂いがしているということだった。

埃にまみれた白衣の、肩や腰に、黒や灰色のオイルの汚れとしみのようなものがにじんでいて、それがまるで血のように見えた。

「あの……」と、臨は聞いていた。

『はい？　なんですか、臨くん』

「ひまわりさん、あなたは本当に、ロボット……なんですか？」

『ロボットですよ』

　と、ひまわりは笑う。

　臨は、ＳＦ映画を見ているような、不思議な気持ちで、目の前の、たしかに看護師ロボットとしか呼べないものを見つめた。

（いつの間に、こんなにすごいロボットが、病院で使われるようになってたんだろう？）

　臨は、テレビのニュースで紹介されていたロボットたちのことを脳裏《のうり》に思い浮かべた。大学の研究室や、企業の研究所で、開発されていたロボットたち。いずれは病院で介護のために使われることを目指している、それを目標に開発されていたロボットたちのニュースも見たことがあったような気がするけれど……。

（あれはもっと、人形っぽい見た目をしていて、足も車輪かなにかだったような）

（まちがっても、こんな、ふつうにしていたら人間そのもの、なんてものじゃなかった）

　それだけじゃない、と、臨はひまわりの表情を見つめる。

（いまたぶん、このひまわりさんはぼくと、自分の意志で会話して、言葉の内容にあわせて、自然な表情を顔に浮かべてる。自律《じりつ》して行動するロボット……ひょっとして、感情だって持っているかもしれないロボット。そんなものが、いまの技術で作れるはずがない）

臨の記憶の中にある「会話するロボット」は、デスマスクのような不自然な作り笑いしかできない女性の姿をしていた。自分の感情なんて、もちろん持っているはずもなかった。

ひまわりは微笑み、体を折るようにして臨を見つめていった。

『脈拍も体温も、正常です。おめでとう、臨くん。あなたは見事に蘇生《そせい》しました』

「ソセイ？」

『冷凍睡眠から、いま、無事に目覚めたということです』

臨の心臓が、どきりと動いた。——冷凍睡眠？

その言葉を、臨は知っていた。科学雑誌やネットのニュースや、そのような知識というよりむしろ、ゲームの物語や、優に読まされた昔のSF小説や漫画の中で。

（コールドスリープ……）

（凍らせて、眠らせることによって、ひとの肉体の時間を止めることだ）

耳鳴りがした。

（ぼくは……じゃあ、眠っていたのか？　まさか長く？）

臨は、思い当たった。……すると、あの不思議な楕円形の「入れ物」は、冷凍睡眠するための、させるための入れ物だったのだろうか？

（ぼくは眠っていて、そしていま目覚めたところなのか？）

心臓が激しく鼓動《こどう》を打つ。

（「いま」は「いつ」なんだ？）

ひまわりは、ひとつ息をつくようにすると、優しく語りかけるようにいった。

『神崎臨くん。あなたは、昔、西暦二〇〇八年の十二月に、交通事故で脳に損傷をうけました。十四歳、中学二年生の時のことです。そのけがは、とても、ひどいけがでした。できうるかぎりの治療を行ったものの、意識が戻らなかったあなたを、当時の医学は目覚めさせることができませんでした。あなたの体は自分で呼吸していた。心臓も動いていたのに目覚めなかったのです。

未来、医学が進歩することを信じて、あなたの体は、この光野原市民病院で、冷凍保存されました。当時、ちょうど、この病院では冷凍睡眠のための研究が始まったところでした。そのための被験体《ひけんたい》、命がけのテストに応じてくださる患者様を探していた病院の希望と、ご家族ご親戚様の強い要望が重なって、あなたの体は、はるかな未来への旅に出たのです。

冷凍睡眠に関しては、当時、不可能だ非科学的だと思われることが多く、それを言葉にしただけで拒否反応を起こされる方がほとんどだったので、臨くん、あなたは本当に、貴重な尊《とうと》い、患者様でした。結局、冷凍睡眠の被験体になったのは、あの時代では、あなたただひとりでした。あなたのご親戚の方に、医療の関係者が多く、当病院に勤務していた医師もいたことから、ご家族のみなさまも、当病院の側も、みんなが前向きに実験を望むという理想的なかたちで、あなたが記念すべき第一号の被験者になったのだと、わたしのメモリには記録されています。

あなたの体は、病院にとっても大切なものでしたから、いままでの間、ずうっと無償で管理され、守られてきました。やがて病院の建物が老朽化《ろうきゅうか》して、建て直されたときも、あなたの体は、大事な宝物として、受け継がれてきました。

今日まで。長い長い、この病院の歴史の中で』

ひまわりは、静かに語った。臨にはよくわからない、わかりたくない言葉を。

『そう、病院にとってあなたは「宝物」でした。未来へとひき継いでいかなくてはいけない、守るべき大切なもの。あなたが眠っているあいだ、世界には不幸にも大小さまざまな戦争や天災が続いたのですが、あなたを守るため、この病院はありとあらゆる戦争や災害から守られるように、特別な改装を何度も施《ほどこ》されました。

この市民病院自体、小規模ながら本格的な発電システムと水の濾過《ろか》システムをもっていますが、あなたのこの病室も、病院のミニチュアのように、なにかあった時はそれ自体独立して存在できるよう、改装され、作りあげられていったのです。

それから長い時を経て、あなたは、「新しいルネサンスの時代」の進化した医学によって、脳の損傷を完全に治療されました。でも、長い長い時間、あなたの体は凍らされ、保存されていましたので、急な解凍による臓器や細胞の損傷を防ぐために、それからまた長い長い時間をかけて、少しずつ解凍されました。その「繭《まゆ》」の中で、臨くん、あなたの眠っていた細胞は、少しずつ、ときほぐされ、命を吹き込まれていって、そしていま、完全に健康に生きていける状態に戻ったのです。だから、あなたは、いま、その中で、自然に目覚めたのですよ。

おはようございます。臨くん。目覚めてくれて、ありがとう』

にこ、と、ひまわりが笑う。目を潤《うる》ませ、手をさしのべていった。

『この世界に戻ってきてくれて、ありがとう』

臨は、自分の顔に手をふれた。顔が青ざめ、くちびるが震えているのがわかった。かちかちと歯が鳴っている。

(それで、ああそれで、「いま」は——「いつ」なんだ……?)

臨は床から身を起こし、よろよろと立ち上がると、白いカーテンが掛かった窓をめざした。

『あ、臨くん。そんなに急に立って動いてはいけません。手も足も筋肉がやせ細らないように、特殊な処置を施してはいましたが、あなたはずうっと眠っていたんです。さすがにまだ歩くのは無理だと思いますよ』

「……外を、見たいんです。街を見せてください」

『街を、ですか』

ひまわりの表情が、一瞬フリーズしたように見えた。それから、少しずつ、笑顔に戻っていって、そして、看護師ロボットは、優しい声でいった。

『はい。お外を、見ましょうね。わたしもひさしぶりに、見るんですよ』

白衣の腕が、しっかりと臨の体を支え、かかえるようにして、窓の方へとつれていってくれた。

『この病室は、十階の一〇〇一号室ですから、窓は西を向いています』

臨は、白いカーテンを開けようとして、窓へと手を伸ばした。力の加減がよくできなくて、カーテンを思い切りつかんでいた。はずみでそのままひっぱった。カーテンは音もなく裂けた。まるで、薄い紙を裂くように。光に焼かれ、長い時を経て、もろくなっていたのだ。

埃が舞い散る白い部屋の中で、臨は、窓の外を見た。埃で汚れたガラス窓、その向こうに広がる街並みを。
「いま」の光野原市の街の西側の風景を。

光野原市民病院の、窓からの眺めなら知っていた。それは街の中心の丘の上にたつ、市内で一番大きく立派な病院で、誰かが入院するならそこだったから、お見舞いに訪れる機会が何度もあった。あの夏の事故の時、律《りつ》が運ばれたのも、この病院だ。医師だった臨の母方の祖父が長く入院して亡くなったのも、この病院だった。母と仲がよく、臨をかわいがってくれた外科医の伯父が勤務していたから、そういう理由でも、何度も訪れたことがあった。

西の窓からは、光野原市と隣の風早《かざはや》の街、広がる風早平野が見えるはずだった。海と遠くの高い山、妙音岳《みょうおんだけ》が見えるはずだった。そして、すぐ手を伸ばせば届くような所に、臨の家が見えるはずだった。近くにある公園の大きな楠《くすのき》と、神社の鳥居《とりい》で、臨の家のある場所がわかるはずだった。花と緑に包まれた、小さな赤い屋根が、見えるはずだった。

臨は、窓の外の景色を見つめて、ただ声を失っていた。
（ない……家が、ない……）

そこには、灰色の廃墟《はいきょ》が広がっていた。

いつか見た夢の通りに、壊され、燃えつきた、廃墟の街が、そこに広がっていたのだった。

遠くに見える妙音岳と、風早平野は、元の通りだった。けれど、その足元と周囲に広がっているはずの、街がない。臨の記憶にある街角がない。

建物の、あとはある。折れた鉄筋や砕けたコンクリートらしきものが見える。でもほとんどが瓦礫《がれき》と化して、崩れているのだ。まるで、巨人が大きな手でたたきつぶし、足でならしたあとのように、無残な灰色の荒野がどこまでも続いているのだった。

「なにが……この街に、なにがあったんですか？」

かすれた声で、臨はつぶやいた。ひざから力が抜けて、立っていられない。

（もし目の前のあの廃墟が、事実で……「いま」のリアルならば……）

（あそこまで、街が破壊し尽くされ、壊滅《かいめつ》してしまうような出来事があるとするならば……）

街に、ひとの気配はなかった。少なくとも、丘の上の病院の十階から見る景色には、動くものは見えなかった。

（ひとは、生きているのか？　街のひとたちは、どこにいったんだ？）

臨の体は震えた。これではまるで、前に見たあの夜明けの悪夢と同じだった。

ひまわりが細い腕からは考えられないような強い力で、臨を支えてくれた。

臨を気遣《きづか》うような声でいった。

『いまからわたしの体内にあるメモリに保存されている情報を、臨くん、あなたに説明します。この記憶は、あなたが目覚めたとき、その時代のあなたの担当の看護師が説明するように、と、代々伝えられてきたものです。初期は、このデータは病院のコンピュータの中、および、担当の看護師がそれぞれに持つ端末《たんまつ》の中にありました。看護師の多くがロボットに切り替わってからは、看護師ロボットの脳内のメモリに、圧縮された形で、保存されることになりました。

残念ながら、事情があって、わたしおよび、わたしの「母艦《ぼかん》」にあたる、いまの代の病院のコンピュータがもつ記憶は、若干虫食《じゃっかんむしく》い状態の記憶のデータになっています。ごめんなさい』

ひまわりは目を閉じ、少しの間、黙っていた。

臨は脳のどこか冷静なままの部分で思った。記憶をロードしているのかなと。

そして、データはどういう形式で保存されているんだろう、と、興味を持った。

一方で、心の奥が、凍るようだった。不安で泣き出したくて、たまらなかった。いますぐに、この病院を出て、家があったはずの場所に、駆けてゆきたくて。廃墟の中に、家を探しに行きたくて。家族に会いたくて。

（なんで……なんで、家がないんだ。ぼくの家が）

（家だけじゃない。学校も。商店街も。

みんな、何もかもなくなってしまった……）

臨だけを残して、みんな、どこに行ってしまったというのだろう？


記憶をロードし終わったのか、やがて、ひまわりは静かに話し始めた。

『まずシンプルにまとめた歴史を、いまから説明させてくださいね。より詳しい情報や、細かい数値などを知りたい場合は、のちほど、またはその都度《つど》、わたしにどうぞ、ご質問ください。

遠い昔、平成の時代に、あなたが永い眠りの旅に旅立ったあと、その後、十数年の間に、あなたの時代から懸念《けねん》されていた地球温暖化によって、地球の気候は大きく変わりました。平均気温が上昇し、南極の氷が溶けたことにより、海面も上昇、低い場所にあった土地は海に沈みました。たとえば、イタリアの都市ヴェネツィアなどいくつもの都市が、海に沈み崩壊しました。植物がたくさん枯れてしまったせいもあって、かつての地球の穏やかだった気候と比べ、平均気温は過酷《かこく》なものに変化しました。暑すぎる夏と寒すぎる冬が繰り返されました。熱波《ねっぱ》が襲《おそ》い、多くのひとが亡くなったり、また酷寒《こっかん》で、やはり多くのひとが亡くなったりしました。

地上の土地は荒れ、作物の出来が悪くなってきたところに、突如《とつじょ》発生した未知の病や農薬が効かない害虫たちの出現のせいもあって、小麦の収穫の量が全世界でいちどきに減った年が数年続きました。小麦は多くの国の人々の食を支える大切な穀《こく》物《もつ》です。またいろんな食品の原材料でもあります。小麦をはじめ、いろんな食品の価格が高騰《こうとう》し、食物を買うことができずに、飢《う》えた人々が多く死にました。国によっては、政情が不安定になりました。国民は為政者《いせいしゃ》の政治を責め、結果、暴動やクーデターが起きて、いくつかの政権が倒れ、為政者が国外に逃亡し、あるいは亡くなりました。ちょうどそれ以前に、一般の人々に普及した、インターネットのSNSの流行が影響して、市民が国の体制を変えてゆく流れができていたこともその勢いを加速させました。性急な体制の変化は不幸なことに良い結果をほとんど生まず、多くの国がさらに混迷の度合いを増し、人々は飢え、自分の故郷を見放して国境を越える者たちも多く……消滅した国がいくつもあったといいます。

国が倒れるところまではいかなくても、アメリカをはじめとする大国においても、数年続いたこの小麦飢饉《ききん》は、国内が不安定になる、ひとつのきっかけになりました。いくつかの国際的な紛争が起きるきっかけにもなりました』

臨は、ぼんやりと、夢を見ているような、物語を聞いているような気持ちになりながら、頭のどこかでは冷静に、ひまわりの話を聞いていた。

（……小麦がそんなふうに何年も穫《と》れなくなったのなら、たしかに世界は揺らぐだろうな）

（食べられなくなる、という恐怖があり、実際に死ぬひとびとがでれば、どこの国の国民だってパニックになるだろう。それは、情報化が進んでいない国だけのこととは限らない。インターネットなどで、情報が一瞬で広く伝わるような、情報インフラが発達した国の方が、場合によっては混乱が激しくなる。――ええと、SNS、ってなんだっけ？　ソーシャルネットワークサービスだったかな）

記憶の端でその言葉を知っているような気もしたけれど、少なくともそれは、臨が生きていた時代には日本ではあまり普及していなかったものだったように思えた。おそらくは臨が眠りについたあとに普及して流行したものなのだろう。

（誰もが平等に情報を得ることができる社会が、必ずしも幸せな社会になるとは限らない。伝えられる「情報」が真実とは限らず、恐怖や希望から発生した未確認の「情報」や、場合によっては、いたずらや悪意による嘘が、ネットワークを通して伝播《でんぱ》してゆく可能性があるからだ。情報の混乱の中で、たとえば、本来国民が十分食べてまだ余るほどの小麦があったのに、たりなくなる、早く買い置きするべきだ、という噂《うわさ》が流れ、国民みんなが、それも世界的規模で、小麦製品を買い込み、買い置きしようとする事態になることもあるだろう。値上がりをねらい、売らずに手元におこうとするものたちも出てくるだろう。結果、ますます物価は上がり、飢えたひとの手に、食べ物は渡らなくなるわけで……）

（「政情が不安定になる」のは……もともと政情が不安定だった国で、「食べられない」ことは為政者の政治がよくないせいだ、このままだとみんな飢えて死んでしまう、革命を起こそう、と、誰かあるいは何かの集団が、ネットを介して上手に人を集めれば……いまがそのチャンスだと思えば……）

（そう、いまの時代は、国をひっくり返すことだって、きっと昔よりはたやすいから……）

そう考えてから、臨は、どこか空っぽな心で、苦笑した。

（ああ、「いま」は、ぼくの知っている「いま」とは違うんだったっけ）

けれど、人類が思いつくことなど、きっと、いつの時代も同じで、過去の時代、ひとの歴史が繰り返してきたことと同じようなことを、なぞっているだけなのだろうなと、臨は思った。

（そしてまた、大国などの、軍事力がある国の場合、物価が上がったことで国民からあがる不満の声を、外に向けようとする。外に「敵」がいれば、国民は団結し、為政者たちに向かうべき不満が、外部の「敵」への憎しみに、自然と転化されていくからだ。結果……憎しみは国民の中に蓄積《ちくせき》されていって、「敵」への憎悪は募《つの》ってゆく。ほんのささいなきっかけでもあれば、国民は好戦的になり、戦争が起こりやすくなってしまう）

スケールの大小はあっても、人類の歴史の中で、何度もくり返されてきたことだった。臨が長い眠りについていた間に、人類は——世界にあった国々は、また同じサイクルを繰り返していたのだろう。混乱と破局に向かう不幸な道を。

『臨くん、あなたが眠りについてからおよそ四十年が過ぎた頃に、ひとつの大きな戦争がありました。のちに第三次世界大戦と呼ばれた戦争です。そのときに、日本を含む、先進国のほぼ半分が壊滅状態になりました。戦争では、核兵器も使われましたが、それよりもさまざまな化学兵器や生物兵器が使われたことの方が、ひどい被害を人類に与えました。国境を越えて、地上のほぼ全域で、人口は激減しました。被害を受けたのは人間だけではありませんでした。植物は枯れ、鳥や獣、魚の多くが死に、このとき多くの種が絶滅しました。悪いことに、疲弊《ひへい》しきった世界を、この時期、幾度もの天災が襲いました。ちょうど地震が多くなる時代と合致していたのです。結局はこの地震と同時に起こった津波の被害の甚大《じんだい》さによって、長く続いた戦争の時代は収束《しゅうそく》していったのですけれど、地上は途方もなく傷つき、もはや数え切れないほどの生命が失われました。

　それでも世界は、なんとか復活しました。戦争を悔《く》いた人々により、世界レベルの平和運動と自然回帰《かいき》の運動が起き、世界はそれからしばらくの間、平穏な時を過ごしました。この平和運動は、さらに進化したインターネットなどを使って全世界の多くの人々をつなぎ、巻き込むことによって成立した、大規模で壮麗《そうれい》なものであったと、わたしは当病院に勤めていた医師から聞いたことがあります。その医師にとっても昔の伝説だったという話ですが、多くの人々が、憧《あこが》れ、いつまでも語り伝えたくなるような、調和のとれた理想的に平和な時代が、戦後の一時期、たしかにこの地球には存在していたそうです。わずか数十年の間しか続かなかったという、地上の命すべてが尊《とうと》ばれ、守られた、平和で優しい時代——たぶんひとの世で初めて誕生した理想の文明——それは、「新しいルネサンスの時代」と、当時の人々に呼ばれ、のちにその名が残った、はかなく短くも、美しい時代でした。

　また、この平和な数十年は、世界中に生き残った人々が、地上に残された知識や技術を集め、持ち寄り、無私《むし》の思いで協力しあうことによって、様々な研究や実験が成果をあげ、科学技術が発展し、文明が一気に加速して進んだ時代でもありました。魔法のような技術がいくつも実現したそうです。この光野原市民病院の最後の改装と施設の整備、メインコンピュータのＯＳの最後の大きなバージョンアップも、その時期に行われました。

わたしたち、ひとのために働くロボットを作るための研究も、この平和の時代に、急激に進み、ロボット人口は、そのときに劇的《げきてき》に増えたのだといいます。実際、わたしのもとになった看護師ロボットのプロトタイプも、その時代に製造されました。——ですから……』

ほんわりと、ひまわりは笑い、胸元にそっと手を当てた。

『その遠い時代のことは、ひとだけでなく、わたしたちロボットの間でも、懐かしい、輝かしい時代の伝説として、記憶され、語り伝えられているんですよ。まるで、わたしたちにとっての神話か、懐かしいおとぎ話のように』

ひまわりは、潤んだ目で、憧れるようなまなざしをした。その表情は、臨には、やはりロボットのもののようには思えなかった。

そしてひまわりは、また、地上の歴史を語りはじめた。

『けれどその後、不幸にして繰り返した天候不順と、いくつかのきっかけから、また力関係が不安定になった世界で、小規模な戦争や内乱、民族紛争が繰り返され、いくつもの国が滅び、そして新しい国がいくつも生まれました。

不幸なことに、西暦二二五二年、だったと推測されるのですが——巨大な彗星《すいせい》が地球に衝突《しょうとつ》しました。そうして到来した氷河期などの、大きな天変地異《てんぺんちい》のために、地球の環境は大きくかわり、それに悪い病気の流行なども重なり人口も壊滅的に激減、過去の人類が持っていた文明は、それでほぼ途絶えた——と、わたしは記憶しています』

ぱちり、と、ひまわりは瞬《まばた》きした。

『以上でわたしがお話しできる歴史についての概略《がいりやく》は終わりになります。——現時点での世界と日本のありさま、および、光野原市の状況は、わたしにはわかりません。わたしが把握《はあく》しているのは、今日現在では、この病院内のようすだけです。当病院のコンピュータを通して、先ほどから外部の情報を探していますが、詳しいことを知っていそうな場所へはどこにも、アクセスすることができないようです。どこからも、応答がないようです。ごめんなさい、臨くん』

そしてひまわりは、臨がその質問を口にする前に、静かに答えた。

『——今日現在、病院の近く、病院のコンピュータが確認できる範囲の場所には、ひとの気配はありません』

臨は、ひまわりにたずねた。声がうわずった。

「それで、あの……『いま』は……何年なんですか？」

ひまわりは、顔を悲しそうにうつむけた。

『彗星が衝突した二二五二年頃に、病院内のすべての時計が壊れているので――わたし自身のメモリも、そのときの衝撃と地上に降りそそいだ熱波、及び放射能の影響で欠落《けつらく》してしまっています……そのあと、数十年から百数十年分のカレンダーのプログラムも、壊れてしまっています。それよりはあとの時代だとしか、答えられないのです。おそらくいまは、彗星が落ちてから、三十年から二百年後くらいのあいだのいつかなのだろうと思うのですが……』

「それよりはあとの……未来の、時代のいつか……」

(二二八二年から、ひょっとしたら、二四五二年くらいかもしれない、未来……)

(それが、「いま」……)

臨は、白く埃《ほこり》が積もった部屋の中を見た。汚れた窓の外の景色を見た。

(なんて遠くに……ぼくは、きちゃったんだろう)

あの雨が降る、十二月の夕方から。

(なんて……なんて、遠くまで、ひとりできてしまったんだろう)

ひまわりの記憶が本当なら――ここには、だれも、臨を知っているひとはいない。臨の家族も、友達も、誰もここにはいない。

臨は、ここに、この場所に、ひとりきりなのだ。

（さっきまで、ぼくはあの場所にいたのに）

クリスマスの装飾や、輝く光があふれる夕暮れの街角を、降る雨に濡れながら、眠るアルトを抱いて歩いていたのに。

街にはひとがたくさんいて……にぎやかで。クリスマスソングが流れていて。雨の中、ひとがたくさん歩いていて。車が走っていて。

（みんな……いなくなってしまった）

力が抜けて、ひまわりに抱かれるようにしてうずくまった。ふわりとした胸に腕がふれると、白衣の胸元から、じわりと新しいオイルがにじんだ。臨の目には、それが、血のように痛々しく見えたけれど、ひまわりは優しい表情のまま、臨の体を抱き、ささえてくれていた。


ひまわりは、臨を抱いたまま、「よいしょ」と、かけ声をかけて、部屋の壁に付いていたレバーを押して、ひいた。

かすかにきしむ音と一緒に白い壁が開くと、中から、もう一つの部屋が現れた。現れた、と思ったとたんに、その部屋に明かりが灯った。部屋は清潔《せいけつ》そうで、埃の気配は見えなかった。

『さあ、臨くん、どうぞこちらへ。あなたが目覚めた日のために、用意されていた、特別なお部屋ですよ』

そこには、白いベッドが一つおいてあった。そしてまたその奥の壁を、ひまわりが触ると、シーツや薬品類のようなものがずらりとならべられた棚が現れた。

ひまわりは、臨をベッドに座らせると、タオルで手早く、濡れた体と髪をふいてくれた。そして、

『本来なら、看護師のわたしがこんな処置をしてはいけないと思うんですが、いまは先生方がいらっしゃらないので……』

消毒薬らしき瓶《びん》を開け、ピンセットで綿《わた》をそれに浸《ひた》して持つと、臨の背中に挿入《そうにゅう》されたコード類を外していってくれた。綿やひまわりの手が触れるたびに、背中がひんやりとして震える。たまに痛みも走った。コード類にはいろんな太さや長さのものがあったようで、臨には興味深かったけれど、ひとつひとつの管《くだ》にどんな役割があったのか訊《たず》ねようとするには、疲れすぎていて、口が開かなかった。

ひまわりは裸の体に下着を着せてくれ、のりのきいた寝間着《ねまき》を着せてくれた。臨は少しはずかしかったけれど、ひまわりはただ笑顔だった。ロボットだし、看護師だから気にならないのだろう、と、臨は顔を赤くしながら思い、優しい手つきに、ふと、母のことを思い出した。

ふいに雨が降り出した日に、臨と優《ゆう》が学校から濡れて帰ると、母が玄関に待って

いて、二人をバスタオルでくるみ、ふいてくれたものだった。

（抱きしめて、ごしごしこすってくれた……お帰りなさい、っていって）

（それから、蜂蜜《はちみつ》としょうがを入れた、温かいミルクを飲ませてくれて……）

臨はこみ上げてきた涙を乱暴に手で押さえ、うめいた。

母も、そして優も、もう、ここにはいないのだ。遠い未来の、廃墟になった光野原市には。会いたくて探そうとしても、この世界の果てまで探したとしても、もうふたりには永遠に会えないのだ。いまよりもずっと昔に、それぞれの寿命を生きて死んだだろう。

臨は、従兄弟のことを思った。柔らかい、うさぎのような笑顔を、眼鏡の奥の、茶色い瞳を、なつかしく思い出した。

（あいつ、あれからどんな人生を送ったんだろう？　ぼくがそばにいなくても、大丈夫だったのかなあ？　幸せに……暮らしていけたんだろうか？）

あの冬の雨の日に、白いばらの咲くアーチのそばで、優に「ひとりにしてほしい」と、いったのが、最後の会話になったのだと思うと、臨の胸は痛んだ。

そして臨は、父と母のことを思った。思うと……涙が出て、臨は拳《こぶし》をかんで、涙をこらえた。

ひまわりが、臨の肩に手を置いて、静かな声で、いった。

『臨くん。あなたが目覚めたらわたすように、と、代々の看護師と看護師ロボットがたくされていたものがあります。遠い昔、第三次世界大戦のおり、五十四歳で亡くなられた、神崎優博士の残した「手紙」です。神崎博士は、医学博士として、数々の業績を挙げられ、当病院にも長く勤務されていました。医師としても、若い医師たちの指導者としても、後の世に語り継がれるような立派なお仕事をたくさんなさいました。

そうして多くの患者様をお救いになった方ですが、この街に落とされた、その当時にはずいぶん時代遅れな武器だといわれたという原子爆弾によって亡くなられました。爆弾が落ちたあとの原子野で、傷を負った人々の救助にあたり、みずからも街に残留した放射線によって被曝《ひばく》されたのです。

臨くん、この「手紙」は、神崎博士が、死の床についてから、あなたへの遺言《ゆいごん》として残されたものです』

「神崎博士……。神崎、優？」

臨は、ききかえした。それは、従兄弟の名前と同じだった。

『どうぞ』と、ひまわりは、てのひらにのるくらいの大きさの白い箱を臨に手渡した。臨が手に取ると、ひまわりは手を伸ばしてそっと箱にさわり、かちりとなにかの音をさせた。

『やあ、臨』と、いきなり、ひとりの知らない男のひとが、臨の目の前に現れた。臨の父よりも年上くらいの感じのひとだった。

びっくりして、臨はのけぞった。

臨の動きといっしょに、男のひとの姿は、空中で、ぐらっとゆらいだ。

そして、臨は気づいた。

これは、映像だ。空間にうつしだされている映像なのだ、と。

「——立体、映像？」

映画かなにかで見たことがあった。ビデオや映画のように平面の画像ではなく、立体感を持って再生される映像のことを。

（ああ、未来社会では、その技術はこんなに普通に実用化されているのか……）

それは臨が記憶している、映画の中での作り物の映像のように、いやもっとリアルで進んだ技術によって作られた映像のように見えた。

ひまわりは、うなずいて、『その通りです』といった。

立体映像の人物は、温かな声で笑った。懐かしい笑い方だった。声も、懐かしかった。その笑顔も。眼鏡の奥のまなざしも。

『臨、元気かい？　いまの気分は、どうだい？』

そのひとは、パジャマを着て、ベッドに腰掛けていた。こちらへと軽く身をのりだし、ひざの上で手を組み、臨を優しく見つめている。顔色は悪く、疲れているようだった。でも笑顔だった。いっそ嬉しげに見えるような笑顔で、撮影用の機器の方に向かって微笑んでいるのだ。

その人は、どこかほこらしげなようすで、臨に語りかけてきた。

『ぼくがわかるかい？　優だよ。いつもきみにめんどうばかりかけてきた、従兄弟の優だよ』

臨は、はっとした。眼鏡の奥の、その茶色い目は、その話し方は、たしかに優のものだった。

するとこれは、この映像は、大人になった優が残した遺言なのだ。

ひまわりの話を信じるなら、いまは、二二八二年よりもあとの時代だということになる。この『遺書』が残されたのが、二〇四八年のことだとすると、この映像は、いまから、最低でも、二百三十四年前に残されたものだということになる。

映像の優は、古さを感じさせない声と表情をしていた。大人になり、落ち着いた低い声になっていても、その話し方とひとなつこい明るい笑顔は、優だった。

『臨、きみがこの遺言を見る時には、ぼくはきっともう、この世界にはいない。ぼくは医者だから、大量の放射線を長く浴びつづけたいまの自分の体が、どれほどのダメージを受けているのか、検査の結果からわかってしまうんだ。ぼくの寿命は、もうすぐつきるだろう。そのことも、家族や友人知人、ぼくを慕い、信じてくれている患者さんたちと別れなくてはならないということも、心残りだ。

でも、臨。ぼくの一番の心残りは、きみが復活する、その瞬間に立ち会えなかったことかもしれない。ぼくはきみともう一度話したかった。そうして、きみにほめてほしかった。よくやった、がんばったね、って。

信じられるかい？　臨。ぼくは医者になったんだよ。あの、理系の科目がまるで苦手だった神崎優が。ひとえに、きみにもう一度会いたい、きみに恥ずかしくない従兄弟でありたいという思いで、ぼくはがんばってがんばって、医学博士になってしまったんだよ』

優は、昔の通りの、おだやかな気のよい笑顔で笑った。

それを見て、臨は、自分が従兄弟の笑顔がとても好きだったということを思い出した。柔らかであたたかな、茶色いうさぎのような笑顔を。

優は笑う。今はもう、白髪《しらが》交じりの茶色いくせっ毛を揺らして。

『臨。ぼくはずっと、きみのことが好きだった。きみみたいになれたらいいなあと思っていた。たぶん、小学二年生で、きみの家でいっしょに暮らすようになった、あの冬の雨の日から。大好きだった。心から尊敬していたよ。きみは頭がよくて、運動神経がよくて、だれにでも優しかった。きみは、英雄だった。ぼくにとっても、学校のみんなにとっても。みんながきみに憧れていた。きみを好きだった。でもね。ぼくがきみのことを好きだったのは、きみが優《すぐ》れていたから、それだけのせいじゃなかったんだ。ぼくはきみが、一生懸命がんばって、どんなときも、よき人間であろうとしているところが、好きだったんだ。そんなきみだから、尊敬していたんだよ』

臨は、胸を突かれた。優がそんなことを考えていたとは知らなかった……。

「違う」と、臨はつぶやいた。優の気持ちは嬉しい。嬉しいけれど、

(ぼくはただ、死んだ兄さんならそうしたように、優しく強くなろうとしていただけだ)

(無理をして、まねをしていただけだ)

立体映像の中の優は、まるで臨のその思いが通じたように、言葉を続けた。

『ひょっとしてきみは、自分は死んだ兄さんみたいになろうとしていただけだと、思っているかもしれない。でもね、それでも、もしそうであったとしても、あの、学校のみんなから好かれて、尊敬されていた臨は、臨なんだよ。律さんじゃない、神崎臨、きみだったんだ。

そして、ぼくは、いつも歯を食いしばって高みをめざす臨、そんなきみが、大好

きだったんだ』

優は、深く息をついて、いった。

『臨、きみがあの冬の雨の日の夕方に、車道に飛び出した時、ぼくはきみのすぐ後ろにいたんだ。あのとき、きみはぼくにひとりにしてほしいといったけれど、ぼくはきみが心配で、あとを追いかけていたんだ。きみの姿を捜していたんだ。雨降る街を必死で捜して、追いかけて、やっと見つけて。あと少しで追いつくところだった。でもきみは、あの交差点で、手をのばしたぼくの目の前で、車道に出て、車にはねられてしまった。――ぼくが……』

優の声が、ひしゃげたように、かすれた。

『ぼくが走るのが遅かったから、だから……きみに、追いつけなかった。それきりきみは、眠ってしまい、誰とも言葉を交わせなくなった』

それからしばらく、優は何かを思うように、伏せた額に自分の手を当てていた。

やがて、また顔を上げたときには、元通りの、落ち着いた笑顔になっていた。

画面の向こうの臨が見える、というように、静かに語りかけた。

『ぼくはね、臨。何度も思った。もしぼくがもっと足が速かったら、もしぼくが迷わずに、もっと早く、きみの跡を追うことを決意できていたら、そうしたら、こんなことにならなかったんだ、と。ぼくがだめなやつだったから、こんなことになったんだ、と。

そう思い続けて、部屋にこもったまま、一年間も思い続けて、そしてぼくは、ある日、決心した。

ぼくは、臨、きみみたいに賢くはない。強くも優しくもない。けれど、やれるだけやってみようって。たとえ、意識はなくても、きみはまだ病院で生きている。心臓が動き、呼吸している。生きているなら、眠っているだけなのなら、未来にいつか、会える日が来るかもしれない。

きみにもう一度会って、あやまるために、ぼくはがんばってみようと思った。次にきみの前に立つときに、恥ずかしくない人間になっていようと。今度また、きみに何かあったときは、迷わず駆けつけて、守れるような自分になっていようと。

そうしてぼくは医者になった』

優は、静かに臨を見つめた。遠い時の彼方《かなた》から。

そして、ふっとほほえんだ。

『作家になる夢をあきらめたことは、少しだけ惜しかったかな？　いつか、年を取って、時間ができたなら、その夢を追いかけてみようと思っていたのだけれど、時間が足りなかった。……ああ、でも、うちの末っ子が——いま、中学生なんだが、やはり作家になりたいといっているから、いつかは夢を叶えてくれるかもしれないな。いまの不穏《ふおん》な時世がそれをゆるしてくれるかどうかわからないが、「永遠の平和がないかわりに、終わらない戦争もない」、だから、いつかまた作家たちが物語を書き、子どもや大人が心はずませて本を読む時代が来るだろう。

「終わらない戦争もない」っていうのは、これは、「黄金旋律」の中に出てきた言葉なんだが……あの物語はいまも、ぼくの心の支えになっているよ』

優の茶色い瞳が、あの頃と同じように輝いた。

遠い冬の夜に、二段ベッドの枠《わく》につかまって、身を乗り出して、臨に分厚い本を見せてくれたときと同じように、きらめいた。

『覚えているかい？「黄金旋律」。あの頃、ぼくらが中学生の頃に、とてもはやっていた、緑色の表紙の、海外の冒険ファンタジー。幸せになるために黄金の砂漠をさすらい、楽園を求めて旅する子どもたちの物語。ああ、あんな本を、ぼくも書きたかったな。子どもたちをわくわくどきどきさせて、その心の支えになるような物語を。読み終えたあとも、長く心に住み続ける物語をね。

臨、なんとあの本は、シリーズの最終巻が、今年になって出版されて、ついに完結したんだ。こんなときなのに全世界同時発売で、すごい大ヒットになっているんだ。いまの時代のバイブルなんていわれているよ。今度の戦争さえなければ、もっとすごいことになっていただろうけどね。

あれは本当に面白い本だった。最高の物語だった。機会があったら、きみもいつか、読んでほしいな。きっときみの心の支えにもなる。誓ってもいい。けどねえ、本当はね、ぼくが、あんな本を書きたかったんだけれど。――まあしかし、それはいってもしかたがないことだから……』

優は、ゆったりとほほえんだ。それは臨が知らない、大人の表情をした優だった。

『ありがとう、臨。きみのおかげで――きみの後ろ姿を、ずっと追いかけてきたことで、ぼくは充実した人生を送ることができた。自分の非才《ひさい》をあきらめずにこつこつと努力することを覚え、結果、思わぬレベルまで成長することができ、自分を認め、愛してやることを知った。医師になろうとする夢を叶える過程で、他者と関わり合い、競い合い、そして信じ合うことを学んだ。他者に心を開き、仲間を作ることの喜びを知った。

そうしてぼくは医者になり、ほんのわずかの数の人々だけれど、この手で生命を救うことができた。臨、きみが憧れていた、国境を越える医師たちの活動にも、加わったよ。そして日本や世界の、たくさんの人々と出会い、友情を交わし、愛し、愛された。立ち止まらずいつも走っているような、忙しい人生だったけれど、幸せだったといえる。無理なく、心の底からね。ほんとうに、いい人生だった。

中学生の頃のぼくは、きみの友達になるのが夢だった。でもね、そんなことは無理だって、自分からあきらめていた。そばにいるだけでいい、その背中を見つめ、笑顔を見上げて、弟みたいにあとからついていければいい、と思っていた。……でも、だけど、いまのぼくなら、きっときみのとなりに並んでも、恥ずかしくはないだろう。もう、親子ほどに年の差があるけどね。――臨、きみは、ぼくを友達と呼んでくれるかい？』

臨は黙ってうなずいた。目の前の立体映像に向かって、何度もうなずいていた。涙が流れて、とまらなくて、歯を食いしばった。映像を映し出すその白い箱を、痛いほどに両手で握りしめた。

半分透けて見える優の笑顔は、震える臨の手のその動きにつれて、ふるふると宙で震えた。

（ぼくは……どうしてぼくは、気づかなかったんだろう？）

どうして優の思いに気づかなかったのだろう？　臨は泣きながら、ただうつむいて、深く息をついた。――今頃になって、もう二度と会えない時になって、どうしてそれを悔やむようなことになってしまったんだろう？

『ああ、そうだ、臨』

優しい声で、優がいう。その姿勢が、あらたまった。

『ひとつ、いっておかなくてはいけないことがある。とても、大事なことだ。

きみはあの日、あの冬の日の夕方に、自分がご両親から捨てられた、ひとりぼっちになったと思っていたようだけれど、そんなことはないよ。

きみが事故にあったあと、伯父様も伯母様も、それはそれは悲しみ、心配された。ふたりとも後悔と苦しみで、倒れて死んでしまうんじゃないかと思ったくらいだった。ふたりとも、きみがいつ家に帰ってきてもいいように、毎日、きみのために料理を作り、洋服を準備し、教科書も制服も、そろえていた。毎日、病院に面会に行っていたよ。最初は、個室で眠るきみに会うために。冷凍睡眠の実験の被験者になり、きみがコールドスリープに入ってからは、きみが眠っている部屋の外に立つために、扉の前で語りかけるために、きみのご両親は、病院に通っていた。それぞれが年老いて、病をえて、病院に通えなくなり、やがて亡くなってしまうそのぎりぎりの日までね——。

ぼくはね、ぼくは臨、ずっとそれを見ていた。君の代わりにね。少しでもきみの代わりになれたらと、あのひとたちのそばにいようと思った。あのひとたちも、たぶんきみの代わりに、と、ぼくを見守ってくれた。ぼくたちはね、毎日毎日を静かに幸せに暮らしていこうとした。だってきみが目覚め、この世界に帰ってきたときに、不幸そうな顔で再会したくなかったしね。ぼくたちは日々、臨のことを話して暮らした。きみが目覚めたらこんな話をしよう、こんなものを食べさせてあげよう、あんな場所に行きたいね、って。それはぼくたちみんなの未来の夢だった。

臨、ひとは未来に夢と希望がなければ生きていくことはできない。そしてどんなに辛《つら》いときでも、希望があれば笑顔で生きていくことができるんだ。

ぼくたちはきみとの再会を夢見て、穏やかに暮らした。ぼくは伯父様と伯母様をほんとうの両親のように思うようになり……伯父様と伯母様も、ほんの少しは、そう思ってくださっていたのかも知れないな、と思う。ぼくが受験に合格したり、結婚したり、子どもが生まれたり、と、良いことがあるたびに、ほんとうに喜んでくれたよ。とても嬉しそうに。ああ嬉しかったな。そんなときはみんな、そこで一緒に喜んでくれるだろう、きみの笑顔を思い浮かべていたんだけれどね。言葉にしなくても、みんなの笑顔と視線で、それはわかっていたんだよ。

臨――ぼくたちは、幸せな家族として生きた。それは覚えておいてほしいんだ。だからね、自分を責めないでほしい。眠っていたことを。

臨、ぼくは……ぼく自身、大人になってわかったことがある。大人だって、弱いんだ。泣きたくなることも、逃げ出したくなることもある。ほんとうは自分の子どもを守ってやりたいのに、そうできずに、立ちつくしてしまうことだってあるんだ。自分の傷をかばうために、子どもを傷つけてしまうこともある。どんなに心の中に、子どもへの愛があっても。こんなことといってはいけないと思っても、止められなくて口にしてしまうことだって、ある……。

ひとはいつだって強くあることはできない。親は常に完璧《かんぺき》な親ではいられない。弱くても、頼りなくても、ありのままのそのひとたちを認め、できるならば愛してあげよう。彼らを許してあげよう。もちろん、どんな親でも愛するべきだとはいわない。子どもから愛されるだけの価値のない、ひどい大人だって存在するからだ。たとえばぼくは、ぼくを虐待《ぎゃくたい》した父を、彼の死の瞬間まで、許さなかった。でも、ぼくらが両親のことを好きな限り、彼らがぼくらを好きでいてくれる限りは、愛してあげてもいいんじゃないかな？

ぼくは母とは和解したよ。彼女の人生の最後の頃は、我が家に迎えた。ぼくの妻や子どもたちといっしょに、晩年の母はとても幸せに暮らしたんだ。

臨、きみのご両親は、きみのことを愛していたよ。深く愛していた。律さんだけが、大事にされていたわけじゃなかったんだよ。最後まで、ご両親は、きみに会いたがっていた。――伯母様がね、何度もいっていたことがあるんだ。「臨がもし目覚めたら、思うように生きなさいっていってあげるのよ」って。「立派なお医者様になって、遠い世界に旅立っていいのよ、ってきっというの。わたしはいつも甘えてしまうから、そばにいてほしいと思ってしまうけど、でも、それはだめなのよね。世界のどこかで困っている誰かのために旅立ちたいというのなら、母親として、いってらっしゃいっていってあげなきゃ、って、思うのよ」ってね。……「いつかいわなきゃって思っていたの、そんな臨はかっこいいと思うわ。物語やドラマの主人公みたい。わたしはそんな臨が大好きよ」って』

「……」

ああ、母さんはぼくの夢をわかっていたんだ、と、臨は思った。わかっていて、受け入れてくれようとしていたんだな、と。その想いをあの頃の臨が気づかなかっただけで。

優は泣き笑いのような顔で言葉を付け加えた。

『伯母様はね、笑いながらいったんだよ。「大人になった臨が旅立つときは、笑顔でいってあげたいわ。玄関で。いってらっしゃいって。早くそんな日が来ないかしら」って。楽しそうに。早くそんな日が来ないかしら、って……十年たっても……二十年たっても。笑顔で。楽しそうな笑顔で』

臨は、泣きながらうなずいていた。

母の声が聞こえてきそうだった。その笑顔が目の前に浮かんで見えてくるようだった。

両親が毎日病院にたずねてきたという、そのようすが目に浮かぶようだった。

(ぼくが眠っているとわかっていても、「いま」の医学では、目覚めさせることができないだろうと理解できていても……毎日、父さんと母さんは、病院に通ったんだ。ぼくに会うために、そして、今日こそは、ぼくが目覚めるのではないかって思いながら、父さんと母さんは、病院への道を通《かよ》った。ふたりで丘をのぼった)

(そして、またふたりで、家に帰ったんだろう。そんな日々を、くりかえしたんだ……)

父は、家を出ようとしていたあの日、手紙にさよならと書いたけれど、きっとそれはなかったことにして、すぐに家に戻ってきたに違いない。

(大事な時には、強く優しくなれるひとだったもの。家族のためならヒーローになれる父さんだったもの……)

母は、庭に花を咲かせ部屋に花を生けて、臨が帰ってくるのを待っていたにちがいない。そして、笑顔で暮らしつつも、自分が臨を傷つけ、植物を切り刻んだことを、何度も泣いて悔やんだに違いない。アルトが死んだことを、悲しみ続けたに違いない。それは父も同じだろう。あの日、自分があんなことをいわなければ、と、何度も思ったろう。自分があの日の不幸を招いたのだと、自分を責めただろう。

そしてふたりは、臨との再会の日を待ったのだ。ずっと。最後の日まで。どんなに詫《わ》びようと考えながら。どんなに愛してあげようとその日を待ちながら。

（うん……わかってる）

臨は、うなずいた。泣きながら、深く、何度もうなずいた。

（父さんと母さんのことなら、わかってる……）

だって、臨と彼らは、親子だったのだから。

優の声が、優しく話し続ける。

『臨、学校のみんなも、きみにもう一度会いたいとずっといっていたよ。天文部のひとたちだってさ。塾のきみがいたクラスのひとたちも、そうだったんだよ。みんな、何度もきみへのお見舞いに来ていたんだよ。眠るきみの目覚めを待っていた。そうしてみんなが、きみが車の前に飛び出したということを、悲しんでいた。それほどまでに追いつめられていたってことを、どうして自分たちは気づかなかったんだろうって。

冷凍睡眠に入る前、きみが入院していた病室はね、千羽鶴《せんばづる》やＣＤ、花や果物や、絵本や写真集や、塾の誰かが差し入れたらしい、役に立つ参考書や問題集、そんな贈り物でいつもいっぱいだった。きみはいつだって、みんなの贈り物に囲まれて眠っていたんだよ。

中学時代だけのことじゃなかった。ずっと……みんなが高校生になり、大学生になり、おとなになってもまだ、お見舞いの花や品々は、絶《た》えなかった。きみが特別室にうつってからは、お見舞いはできなくなったけれど、ご両親のところに、お見舞いの品々は届いていたんだよ』

臨はただ申し訳なくて、立体映像の再生機を両手で握りしめたまま、うつむいていた。

臨は、クラスメートたちを、天文部の仲間たちを、塾の友人たちを、きっとほんとうには大切にしていなかった。あの冬の日に、彼らのことを好きだと思っていたということに、やっと気づいたくらいなのだから。

彼らに笑顔は向けていたけれど、心を開いてはいなかった。——いなかったはずだ、と思う。

(なのに……なのに、どうして?)

なのに、どうしてみんな、臨のことを思ってくれていたのだろう?

(事故のあとなら、みんなもうすぐに受験生になったろう。時間がたりなかったろうに、なんで、みんな……)

（お見舞いを、大人になるまで、ずっとなんて……ぼくを忘れなかったなんて）

（なんでみんな、ぼくなんかのことを……）

臨はうつむき、うめいた。

「ぼくは……ぼくの方は、みんなを、好きだった……けれど……」

いまになってやっと、自分がクラスのみんなや、部活動の友人たちを、塾を、日々の暮らしを、どれほど好いていたか、気づいていた。

なにげないおはようやさよならや、休み時間にミニバスケをしたこと、屋上での天体観測や、文化祭での出し物をみんなで用意したことが、自分の心の中で、どれほど懐かしい思い出になっているか、いま、臨は気づいていた。

（毎日が……あの日々が、ぼくは大好きだった）

（大好きだったんだ――）

優といっしょに歩いた、雨上がりのアスファルトの道の匂いや、見上げた街路樹《がいろじゅ》の葉の先で、プリズムの光のように輝く水滴の美しさ。

電線の上や街路樹で鳴く鳥の声。どこかの子どもがピアノを弾《ひ》く音。

商店街の路地にあった、古いうどん屋さんの出汁《だし》の匂い。路地裏を駆け抜けてゆく猫。

早起きして勉強している朝、二階の窓から見えた、朝日に照らされて光る、家々の屋根。

鳴きながら飛んでゆく、雀《すずめ》や鳩《はと》たち。窓を開けて、深呼吸をしたときの胸いっぱいに満ちる冷たい空気——。

ありふれていたかもしれないけれど、美しかった世界と、臨は永遠に切り離されてしまったのだ。

(あの日々は——世界は、もう終わり、滅びてしまった)

臨は、再生機を両手で、握りしめた。

(ぼくが、その大切さに気づいたときには……どこにもなくなってた……)

(ぼくは、ひとりで、「ここ」に残されて……みんながいない世界に残されて……そしてこれから、どうすればいい?)

(どうすれば……ぼくは)


優は、静かに語り続けた。

『臨。いまのきみの気持ちはどうなんだろう? きみはいま、うれしいんだろうか? それとも、ひとりきり知らない時代に運ばれてきてしまって、そこで目覚めて、悩み、苦しんでいるんだろうか?

きみは、いま、幸せかい? それとも——不幸なのかい?

たったひとつ、おぼえておいてほしいことがある。忘れずにいてほしいことがある。過去の時代、きみが生きていた時代の、たくさんのたくさんの人々が、きみのことを好きで、きみに生きていてほしがっていたということを。もう一度、きみに会いたいと望んでいたということを。

だからきみは、きみの命を、もう一度手に入れた命を、大切に生きてほしい。復活したその時代で、自分という人間を大事にして、幸せになれるように、生きてほしい。勝手な願いかもしれないけれど、でも、それがぼくの……ぼくら、神崎臨という少年を愛した、みんなの願いだから。時を超えて、きみに伝えたい、たったひとつの願いだから。――じゃあ、きみの幸せを祈って、いったんはお別れしよう』

軽い感じで、片手をあげて、ふとそのひとは、楽しそうに言葉を続けた。

『そうだね、もし、物語の世界にあるように、うまれかわりなんてものがあるとしたら、そしたら未来の、いまきみがいるその時代で、ぼくはきみともう一度会えるといいなあ。そうしたら、今度こそぼくは、まだ子どものうちに、きみの親友になるよ。――そしてぼくは……』

子どもの頃と同じ茶色い瞳で、優は明るく笑った。立派な大人なのに、いたずらっぽく。

『きみがもし、大きな道路の真ん中で、道を渡りそこねているなんてことがあるとしたら、きっと、命をかけてでもきみのそばに駆けつけて、今度こそ、きみを助けるんだ』

優の表情が、ふいに苦しげになった。胸元を押さえ、画面から——撮影しているカメラから、目をそらすようにして、しばらく黙り込み、そしてまた笑顔にもどって、一言、いった。

『また会おう』

明るい笑顔だった。

立体映像が消え、雑音《ノイズ》だけが部屋に満ちた。

臨は体を折って再生機を抱きしめ、泣いた。声を上げて、泣いた。

こんなふうに、思い切り泣いたことはなかった。

ずっと昔、律が死ぬ前、臨がほんの小さいころにはそんなこともあったかもしれない。でも、あの家がいびつになってからは、もうずっと、声を上げて泣いたりはしていなかった。

(いつも、うまく笑うことばかり、考えていた)

(少しでも、明るい家にしなくちゃって思ってた)

(ぼくが泣くなんて、悲しむなんて、いけないことだと、思っていた)

でもいまは、胸の奥から、あふれるように、想いがこみ上げてきていた。

看護師ロボットのひまわりが、優しく背中をなでてくれた。

『泣いていいんですよ。泣いていいんです。何百年も泣けなかったんですからね。いっぱい泣いて、そうしてまた、元気になりましょうね……』

ひまわりの手は優しかった。オイルの匂いはしても、やはりこれが人工の、機械の手だとは思えなかった。

「ありがとうございます」と、臨は自然にいっていた。

「ひまわりさん。あなたがここにいてくれて、よかったです。あの……あなたは、とてもすばらしい看護師……ロボットだと、ぼくは、思ってます」

ひまわりは、にっこりと笑った。

『まあ、そんなことをいってもらえて、うれしいわ。わたしは、落ちこぼれのロボットだったのに。かつての病院の同僚たちが、これを聞いたら、どんなにびっくりしたかしら』

「落ちこぼれ……？」

ロボットに落ちこぼれなんていうものがあるのだろうか？　臨は首をかしげた。

（ロボットって、いわゆる「工業製品」のはずで……）

出荷されるものは、ひとつひとつ、きちっとミスなく働けるように、完璧にできあがっているものではないのだろうか？

ひまわりは、頬を染め、あはは、と、照れたように笑った。

『なんていうんでしょうねえ。特に人間みたいに個性的にできている製品だっていうのがあだになってしまったというか、わたし佐藤ひまわりは、同型の姉妹たちと比べて、ちょっとだけドジが多いんです。あくまでね、ちょっとだけですけどね。病院の仲間たちからは、「ひまわりは頭のねじが一本足りてないんだね」なんていわれてたんですよ。ひどいですよねえ』

口をとがらせるそのようすもまた、人間そのものにしか見えなかった。

『わたしたちは、人間をめざして作られてきたんです。人間のように考え、人間のようによい判断をし、人間のように自然な優しさや思いやりを持つように、その感情を表すように、と。

優れたロボットを作り出すための技術は、神崎博士が亡くなった戦争が終わったあとの時代、人口が激減した時代に、世界を救うために発達したんです。ひとの代わりに働き、ひとを守り、ひとをはぐくむものを作ろうとして。そうして、「新しいルネサンスの時代」に、ロボット工学は、飛躍的に進歩しました。あの科学技術を地上の生命の幸せのために使おうと、人類の叡智《えいち》が結集された奇跡のような時代のことですね。

　そうして原型ができあがったわたしたちは、どこかファジーで、ひとりひとりに個性があるものとして、生産されてきたんです。あの頃、世界にはたくさんのロボットがいて、そう、人口の七人に一人はロボットで、ロボットたちは、交通整理から工場勤務、農場経営に、宇宙開発のお手伝いまでしていましたわ。どの病院にも、たくさんの看護師ロボットがいて、人間の看護師さんたちとともに、患者様のお世話をしていました』

　ひまわりは、懐かしそうな表情をした。

「あの、この病院の他の看護師さんたちは？　他の入院患者さんたちは、いないんですか」

　臨はたずねた。

　市街地を見下ろす丘の上にそびえ立つ光野原市民病院は、臨の時代にも大きかった。いまもきっと大きいだろうと、想像はできる。すると、病院内に他に誰かひとがいるのではないかと臨には思えた。その気配は感じられないけれど。

　ひまわりは、ひっそりと悲しそうに答えた。

『二二五二年に、彗星《すいせい》が落ちた時——恐ろしい放射線と熱波が空から降り注ぎ、多くのひとたちが死に絶えました。そのあとの気候の変動と、悪い病気の流行、長く続いたさまざまな天変地異のせいで、また多くのひとが死にました。一連の天災は、わたしたち機械の体を持つものにも影響を及ぼし、ひとりまたひとりと、仲間たちは倒れ、動かなくなっていきました。病院の建物そのものも、ひどく傷つき壊れました。
あの頃、この病院には、たくさんの人間の医師や看護師たちがいて、わたしたちロボットとともに、患者様たちを守り、救おうとしましたが、いつかみんな倒れてゆきました。病院の機能も低下しました。ある日、何人かの先生たちと看護師たちは、患者様たちをつれて、ここよりも安全だろうと思われる街をめざして、旅立って行きました。それは命を賭《と》した賭けであり、冒険でした。わたしはあなたの担当で、眠るあなたはこの病院の生命維持装置なしでは生きていけません。そして、病院の留守を守るものも必要です。だから、わたしはひとりだけ、ここに残ったのです』

「じゃあ、いまこの病院にいるのは……」

『看護師ロボットはわたしだけ。患者様は、臨くんだけです。あの……さびしいかもしれませんが、ごめんなさい。がまんしてくださいね』

そういって悲しげに微笑むひまわりの表情は、臨にはやはり、作り物には見えなかった。

看護師ロボットひまわりは、部屋を出ていった。

『お食事を作ってきますので、ちょっとだけ待っていてくださいね』と言い残して。

臨はうなずいて、その背中を見送った。左足を引きずっている。そちら側の足のどこかに、深い傷——故障があるようだった。

食事、という言葉を聞いて、臨は、そういえば、ずいぶん長いこと食べるということをしていなかったんだなあ、と、ひとごとのように思った。たぶん、栄養は背中から延びていたチューブやコード類のどれかによって、補給されていたのだろう。入れ物の中で目覚めたとき感じていた強い吐き気はいつの間にか消えていた。からだが浮かべられていた、あの生あたたかい液体の匂いと閉鎖《へいさ》されていた空間から逃れたのがよかったのかもしれない。

臨は自分の腕の皮膚《ひふ》を見た。頬にふれてみた。鏡が壁に掛かっているのを見つけたので、顔を映してみた。泣きはらしたあとの情けない顔になってはいても、「昔」……眠りにつく前と同じで、ただ髪が長い自分がそこにいる。記憶にある顔よりも、やつれているような気はするけれど、皮膚に弾力はあるし、目の下の粘膜《ねんまく》を見てみても、貧血《ひんけつ》の症状はみられないようだ。

(どうやら栄養は足りてるんだな。水分も。——だけど……)

(なんだかこう、気がつくと……胃のあたりがたよりないような気がする)

(食べてないって気づいたからかな?)

(——あれ? この感じは……おなか、すいてるのかな?)

そう思うと、くう、とおなかがなって、臨は少しだけ、声を出して笑った。


部屋にひとりになると、少しずつ、不安な気持ちが戻ってきた。

窓の外の空の色が夕焼けの赤色になってきたせいもあったかもしれない。

臨は自分の胸を抱くようにして、ベッドの上で、赤い空を見た。

(……ぼくは、これから、どうなるんだろう?)

(これから、どうしたらいいんだろう?)

さっき、看護師ロボットひまわりは、昔にこの病院にいた人々のことを話してくれた。いつのことかはっきりとはわからないらしいけれど、地球に彗星が落ちたあと、数十年から百数十年くらい前の時代に、ここにいた人間の医師や看護師、患者たちは、どこか遠くの街を目指して旅立ったのだ。

(話を聞いたときは、一瞬、そのひとたちをさがして、会いに行けばいいのかとも

思ったけど）

　彼らがどこに向かったのか、ひまわりのメモリには、はっきりした記録が残っていないらしい。彗星が衝突したときの衝撃と宇宙線の影響で記録が消えてしまったのか、あるいは、行き先についての会話を交わさなかったのか、そのどちらかだろうとひまわりはいう。

『とにかく、遠い遠い東の果てに行くってきいたこと……それだけは覚えてるんです』

　それでは、もし臨が、彼らが行った先を訪ねていこうとしても場所もわからないだろうし、そもそも……奇跡的にそこに行き着けたとしても、その人々は、もう誰も生きてはいないだろう、と、臨は思った。冷凍睡眠状態にあった臨と違って、そのひとたちは、その時代に、人間として普通に年をとり、老いて、死んでいったろうからだ。

（ひょっとしたら、地上のどこか遠くには、誰かがいるのかもしれないけれど）

　少なくとも、いまの臨が持っている情報の中では、臨の他に地上に人類はいなかった。

（ぼくは……どうしたらいいんだろう？）

（これから、どうすればいい？）

生き返ったといっても、ひょっとしたら人間は自分しかいないかもしれないこの世界で、自分は一体どうしたらいいんだろう？　どうやって、生きていったらいいんだろう？

（父さん、母さん、優……みんな）

二度と取りもどせない世界が恋しかった。ばらの花のアーチがあった家も、天文部のみんなと空を見上げた校舎の屋上も、優と毎日いっしょに通った街の歩道も、いつもひとでにぎわっていた街も……いまはもう、存在していないのだ。地上のどこにも残っていない。

大きな戦争と、自然の力で焼かれ裂かれ、壊されて、なくなってしまったのだ。

（ひとりぼっちだ……ぼくは、ほんとうに、ひとりぼっちになってしまった……）

臨はひざをかかえて、泣いた。子どものように、しゃくりあげて、泣いた。

いまは遠くなってしまった冬の朝に、抱えているものを何もかも捨てたいと願ったことがあったのを思い出した。身の回りのものをすべて置き去りにして、幸せな楽園へ旅立ちたいと。

（あんなこと……あんなこと、願うんじゃなかった）

かつて光野原市と呼ばれていた都市の廃墟に、そこだけ明かりをともす建物があった。

暮れてゆく荒野の中で、あたりを睥睨《へいげい》するように、丘の上に凛《りん》としてそびえ立つ建物だった。

それこそが、光野原市民病院だった。その建物は、太陽熱と地熱による発電システムと、地下水をくみ上げ、水を濾過《ろか》して上水《じようすい》とし、また使用後の水を濾過して再生するシステムを稼働《かどう》させて、たったひとりの入院患者を守るために、荒野に存在し続けていた。

かつて街が栄えていた時代の病院の姿からしたら、建物は傷つき汚れ、部分的に傾き、崩れてもいたが、それでも病院は、そこに在《あ》り続けていた。病院の「頭脳」である、高性能のコンピュータに守られて。彼のゆるぎない、そこに患者がいる限りは荒野に在り続けようとする意志によって。

そのコンピュータは、バージョンアップされてゆく過程で、よりひとに近づくために、「まじめで責任感がある」性格を与えられていたのだった。

コンピュータは、幾度もの戦争や天災にもたえぬいたが、その昔の、彗星の地球落下によるダメージを強く受けていた。ひとにたとえれば、過去に二度と起き上がれないほどの重傷を負った身だった。

しかし、彼は不死鳥《ふしちょう》のように、荒野に復活した。「患者の生命を守る」という病院の究極の使命のために、「必死で」みずからを回復させ、「傷」を修復するための機械を作り、環境の変化にあわせて自分でプログラムを作り替え、自らバージョンアップをくり返してきたのだった。

このコンピュータは、進化する機械だった。自らを進化させてゆく機械だった。入院患者である神崎臨の、「生命を守ること」そして、「いつか訪れる目覚めの時を待つこと」――その二つの目的のために、自律して動き続ける機械だった。

コンピュータの記憶装置の中に「おぼえ」のない「生き物」や、さまざまな「存在」たちが、いまの世界にはあり、時として、病院に侵入を試みてきていた。病院の庭には、患者のための花や作物が植えられ、食糧の備蓄《びちく》もあったので、そういうものをねらってきているのだろうと、推測された。

それらの侵入者についての情報を、コンピュータは何度もインターネットでつながった他のコンピュータに呼びかけて、教えてもらおうとしたが、何度そうしようとしても、どこからもコンピュータからも応答はなかった。最初は国内の同じ系列の病院の端末を探し、やがては世界中の様々な研究機関に所属する端末たちにも呼びかけてみたけれど、どこからも答えは返ってこなかった。彼には、自分以外のコンピュータの存在は、どこにも発見できなかった。

だから、彼はひとりで闘った。侵入者があるたびに、コンピュータは、病院の扉を閉ざし、シャッターを閉め、あるいは塀《へい》に電流を流して、侵入者たちを撃退《げきたい》した。彼らはあきらかに患者ではなかったので、迎え入れる必要はないと判断したのだった。

彼はずっと待っていた。ただひとりの入院患者が目覚め、元気になる日を。そして、遠い昔、数十年から百数十年前の昔に、患者たちとともに遠くの街をめざし旅立った医師や看護師たちが、この病院にもどってきてくれる日を待っていた。

そう、彼らは、たしかに、「帰ってくる」といったのだ。「その日まで、この病院を、入院患者、神崎臨くんをたのむ」と。自分と「約束」をしたのだ。

今日、コンピュータは、くだんの入院患者が意識を回復したということを知った。

彼は満足し、幸福な気持ちになった。幸福な気持ち、というのはいまのような「感情」をいうのだろうと推測して喜んだ。しかし、彼は、みずからの喜びを表すための機構を持たなかった。なので、いつもは省電力のために控えめにともす明かりを、今夜は建物全体が荒野に光り輝くように、最大出力で灯すことにした。

そして、ふと思いついて、静かに音楽を鳴らし始めた。ほんとうは、彼自身が歌いたかったのかもしれない。

病院の九階、臨のいる十階にある病室の下の階の、崩れた部屋の片隅に、一体のロボットがころがっていた。白と灰色の埃《ほこり》にまみれて、茶色いガラスの目に天井と壁を映しながら、ころりと倒れていた。

彼もまた、かつて、この病院で、入院患者のために働いていたロボットだった。彼は、大きなテディベアの姿をしていたので、テディ、と呼ばれていた。治療のため、親と別れて入院する子どもたちをなぐさめ、その友としてそばによりそい、笑わせてあげるのが、彼の仕事だった。

眠れない子どもを捜して病室を訪ねてゆき、子守歌をハミングして、そっとその子の背中をたたき、寝かせてやるのも、大事な仕事だった。

彼に内蔵された「心」は、泣いている子ども、苦しんでいる子どもの声を聞くと、どうにかしなくてはいけない、と、「痛む」のだった。

そういうふうに彼は造《つく》られていた。彼の原型もまた、ひまわりと同じ時代に造られたものだった。

彼は、子どもがいない場所では、必要のないロボットだった。だから、この病院に子どもがいなくなってからは、眠っていたのだった。

そのとき、ひさしぶりに、テディは、泣いている子どもの声を聞いた。

テディの丸い耳は、自分が倒れている部屋の、どこか近くの病室から、その声が響いてくるのを聞いた。胸の所にかざりのようにあるハート形のブローチが、悲しい青色に光った。子どもの泣き声を聞くとき、テディの心もまた泣きそうに悲しくなってしまうのだ。

テディはゆっくりと立ち上がった。その身で子どもを暖めるためのヒーターにスイッチが入る。肩から提《さ》げたポシェットをきちんと提げなおして、そうして、テディは歩き始めた。泣いている子どもを捜そうと、センサーを動かす。気配をたどろうとする。愛らしい首をめぐらせるうちに、ふと、その首が動きを止めた。階段の上をじっと見上げる。

そして、くま型ロボットは、埃だらけのもこもことしたからだで、よちよちと、階段を上りはじめた。

病室の扉が開いた時、臨は涙に濡れた目を上げながら、ひまわりが帰ってきたのかと思った。

「え……あ、くま?」

臨はきょとんとした。

そこにいたのは、臨よりも背丈《せたけ》が大きい、巨大なテディベアだった。それも埃まみれの。

臨は一瞬、ベッドの上で身をひいたのだけれど、テディがなんとも愛くるしい表情で、笑顔で首をかしげて、ダンスのステップを踏むような仕草で挨拶《あいさつ》したので、怖いという感情はどこかにいってしまった。

ぬいぐるみは、胸元のハートをピンク色に光らせ、そしてとことこと、踊るような足取りで臨に近づくと、大きな柔らかい腕で、臨を包み込んだ。

そっと背中をたたいてくれた。それはこの上もなく優しい仕草だった。埃まみれの腕だけど、咳《せき》やくしゃみは出たけれど、その腕は柔らかく、温かかった。

(あったかい……)

そして何よりも、くまの全身からは、臨を慰《なぐさ》め励《はげ》ましたいという想いが、優しくあふれだしていたのだった。

包み込んでくれるくまのふかふかの胸に、臨は涙に濡れた顔を埋《うず》めた。

そして、くまは、手を打って、ポシェットを開けた。ぐるぐるうずまきの棒付きキャンディーをとりだし、得意そうに臨に差し出した。

が、それは、埃まみれの、どろどろにとけた代物《しろもの》だった。臨はそれでも受け取ったのだけれど、くまはキャンディーの古さにそのとき初めて気づいたようで、がっくりと肩を落とした。それを見て、臨は泣きながら笑った。逆に、テディのふかふかの肩をたたいてやった。

（このくまも、ロボットなんだな）

まるで、遊園地のぬいぐるみみたいなロボット。優しい、くまのぬいぐるみ。

（そういえば、子どもやお年寄りのための病院で、患者の友達にするためのロボットの開発が進められていたっけ。犬とか猫とか、かわいらしい動物たちの姿をした、人間が話しかけたりさわったりすると、反応してくれるロボットたち。白いあざらしの赤ちゃんのロボットをニュースで見たこともある。その子孫のひとりが、このくまさんなのかもな）

ひまわりにしても、このくまにしても、ロボットなのだから、その感情は人間に作られたものなのかもしれない。昔に誰かの手によって作られたプログラムどおりに動いているだけなのかもしれない。

（でも……）

感情を持つように、個性を持つように造られたのなら、ロボットにも、心はあるのではないだろうか？　愛や友情も感じるのではないだろうか？

ひまわりもこのくまも、ほんとうに人間が好きで、大事に思っているのではないだろうか？

そう思うと、ひまわりや、このくまの存在が、臨はいとしくてしかたがなかった。

音楽が聞こえた。「夢路《ゆめじ》より」がスピーカーから流れている。それにあわせて、くまが、ゆっくりと首を動かし、ハミングを始めた。

テディと臨は、いっしょに、音楽を聴いた。

窓の外には美しい夕焼けが広がっていた。


ひまわりは、おいしいおかゆを作ってきてくれた。そうして、臨といっしょにいるテディを発見すると、おたがい手を取り合うようにして、再会を喜び合った。そんなようすを見ていると、やはり、臨には、この「ふたり」が作り物には思えなかった。

ふたりは抱き合い、抱きしめ合い、ひまわりは目尻に涙さえ浮かべて、ぱっと明るい表情で臨を振り返った。

『臨くん、あのね。テディは、この病院の人気者だったんですよ。患者様にも、わたしたち病院の職員たちにも優しくて、いつもみんなを笑わせてくれてたんです。ああわたし、彼とまた会えてとても嬉しいわ。ほんとうにとても嬉しいわ』

片足をひきずり、体のあちこちに傷を持つひまわりを気遣うようにしながら、テディはその手を取り、ダンスを踊った。

そうして、臨は、その夜、数百年ぶりの食事をした。

フリーズドライにされていたお米から作られたおかゆだそうで、それをきくと臨は、このおかゆもまたいっしょに時をこえて旅してきた仲間のような気がして、神《しん》妙《みょう》な気分で熱い茶碗《ちゃわん》を手にとった。

ほとんどお湯になるほど軟《やわ》らかく煮られたおかゆは、熱く、甘くて、ほんの少し塩味がして、なんともいえない、ふくふくとした、いい匂いがした。

（ああ、お米の匂いだ……）

この匂いを、長いこと忘れていた、と思った。飲み込むとき、柔らかな感触が、体を温めながら、のどから胃へと入っていくのを感じたとき、臨は、自分は生きているんだな、と、かみしめた。

（ひょっとしたらぼくは、何もかもなくしたのかもしれない。遠い過去に、何もかも置き去りにしてきたのかもしれないけれど、でも、体と生命は、失っていないんだ……。ぼくは、まだ、生きている……）

臨は、スプーンを持つ手を、きゅっと握りしめた。

暗くなった外で、遠吠《とおぼ》えの声がした。

臨は、食べる手を止めて、ひまわりに聞いた。

「犬を飼っているひとがいるんですか？」

『あれは野犬か、犬もどきだと思います』

「……いぬもどき？」

ひまわりとテディは、並んで、うんうんとうなずいた。

『いまの世界にはね、犬みたいだけど犬じゃないものとか、猫みたいだけど猫じゃないものが、たくさん棲《す》んでいるようなんです。そうして、この病院のまわりをうろついているんです。病院のコンピュータが分析《ぶんせき》したところによると、くりかえされた戦争と天変地異の連続の中で、動物たちが、生き延びるためにより強くたくましく進化していった姿なんじゃないかということなんですけれど。

それと、悲しいことですが、戦争が続いた時代に、生物兵器として生み出された恐ろしい生き物たちもいるみたいで……さらにその生物兵器たちは……』

ひまわりは悲しげに声を詰まらせた。

『束の間の平和な時代にも造られていたんです。わたしの原型のロボットが造られたのと同じ頃、どこかの国で造られたそういった生き物たちは、恐ろしい戦闘能力と、高い知性を持って……地上の生命たちをいまも殺戮《さつりく》し続けているといいます』

臨は遠吠えの声に耳を澄ませた。戦争の時代はたぶんもう終わって、当時の人類は死に絶《た》えて。ひょっとしたらもう臨の他には人間はいないかも知れないのに、戦争用に造られた生き物たちは、地上をさすらっているのかと思うと、とても悲しくなった。

その表情を読み違えたのか、明るくひまわりが笑う。

『大丈夫ですよ、臨くん。この病院の中は絶対、ぜーったいに、安心ですから。——とにかく、このあたりにはね、臨くん、犬を飼っているひとは——いいえ、人間は住んでいないようなんです。少なくとも、病院に、誰かがたずねてきたことは……長いことないの』

食べ終わった器《うつわ》を、ひまわりは下げてくれようとした。さっき臨をかばおうとして下敷きになった手が、痛々しく動かしづらそうなので、臨は自分の手が痛むような気持ちになった。

（痛い……っていうか——なんだ、あれ？）

よく見ると、腕の中の壊れた部品を、ひどく雑《ざつ》につないだり、針金《はりがね》で無理矢理、くくりつけたりしているのがわかる。接着剤も使われているようだ。それも雑に。きわめて大ざっぱに。

うう、と、臨はうなった。あれではよけいに動きづらいだろう。

（この病院に他にひとはいないっていうことは、ひまわりさん、壊れたところを、

自分で一応は修理しようとしたんだけど、それだけのスキルがなかったって感じ……なんだろうか、ひょっとして）

看護師ロボットにはひとのけがは治せても、自分の故障は直せないということなのかもしれない。

「あの」と、臨は、ひまわりに声をかけていた。

「ペンチとか、カッターとか、何かそういう工具ってないですか？」

最初、その腕の皮膚をはぐときは、さすがに勇気が必要だった。

体温があって、柔らかくて、毛穴まであって、産毛《うぶげ》まではえていて、おまけに上を見上げると、微笑みをうかべたかわいらしいショートカットのお姉さんの顔がそこにある、そんな右腕だ。

「……じゃ、見てみます」

工具箱を横に置き、床に膝《ひざ》をついて、臨は、深く息をつくと、いった。

ベッドに座らせているひまわりの右腕の、皮膚が目に見えて傷ついている部分あたりから、指先とナイフ、ピンセットを使って、少しずつ、柔らかな皮膚をめくっていった。まるで生きている人間の皮膚をはがしてゆくような感覚と感触に、寒気を覚えた。

「……あの、痛くないですか？」

ついい何回か顔を見上げてきいてしまったけれど、彼女はにこりと笑うだけだった。

まるで麻酔《ますい》なしで手術をしているようで、臨は目眩がしたけれど、あたたかな作り物の皮膚の下からちらりとのぞいていた、機械の内部が徐々に見えてくると、次第に冷静になってきた。

（皮膚や筋肉はシリコンとゴム、関節《かんせつ》はプラスチック、内部の機構は、薄いアルミと、体重がかかるところはチタンでできてるみたいだな……）

素材は、臨が元いた時代とあまり変わらないものを使っているようだった。部品同士を組み合わせ、動力を伝えて動かすための機構も、見ているうちに、大体の作りが推測でき、理解できた。これならたぶん、少しの故障なら、臨でもある程度までは直せるかもしれない。

（でも、この体を動かしている、そもそもの動力が、まるでわからない）

（これだけの機械が自分だけで、どこにも接続されずに動いているんだから、この体の内部にモーターがあるはずだけど、それが動く音がほぼ無音というのは、いったいどういう作りなんだろう？）

（そもそも脳は……ひまわりさんを動かしているＯＳはどこにあるんだろう？　こ

の体の内部？　あるいは病院内のどこかに別に置いてあって、そこから無線を飛ばして動かしているとか、なんだろうか……？）

そのあたりのことを臨が理解するには、右腕の皮膚どころか、ひまわりの体を本格的に分解しなくてはいけない予感がして、臨はぞーっとした。さすがに、そこまでする勇気はなかった。というより、そんな恐ろしいことは自分には死んでもできないだろうと思った。

額《ひたい》に薄く浮かんだ汗を、腕でぬぐった。――ふと、自分が滑稽《こっけい》な気がして笑った。医師を目指していた割には、ずいぶんとやわだな、神崎臨。

ふう、と息をついた。静かに思った。

（――とりあえず、いま、ぼくは、このひとの、痛そうな手を直したい）

不自由な手で、臨をかばってくれ、タオルで拭《ふ》いてくれ、温かなおかゆを作ってくれたひとの手を、せめて、わずかでも、動きやすいようにしてあげられたら、と思った。床に倒れようとした臨のからだを身を投げ出すようにして受け止めてくれたひとのその傷を治してあげたかった。

ずっと長い間、たぶん果てしなく思えたほどの日々、廃墟に建つ病院で、臨を見守り続け、目覚めの時を待っていてくれたひとの手を。

「手術」が終わったあと、ひまわりは自分の右腕を見て、そっと、動かした。

最初はゆっくり。少しずつ、速く。やがて、大きくぶんぶんとふりまわした。

そして、ひまわりは、涙さえ浮かべた笑顔で、臨に向かってお礼をいった。

『あの、ありがとう。臨くん。わたし、不器用だから、自分で直せなかったんです。機械のことって、よくわかんなくて。

あはは。おかしいですよね、自分も、機械なのに。ほんとにありがとう』

ひまわりは照れたように、そしてとても嬉しそうに笑った。

伸び上がるようにして大きく手を振って、すぐ近くにいたテディを呼んで、『腕《うで》相撲《ずもう》しようか』と、ベッドにその腕をついて身構える。それをまた嬉しそうに、万歳をしてスキップしてやってきたテディベアが、真剣そうな表情で勝負に挑《いど》もうとするので、臨はあわてて叫んだ。

「待って。素人《しろうと》の応急処置なんですから、乱暴なことはしないでください」

『えー。こんなにきれいに直ってるじゃないですか？』

テディと手をとりあったひまわりは、軽く口をとがらせた。

「それでもあなたは看護師ですか……じゃなくて」

臨は、息をつき、ベッドに腰掛けて、看護師ロボットを見上げて、いった。

「ぼくは、元の時代で、機械いじりは好きでした。まあ器用な方だとも思います。

でも、ぼくが持っているのは、遠い過去の時代の機械に関する知識だけ。けっして本物の、最新式の知識があってやった修理じゃないんですから、また壊れたって、知りませんからね？」

あら、と、ひまわりは笑顔で聞き返した。

『そのときはまた臨くんが直してくれるんでしょう？』

「そういう問題じゃなくて……」

看護師ロボットは楽しげに笑った。そうして臨は自分がからかわれていたらしいということに、やっと気づき、むっとした。

『ごめんね、臨くん』

ひまわりは、そのほっそりした左手で、直った右手を、そっとなでるようにする。工具箱の中に、いい接着剤が見あたらなかったので、いまひとつきれいにつながらなかった傷跡を、大事そうにさするようにした。優しい瞳が、傷跡を、じっとみつめた。

『この手はね、大切にします。病院の宝物だった臨くんに、故障した手を直してもらったなんて、仲間たちにいったら、きっと嫉妬《しっと》されちゃうな』

笑顔が、美しかった。

「……いやその、いいんです」臨は、両手をあわあわとふった。

「その手、もっと上手に直す方法を思いついたら、また挑戦してみますから」

はい、と、ひまわりは笑い、そして今度こそ、食器を下げて、給湯室へと運んでいった。その左足は、まだひきずったままだった。

「その足も……いつか直せたら、と、思います」

臨は、そっとつぶやいた。左足の傷も、みせてもらったのだけれど、内部でいくつもの大事な部品が壊れていたので、いまの臨には手の施《ほどこ》しようもなかったのだ。そして何より、その足の故障を直すには、腰の関節あたりまで分解しなくてはいけないことがわかったので、

（分解はできるかもしれないけれど、元通りに組み直す自信は、ぼくにはない）

臨は唇《くちびる》をかんだ。指先の動きがまだ心許《こころもと》なかったし、何より知識がたりない。

無意識のうちに何度も思った。インターネットが使えたら。この世界のどこかに残っているだろう、ロボットに関する資料を調べ、可能なら、世界のどこかにいるかも知れない、生きている誰かに、教えを請《こ》うことができたら。子どもの頃、パソコンの使い方やプログラミングに関する知識を、そうやって学び、身につけてきた、あの日々のように。

（ぼくは何も知らない）

（ひとりきりでここにいたのでは、できることが何もないんだ）

今更のように、思った。誰かとつながっていることが必要だ。誰かの持つ知識、ほかのひとびとが、人類がこれまで積み重ね、残してきた様々な知識とつながっていなければ——それに、アクセスできなければ、人間はその遺産を、科学の力をフルに使うことはできないのだなあ、と。

人間はたぶん、ひとりでは何もできない。他の誰かとつながりあい、知識を共有し、残し、あるいは活用し、変容《へんよう》させて進化させていかなければ、後の世代に受け継いでいかなければ、人類の持つ能力を発揮《はっき》することができないのだ。

人類の叡智《えいち》には自らの文明がうみだした、ロボットの故障を直すことができるだろう。でもそのひとり、残された末裔《まつえい》である臨には……。

(ここで、未来世界で孤立《こりつ》しているぼくは非力《ひりき》だ。そんな力は無い)

(でも、もしかして……)

この病院で、あるいは廃墟になった世界のどこかで、「未来」のロボット工学に関する資料が見つかれば、それを読み込めば、直してあげられるかもしれない、と、臨は思う。いやきっとそうしよう。そうしてみせる。

(ひまわりさんの笑顔、あったかいから)

「——あの笑顔に、励まされたから……」

そっとつぶやくと、テディが、大きな手で、頭をなでてくれた。

「ありがと。テディ。テディも、ありがとう」

臨は、ふかふかの優しい腕を、そっとたたいた。

埃《ほこり》がちって、くしゃみがでて、互いに顔を見合わせて、笑った。


その夜、臨は、ひまわりに渡してもらった、過去の自分のいろんな持ち物をひとつひとつながめた。そばにはいまはすっかり埃をはらってきれいになったテディがいて、臨といっしょにひとつひとつの品物を大切そうに手にとってながめた。

それは両親が病院に託《たく》した品物たちだった。両親を通して友人たちから託されたものもあった。たくさんの手紙があった。写真がありCD-ROMがあり、ゲームソフトがあった。MP3プレイヤーがある。手書きで、入れている曲のタイトルが書いてあるメモがついていた。趣味がいい曲が入っているな、と思ったら、作ってくれたのはあの天文部の後輩の女の子だった。耳にイヤホンを入れてみたけれど、さすがにもうバッテリは切れていた。臨はその子に悪いことをしたなと思った。せっかくの音楽を聴いてあげたかったたし、聴きたかった。

（あの子は、いい子だったよね）

廊下で、階段で、よく見かけた元気な笑顔を思い出す。

（もう少し、いろんな話をしてみたかったな……）

時の彼方で、あの少女は成長し、自分の年を追い越して、大人になっていったんだな、と、臨は思う。どんな人生をたどったのだろう。

(たまには、神崎先輩のことを思い出したりしてくれたかな)

臨は、くすっと笑った。幸せでいてくれたのならいいな、と思った。あのあといろんなことがあったらしい世界でも、幸せに生きてくれたのならいいな、と。

ぬいぐるみや、お守りや、上等な筆記用具。電子辞書。いろんな本に、そしてたくさんの千羽鶴。

そして、たくさんのたくさんの、両親からの手紙。季節ごとに書いてくれただろう手紙。中には、父が撮った家や家族の写真や、庭の写真、空や花や、街の写真があった。一枚一枚を、瞳の奥に焼き付けるような想いで、臨はじっと見つめた。

あの写真が、最後に出てきた。夏の庭で、律と臨とアルトが、楽しそうに並んでいる古い写真が。

臨は微笑んで、その写真を見つめた。いつまでも、見つめていた。

母が用意してくれたらしい、たくさんの着替えや荷物といっしょに、ナイロンのリュックがあった。リュックの中には、旅に使えそうな道具がいろいろ入っていた。ずっしりと重い外国のナイフや、方位磁石《ほういじしゃく》。ステンレスの水筒に、分厚い靴下。包帯に絆創膏に、様々な薬品。臨はふと微笑む。両親が、目覚めた臨が医師として遠い外国に旅立つ日のために、と、旅人に役に立ちそうな品物を選び詰めてくれた、その情景が見えるような気がしたのだ。

いってらっしゃい、と、玄関で手を振り笑う、母の声がかすかに聞こえたような気がした。そばに立つ父の笑顔が見えるような。

臨は黒く重たいリュックをぎゅっと胸元に抱きしめた。思わぬ世界に旅立つことになってしまったけれど、このリュックはずうっと持っていようと思った。

ふと、臨は記憶の中にひっかかる何かを感じた。

「最近何か……ありえない場所で、ナイロンのリュックを見たような気がする」

はっきりしない。思い出そうとしても、よく思い出せない。それともあれは、冷凍睡眠の間に見た夢、臨の無意識が見せた幻《まぼろし》だったのだろうか？

「なにか……同時に、空を飛ぶ金属製のドラゴンとかも、見たような……」

いよいよ夢だ、と臨は思った。

（ドラゴンとナイロンのリュックなんて、そんな組み合わせ、リアルじゃありえない）

夢だった証拠のように、思い出しかけた記憶のかけらは、それきりさらりと消えていってしまった。

荷物の中から、最後に、臨の携帯電話が出てきた。気に入って使っていた、富士通の白い端末だ。父が入れてくれたのか、ACアダプターと換《か》えのバッテリも入っていた。臨は緊張しながら、携帯にACアダプターをつなぎ、表示されている電圧の数字を確かめてから、ベッドの枕元のコンセントにつないだ。

電源を入れた。しばらく待った。けれど待ち受け画面は暗いままだった。

臨は、苦笑して、画面を見つめながら、ため息をついた。

「……わかってたけどさ」

ここは遥《はる》かな未来なのだ。もしかして端末の中の、メモリは生きているかも知れない。けれど液晶が点灯しないのでは、操作することができない。端末の状態もわからない。さっきひまわりは地上は彗星が落ちたときに、強い放射線を浴び、ひどい衝撃を受けたという。そのときに、壊れたのかも知れない。

(それに第一、携帯電話というものが、未来世界の暮らしの中で、まずありえないだろうけれど、奇跡的にまだ使われていたとしても……ぼくのこの電話が、契約その他奇跡的に使える状態のままで、なおかついまの時代に使われている電波をとらえられるとしても……)

臨は寂しく笑った。見渡すかぎりのあの廃墟で、基地局が生きているわけがなかった。ということは、電源が入ったとして、臨はこの携帯で誰かと連絡をとることはできない。インターネット（が生きていたとしても）にもつなげないだろう。「昔」の日本で臨がよくしていたように、そうやって情報を入手することは不可能だ。誰かとつながることもできない。

臨はつぶやいた。

「――せめて中のデータは見たかったかなあ……」

この白い端末の中にはたくさんのメールがあり、写真があり、映像が音楽が保存されているはずだった。たくさんの思い出が、臨がいた時代のかけらが、ここにはいっぱいにつまっているはずだった。

と、そのとき、テディが優しい仕草で携帯電話を自分のてのひらにのせた。と思うと口にぱくりとのみこんだ。

ああ、と臨が叫んだとき、テディの目がほおずき色に発光した。

テディの口が動き、優しい声で語りはじめた。

『おはよう臨。こないだ天文部の先輩からのメールでさ……』

記憶にある。友達からきたメールだった。テディはメールを読みあげてくれたのだ。そのまま次々に読みあげてゆく。懐かしいメールの数々を。

おそらくテディの体内には、データを読みとるリーダーがあるのだろうな、と臨は思った。

(ひょっとしたら、とんでもなく万能《ばんのう》なカードリーダーなんじゃないだろうか?)

臨は想像する。たぶんこの機能は、入院患者がお見舞いにもらったいろんな媒体《ばいたい》に保存された「手紙」を読みあげるために彼についている機能なのだろうと。このくまはきっといままで、小さい子どもの入院患者たちのために、「手紙」を読んであげていたのだろう。ベッドのそばで。

そのうちテディは、今度はほおずき色の目で、部屋のうすぐらい一画《いっかく》をみつめるようにした。そこに画像がうかんだ。携帯で撮った写真だ。動画も映った。懐かしい風景が、懐かしい人々が、そこにたちあらわれた。

そしてやがて、テディの胸から、音楽がきこえはじめた。音楽データの再生を始めたのだ。

テディは音楽にあわせて楽しげに首をふり、臨に笑いかけた。臨は泣き笑いしながら手の甲でテディを軽くたたき、いった。

「いいスピーカー入ってるんだね、テディ」

「明日に架ける橋」が流れはじめた。律が好きで、臨もそして優も好きだった曲だ。

友達よ、君のそばにいてあげる、悲しいときは、涙を拭いてあげるよ、と歌うあの歌が。

臨はうつむき、閉じた目に自分の腕を押し当てた。テディがそばによりそい、そっと肩を抱いてくれた。


それから、しばらくの間、臨は病室で暮らした。

病室から出ようにも、手足の筋肉がやせ衰《おとろ》えていて、うまく歩けなかったからだった。

ひまわりによると、未来世界では、冷凍睡眠の研究が進んでいて、目覚めのあとになるべく早く元通りに行動できるように、と、そのためのさまざまな技術が研究されていたらしい。

臨に薬を与え、手足を優しくマッサージしてくれながら、ひまわりは、

『ですから、臨くんも、すぐ歩けるようになると思いますよ』と、笑顔でいった。

そうしてひまわりは、ある日、臨の長い髪を、はさみで肩のあたりで切りそろえてくれた。

『わたしは看護師ですから、こういう仕事にはあまり良いセンスを持っていないのですけれど……ついでにその、どちらかというと、器用とはいえない方ですし。でも、がんばって切ってみました』

ぴょこりとひまわりは頭を下げた。

臨は軽くなった頭が嬉しかったけれど、床に落ちた髪を見て、自分が過去を切り離したような気がして、少しだけさびしくなった。

「あの、ひまわりさん」臨はたずねた。急に顔を上げるとまだ目眩《めまい》がした。その体を、テディが、ささえてくれた。

「入院患者は、ぼく以外にはいないってことですけど、こんな大きな立派な病院で自前の発電設備も浄水《じょうすい》設備もあるのに、なんでここは……使われなくなったんでしょうか？　それと、未来には冷凍睡眠の研究は盛んだったということですけど、ぼく以外に新しい被験者はいなかったんですか？」

ひまわりは、目を伏せた。

『昔、彗星が、落ちてきた時――あの流星雨が美しかった夜に……』

その日の午後、臨は、ひまわりとテディに助けてもらって、初めて部屋の外にでた。

スリッパを履《は》いて、広々とした病院の、静かな廊下を歩いてゆき、渡り廊下をゆき階段をおりた。

やがてある角を曲がったところで、ひまわりの背中は立ち止まった。

背中を向けたまま、低い声で、ひまわりがいった。

『病院は修復用の機械を指揮して、壊れたところをある程度までは直すことができます。でも、このC棟の東のあたりが、いちばん被害がひどかったのです。ここに……たくさんの、眠っている患者様たちがいました。未来の世界での目覚めを夢みて、眠っていた方たちが』

臨は、息をのみ、立ちつくした。

病院は、裂けていた。天井から、ざっくりと亀裂《きれつ》が入っていたのだ。破れた天井から降り注ぐ太陽の光に照らされて、埃にまみれた鉄筋が見え、汚れた壁が砕《くだ》けていた。いくつもの部屋が、崩れた壁の欠片《かけら》や鉄筋に押しつぶされたようになっていた。瓦礫《がれき》の中に、臨が入っていたのと同じ巨大な「入れ物」のようなものが見える部屋もあった。薄緑色の豆のような形をした「入れ物」はゆがみ、割れていた。割れて壊れたそれがいくつもあった。

臨の足から力が抜けて、テディによりかかった。

何もいわずに、テディが大きなふかふかの腕で臨を抱きしめ、肩を抱いた。

ひまわりがそっといった。

『臨くん。あなたに会えてよかった。あなたまで死んでしまっていたら……わたしはきっと、きっとね、あのまま壊れてしまっていたんです。あなたが目覚めてくれたから、きっといま、わたしはこうして、がんばって動いていることができるんです。看護師ロボットのわたしの「喜び」は、人間の命を守るために働くこと。患者様たちを守ることなのですから。あなたが目覚めてくれたから、佐藤ひまわりは、がんばれちゃうんですよ？』

臨は、ひまわりにたのんで、病院の屋上につれていってもらった。

屋上から見る景色は、崩れた建物と割れた道路の瓦礫の山で、遠い昔の明け方に見た怖い夢とまるで同じ情景で——少しだけ違うのは、瓦礫の灰色の間に、緑色の木や草が見えているところだった。まばらにだけれど、緑がよみがえってきているのかもしれない。けれど、ひとの気配のない無音の世界に、わずかな緑がそよぐようすは、よけいにさびしいものを感じさせた。

臨は、重い頭痛を感じて、錆びた鉄柵《てつさく》に寄りかかった。

（ぼくは、ひとりなんだ……）

（ほんとうに、ここに、ひとりきりなんだ……）

知っているひとは誰もいない。守ってくれる家族もない。過去の世界で知っていた常識は、きっと何も通用しない。そんな中で、臨はこれから、ひとりきり、生きていかなければいけないのだ。

「ひまわりさん、ぼくは……ぼくはこの先、どうしたらいいんでしょうか？」

看護師ロボットは、にっこりと笑った。励ますように明るい口調で、

『早く体を治して、退院しましょうね。昔の交通事故による損傷の方は、もうばっちり治ってるんだけど、もとどおり動けるようになるまで、あとしばらくはリハビリが必要ですもの。——あ、入院費のことなら、だいじょうぶ。あなたは当病院の長い歴史の中で、記念すべき最初の冷凍睡眠の被験者第一号の患者様として、その退院の日まで無料で治療に当たるということが、昔に決められていますから』

「あの、それで、退院したあとは……？」

退院したあと、臨はどこへ行けばいいのだろう？

『退院したあと……』

ひまわりは、きょとんとした顔をした。そして、腕を組む仕草をした。

『退院したあと……臨くんがどうするかということは、考えたことはなかったです……。だって、普通は患者様たちは、退院したら、さようならがあたりまえですもの。冷凍睡眠から目覚められた患者様は、記念に美味しいお食事をごちそうして、

病院からの花束を手渡して正面玄関でお見送りが決まりでしきたりです。お食事はね、百年分もあるんです。お花もいつでも渡せるように、中庭の温室でコンピュータが管理して育てているんですよ。でも、臨くん、どうしましょう？　あなた、退院したら、このあとどこに行くんですか？』

臨は言葉を失った。そして、廃墟を見渡した。この先からだが治ったとして、この世界に放り出されて……ひとりで生きていけるのだろうか？　この、ひとがいない、世界情勢がどうなっているのかよくわからない世界で。

（いや、世界情勢がどうこうなんてレベルじゃない……）

そもそもこの世界に、いま国家や町や村があるかどうかさえ、いまの臨は知らないのだ。自分以外の人間がどこにいるのかすらわからない。

（それどころか……）

他の誰かの存在が感じ取れない以上、臨がこの世界でただひとりの……最後の人類になっている、という可能性だって、ゼロではないのだ。

（だめだ。とにかくしばらくは、この病院に置いてもらわないと、たぶんだめだ）

臨は、親指をかんで考えた。そして、ひまわりにいった。

「ええと、あの、ぼくは未成年で、引き取ってくれる家族がいないんですが……この病院では、そういう患者も、元気になったらとにかく退院させてしまうんでしょうか？　あとそれから……いま、この街は、ひどい状態になっていますよね？　保護者がいない状態のぼくがひとりで退院するには不向きな状態だと思います。そういうときは、退院を延期するとか——そんな決まりが、この病院にはないんでしょうか？」

すがるようにひまわりを見ると、ひまわりは臨の手を取って踊るようにした。

『そうよ、そうよ。天災などの災害が起きた場合や、患者の引き取り手がいない場合は、退院を延期することもできるって、うちの病院の規約八条の六の二と三にありました。よかったわね、臨くん。退院の時期は、しばらくの間なら、のばすことができますよ』

「……しばらくの間だけなんですね」

臨はいいかけて、言葉を呑み込んだ。

（たしかに、常識的に考えれば、ぼくは健康になったら、もうここにいてはいけないんだ）

健康な人間は、病院にいてはいけない。いろんな意味で、それは許されない。

（それに、もし長くいられたとしても、ここで時間をただ使っているわけにはいか

ない)

臨は、ゆっくりと顔を上げた。風が吹いて、切ったばかりの髪を揺らした。

ここにいれば、たぶん食べ物には困らないですむのだろう。そして、病院の建物の中にいれば、寒さ暑さも防げるにちがいない。

臨は寝間着の腕を抱いた。カーディガンを上にはおっていても、長袖のパジャマの腕が風で薄ら寒い。

遠くの高い山、妙音岳《みょうおんだけ》の頂上のあたりには、雪が見える。山はまばらに紅葉している。いまは秋なのだろう。これからさき、冬に向かうとすれば、建物を出て野宿するのは、凍死の因《もと》のような気がする。でも。

(うん。あと少し体がよくなったら……ひとりで歩いていけるようになったら、ぼくはここを出よう)

ここにずっといてはいけない。ここで、ひまわりやテディに守られて、あたたかな食べ物をもらって、慰めてもらい励ましてもらって、そのくりかえしのなかで、年老いてゆくのは。

(そんな毎日を暮らすのは、そんなふうに日々を過ごすのは、いけないことだ)

だってそれでは、ケージや水槽《すいそう》の中で生きる生き物と変わらない。

臨はくちびるをかんだ。思いがけずこの手に返された人生を、命を、そんなふうに浪費《ろうひ》してしまってはいけないと思った。

臨の命は、優が、両親が、親戚たちが、過去の世界で友達だった人々が、祈ってくれて、願ってくれて、そうしていま、長い時間の旅の果てに、この未来の地で、取り戻した生命だ。

（優は立体映像の再生装置の中で、ぼくに、『幸せになれるように生きてほしい』といったんだ）

自分の命を大切にして生きてほしいと。

幸せな人生は、きっと、ここで、ただ年老いていく人生ではない。

「だけど」と、臨はつぶやいた。

（だけど……どうしたらいいんだろう？　ぼくは、いまこの世界で、ひとりでどうやって生きていけばいい？）

元の世界なら、臨はただ、学校に行っていればよかった。放課後は塾に行き、テストを受けて、家で予習をして、復習をして――そう、勉強さえしていればよかった。

臨はまだ、子どもだったから。そしてやがて高校と大学を受験し、勉強をし続けて医者になり、大人になるのが、臨の人生、未来への道筋だったのだ。その道を歩いていれば、臨は守られていた。両親に養《やしな》ってもらって、ばらのアーチのある家で、何の不安もなく暮らしていることができた。

（でも……）

いまの臨には、保護してくれる家族がいない。住むべき家もない。

（ひとりぼっちの十四歳は、どうやって生きていけばいい？）

過去の世界には、外国のいろんな街で、いろんな事情で学校に行くことができなくて働いている子どもたちがいた。そのことを、臨は、テレビやインターネットで見て、活字で読んで知っていた。家のない子どもたちは、大人たちに搾取《さくしゅ》されながらも、小さなからだで働くことで、時として盗み、物乞いをすることで、金銭を得て、なんとかぎりぎりで生活していっていた。

（生きるには、少なくともぼくの時代には、お金が必要だった。この世界でもそうだとしたら、なんらかの手段で、金銭を得なくてはいけない）

では臨が働いていくとして、この世界の、どこでどう働いたらいいのだろう？

見渡す限りの場所に、街は見えない。ひとが暮らしているようすはない。つまり働ける場所はないようだ。お金を得るための場所も、使うための場所も、近くにはない。――ひょっとしたら遠くにもないのかもしれない。

では臨は、どこでどうして自分を養っていけばいいのだろう？　食べ物はどうする？　田畑《たはた》を耕《たがや》せばいいのだろうか？　魚や獣を捕《と》ればいいのか？

しかし、どこでどうやって？　というよりも、そもそもこの自分に、そんなことができるのだろうか？

臨は、途方に暮れた。そして、思った。

やはり、ネットワークが必要なんだな、と。

（……人間は、ひとりでは生きていけないんだ）

社会の中にいなければ、人間は人類がもつ力を使うことはできない。

もし獣のように生きるなら、野にあるものを食べ、水を飲んで生きていくだけなら、廃墟にひとりでもなんとかなるかもしれない。

けれど、人間らしく生きるには……社会の中にいなければいけないのだ。無数の人々の力で構成された、人間の社会。それとつながり、つらなっていないと、文化的な暮らしはできない。

（ぼくひとりが荒野で生きていこうとする試みは、とても難易度が高いものになるだろう）

ひとりきりの子どもには、衣服を手に入れることもできず、明かりをともすための燃料だって、手に入らない。もし食べることができるような生き物が荒野にいるとして、それを何とか捕まえたとしても、調理するのに必要な刃物は、どこで手に入ればいいのだろう？　塩を水を燃料を、一面の廃墟のどこで、手に入れることができるというのだろう……？

（人間は——ぼくは、ひとりでは生きていけない）

（この病院を出るのなら、ひとが暮らす場所にたどりつかないと、生きていくのは難しい）

（もしまだ人類が誰か生きている、どこかにひとの住む集落が——町や村がある、と仮定した場合の話だけれど）

考えにふけりながら、空を見ているうちに、ふと思い出した。

「あの、ひまわりさん。この病院にいたお医者さんと患者さんたちは、昔に、どこかの街をめざして旅に出たって、いってましたよね？」

『ええ。東をめざして行ったんですよ。遠い遠い東の果ての大きな街をめざして』

「いまも、東に行けば、街はあるんでしょうか？」

『それは……どうかしら？』と、ひまわりは難しそうな表情をした。

『あれはたぶん、もう数十年も、百数十年も、昔の話だと思うから……そして、だれも未《いま》だにここへは帰ってきていないんです。連絡もありません。いまもわたしはみんなが帰るのを待っているのですけれど。——わかってはいるんです。人間の寿命からすると、彼らが帰ってくるのは、無理だとは思うの。でも、あのひとたちは、わたしと病院のコンピュータに、きっと帰ってくると約束して、東へ行ったたんですもの』

　ひまわりは、遠くの空を見た。

（つまりそのひとたちは、目的地にゆきついたかどうかもわからないわけか）

　言葉にはしなかったけれど、臨は思った。――でも、だけど……。

（東に、街がある――少なくとも、数十年から百数十年前には、その方向に大きな街があった……）

　臨は、自分も空を見た。妙音岳と病院の建物があれば、荒野に出ても、方角はわかる。

　山や病院が見えなくなるくらい遠くまで行っても、太陽や星が見える限りは、東の方角はわかるだろう。

　もしかして、この未来の地球が、いろいろと変わってしまった世界だとしても、

（いくらなんでも、太陽が東から昇ることだけは、変わっていないだろうしね）

『あ、「鳥もどき」だわ』

　ひまわりがふと、空を見上げていった。

「とりもどき……？」

　臨は、その言葉を聞き返しながら、ひまわりの見るものの方へと視線を向けて、

絶句した。

見たことのない生き物が、宙に浮いていた。駝鳥《だちょう》くらいの大きさで、孔雀《くじゃく》のような色合いのものが、空ではばたいている。でも、その羽毛は、ところどころ金色の鱗《うろこ》になっていて、くちばしには牙《きば》がのぞいていた。二本の足には、動物のような毛がふさふさと生えている。

がっしりとした爪には、ねずみのような形と大きさの、でも真っ赤な体毛の小さな動物の死体がぶら下がっていた。

生き物は金色の目を動かして、臨をぐるりと見ると、興味なさそうに、ふいと、どこかの空へと羽ばたいていった。

「鳥もどき」がいなくなると、今度は「鳩もどき」たちが、群れをなしやってきて、一斉《いっせい》に空で輪を描いた。その生き物たちの頭部には、こうもりのような小さな耳がはえていて、ちいちいとねずみのように鳴き交わしていた。

ひまわりは、かわいいわね、とかいいながら、その耳付きの鳥たちの群れを見上げていた。

「……かわいい、ですか、あれ？」

『あの耳と、さえずる声が、実にかわいいと思うの。それにあの、「鳩もどき」ね、害虫を捕りに病院に来てくれるから、役に立つんですよ。あれね、夜行性で、たまに真っ暗な病院の中庭を飛んでるのにでくわして、びっくりすることもあるんですけどね』

　ひまわりは、笑いながら、その生き物の飛ぶ空を見上げる。

　臨は、黙り込み、考えた。

　鳥は、恐竜が進化して生まれた生き物だと本で読んだことがある。だから、脚《あし》には恐竜と同じに鱗があるのだと。

　ひまわりは前に、『環境の変化のせいで、いま地上には変わった生き物たちがいる』というようなことをいっていなかったろうか？

（そういえば、あのとき、「犬もどき」、とか、「猫もどき」、とかいっていたようなな）

　臨は、生き物たちが飛び去っていった空を見上げた。

（ああいうのが、いまのこの世界にはいっぱいいるってことなのか……）

　彗星の衝突や、それ以前に繰り返された戦争に天災のせいで、地上の環境は劣悪《れつあく》になったにちがいない。

　残された地上の生き物たちは、生き延びようとして、進化していったのだろう。時として、先祖返りの姿になったりもしただろう。いろんな生き物が地上に生まれ、そして、環境に適した姿のものが生き残り、新しい地球の生き物として、地上に残ったのだ……。

そしてひまわりは、地上には戦闘用に造り出された恐ろしい生き物たちも存在しているといっていなかったろうか。

(だとしたら……)

だとしたら、いまの世界には、一体どんな姿の生き物たちが徘徊《はいかい》しているのだろう?

地上は、どんな世界になってしまったのだろう?

空に、冷たい風が吹いた。廃墟の街には、冬が近づいていた。

そして、一ヶ月の時が流れた。

第三章 ★ 光

その猫の名前は、アルファといった。

銀色のからだに渦巻《うずま》き模様の黒い縞《しま》を持つその猫の背には、こうもりのような、大きな黒い翼があった。

その猫は、ひとのように思考することができた。言葉を話すこともできた。数百年もの間、年をとらずに生きていくこともできた。けがを自分で治すこともできた。他にもいくつか、できることがあった。

生まれつきそうだったわけではない。

もう百年も二百年も昔に、海の彼方《かなた》にあったある国で、彼女は母猫の胎内《たいない》にいた時から、姉妹猫たちとともに種々の実験を繰り返されていたのだった。その結果が、いまのアルファの姿だった。彼女は、生きている成功例だった。

母猫や姉妹猫たちとともに、その場所にいた時、彼女はまだ子猫だったから、よ

く事情はわかっていなかった。けれど、それはある国の「ジッケンシセツ」で、「ハクイ」──白い服を着た、薬の匂いがするひとたちがいっぱいいたのをおぼえている。そこではたくさんの動物たちが、いろんな実験を受けていた。犬も猫もうさぎもねずみもいた。山羊《やぎ》や馬や、羊や猿もいた。

「強くて優《すぐ》れた生命体を作るため」の実験といっていたとアルファは記憶している。生き物たちは体を切り刻まれ、電気を流され、水につけられ、コードにつながれていた。いつもそこには生き物たちの悲鳴が聞こえていて、毎日多くの生き物たちが死んでいっていたけれど、それは、「人類の幸せのために」必要な犠牲《ぎせい》なのだといわれていた。そうして、白い服を着た人々も、悲しそうな顔をして、しかたがないしかたがない、と、いつも口の中で唱《とな》えていた。

「地球環境は悪くなってしまった。科学の力でどうにかしないと、人間は滅びてしまう。どんな環境でも生きていける優れた人類を作らなければいけない。そのための実験なんだ。この先の未来、きっと戦争が終わることはなく、内乱も続くだろう。平和な日々など二度と訪れることはない。我々の国は、そんな世界にあっても存在しつづけなくてはならない。そのためには戦える人間を。戦える獣を。我々は、我々の国の国民を守るために、造らなければいけないんだ。無敵の戦士たちを。

動物たちは気の毒だ。だが、悲しいけれど、ほんとうに悲しいことだけれど、これは、人類の幸福な未来のための、尊《とうと》い犠牲なんだ」

動物たちには難しいことはわからない。痛いことも死ぬこともいやだったけれど、そこにいた動物たちはみんな、人間が好きだったから、しかたがないと思っていた。悲しいけれど、あきらめようとしていた。

子猫だったアルファも、彼女の実験担当だった青年が好きだったから、毎日怖いなあ痛いなあと思いながらも、しかたがないと思っていた。

青年は、アルファに言葉を教えてくれた。のどをなで、ひざに乗せてくれた。たまに、書きそんじの紙を丸めて小さなボールを作って、それを投げて遊んでくれた。アルファは、ボールを宙で受け止めて、くわえて青年に渡したり、両手で受け止めて、青年に投げ返したりした。青年も笑いながら、アルファと遊んでくれた。アルファは青年が大好きだった。のどを鳴らしながら、あたたかなひざの上で眠るのは幸せなことだった。

けれど、青年はその同じ優しい手で、母猫やアルファの姉妹猫たちを生きながら解剖《かいぼう》して殺してしまった。なにかのデータが必要だったのだと、アルファは銀色の耳の端で聞いた。

アルファは、緑色の目から涙を流した。

その日の夜、青年が、聞いた。「悲しいかい?」と。真っ青な、やつれた顔をしていた。

アルファは答えた。

「悲シイ。心ガ痛イノ。アタシ、心ガナケレバヨカッタ。オニイサン、痛イヨウ。心ニオ薬ヲツケテクダサイ」

青年はアルファを抱きしめ、声を上げて泣いた。

その真夜中のことだった。もう朝が近いころのことだ。青年が実験動物用の檻《おり》の中で寝ていたアルファを起こして、逃げるようにいったのは。

「アルファ、きみがここにいれば、いつかはぼくはきみをこの手で殺さなければならない。だから、今夜、逃げてしまいなさい。ここを――この研究所を出て行くんだ。そして、二度とここにもどってきてはいけない。わかったね?」

青年は、他の動物たちの檻もみんな開いてしまっていた。懐中《かいちゆう》電灯に照らされたその顔は、初めて見るような笑顔で、明るく笑っていた。

「みんな、行くんだ。檻の外に出なさい。自由になるんだ。外の世界は荒野だ。苦労もするだろう。でもここで死ぬのを待っているより、自分の力で生きていった方がいい。それだけの知性と能力をみんな持っているんだから。――ここを出たら、人間と会ってはいけない。人間はきみたちを利用し傷つけるばかりだ。人間は優しくない。人間を、もう信じてはいけないんだよ。だって人間は……こんなふうに、地上を滅ぼそうとしつつあるのだから。

ひとという生き物は地球の主《あるじ》の座にふさわしいものではなかった。人間はきみたち動物がその純粋な愛を向けるのにふさわしい存在ではないんだ」

青年は、悲しそうに、目を伏せた。

そして、自分のそばを羽ばたいていた子猫のアルファに、優しい声でいった。

「行くんだ、アルファ。――さよなら、アルファ。幸せになりなさい」

青年には仲間たちがいたのかもしれない、と、いまのアルファは思う。動物たちは、迷い、とまどいながらも、外へ出た。だれもそれを止めなかった。止める人間はいなかった。研究所には、その夜、こうこうと明かりが灯り、複数の人々が働いていたはずなのに。

追っ手がかかったのは、朝になってからのことだった。何匹かの動物たちはつかまり、あるいは自分で檻へと帰ったけれど、アルファと、そして十数匹の動物たちは、荒野へ逃れた。最初はなんとなくいっしょに暮らしていたけれど、やがて、それぞれに行きたいところへと、去っていった。

それから長い年月が流れた。大人の猫になったアルファは、流れ流れて、いまの地へたどりついた。ここにはきれいな水がこんこんと湧く場所と、小さな森があり、食べ物になる小さな生き物たちも多くて、アルファは満足していた。入念《にゅうねん》に顔を洗って、樹上で丸くなってまどろむ時、アルファはときどき思い出す。

(仲間タチハ、アノトキ、イッショニ逃ゲタ動物タチハ、ドウシテイルダロウ？)

(オニイサンハ、アノアト、ドウシタダロウカ？)

長いこと、アルファは生きることに精一杯で、過去をふり返る余裕がなかった。荒野で飢《う》えながら食べ物を探し、獲物を追いかけ、強い生き物たちと戦いながら、ひとりぼっちで生きてきたのだ。百年も二百年も、あるいはもっと長くたったいま、やっと、ふり返るだけの時間が増えてきていたのだった。

青年のいた「シセツ」に帰ろうと思えば帰れるような気がした。あそこに帰るには、ここからは、荒野を渡り、山を越えて、大きな海を渡っていかなくてはいけないだろうけれど。

(ケレド、イコウト思エバ、イケルキョリダ。方向ダッテワカルヨ)

(アタシ、イマハ、モウ大キイカラ、トテモ速ク長クトベルモノ)

でも、あの夜、青年は「帰ってくるな」とアルファにいったのだ。そして、いまは大人になったアルファには、あの動物がいっぱい死んでゆく場所が、自分にとっていいところではないということがわかっているのだった。

（ソレニアソコニ帰ッテモ、キットモウ、オニイサンハイナイ……）

アルファは、ばさりとこうもりの羽を体にまきつけた。

（人間ハ、スグニ年トッテ死ンジャウモノ。オニイサン、オジイサンニナッテ、骨ニナッテ、モウオハカニ入ッタヨ、キット……）

遠い昔、アルファは青年のひざでよく絵本を読んでもらった。その中に「オジイサン」の絵があった。男の人間が年をとるとこうなるのだと青年は教えてくれた。

「オハカ」の絵も同じ絵本にあった。

「これはひとが死んだら入るところだよ」と青年は教えてくれた。

「死ンダラ入ル？」

「そう」

「イツ出テクルノ？」

「一度入ったらもう出てこないよ。さよならさ」

（オニイサン）

アルファはその話をきいた時、悲しくて青年のひざに爪をたてた。アルファには人間はみんな強くて賢くて、「カミサマ」のようなものに思えていた。なのに、そんな人間も死ぬなんて。お兄さんもいつかは死んでさよならになるなんて。ジーンズごしにささった爪に、青年が驚いたように笑った声と、そのひざの温かさをアルファはいまも憶《おぼ》えている。百年も二百年もたっても忘れない。

木の上から夕日を見ていると、アルファの心は、さびしくなる。一番大切な何かを自分が持っていないような気がして、気が狂いそうに悲しくなって、木の枝に爪を立てる。

からっぽなものを胸の奥に抱きながら、それでもアルファは生きていた。こうもりの翼でひとり荒野を舞《ま》い、小さな生き物たちをとらえながら。

そんなある日、ある朝に、樹上で目覚めたアルファは不思議なものを見た。冬の明け方の空を、翼ある猫が飛んでいる。白い翼を光のようにきらめかせて。金色に輝く薄い雲が浮かぶ空を、幻のような猫は、すうっと通りすぎていった。アルファは、その猫のあとを、はばたいてついていった。

朝の冷たい大気の中を、追いかけても追いかけても、猫には追いつけなかった。その猫はアルファと同じ、銀色の体に黒い縞の猫だった。緑色の目をしていた。光りながら、空を舞う。まるで空を流れる星のようだった。

「マテ、マッテヨ、ソコノ猫。空トブ猫」

追いかけて追いかけて、空が完全に昼近くの澄んだ青色になったころ、前を飛んでいた猫がふっととまった。

アルファはいきおいあまって、その猫を追い抜いた――と思った。

けれど、ふり返ると、その猫はどこにもいなかった。

広い空を見回してみても、猫の姿はどこにもなかった。

風が吹きわたり、鳥たちがさえずる声が響き渡る世界には、雲間《くもま》から金色の光の矢がさすばかりだった。

眼下に広がるのは、アルファが初めて見る土地――都市の残骸《ざんがい》とそこに少しずつ蘇《よみがえ》り、生《は》え始めた緑のさざなみが広がる、かつて光野原市《こうのはらし》と呼ばれていた街だった。風の中で、アルファは銀色の毛をなびかせ、黒い翼を広げて、光が降り注ぐ地平線を見つめた。


その同じ日の夕方、光野原市のそばにある荒野で、ソウタは、白い息を吐《は》きながら、土に穴を掘っていた。

色とりどりの毛糸で編《あ》んだセーターの腕をまくり上げ、はなをすすりながら穴を掘る。素手《すで》で冷たい土を掘る。がっしりとした指を地面に突き立て、強く長い爪で掘り起こすようにして。最初はそのあたりに落ちていた、プラスチックの欠片《かけら》を使って掘っていたのだけれど、そう使わないうちに折れたので投げ捨てた。近くには、飴細工《あめざいく》のようによじれた「コウソクドウロ」が、巨人の死体のように黒く影になって見えている。

ソウタは泣いていた。ソウタの小さな妹、チヒロも静かに泣いている。冷たい地面に座り込んだチヒロが汚れた細い指でとりすがっている毛布の固まりの中には、今朝、息を引き取った老人の亡骸《なきがら》がある。

老人は、次の街まではいっしょに旅すると、そこで別れる、と、ソウタとチヒロに約束していたのに、約束を守ってくれなかった。

つい昨日、空に浮かんでいた、不思議な少年にだって、まだしばらくは自分は生きる、というようなことをいっていたのに。

なのに、今朝、おはようをいおうとしてふと気づいたら、毛布の中の老人は、眠ったまま、息を引き取っていた。

静かな微笑《ほほえ》みを浮かべて、いつ死んだのかさえわからないような状態で、ひとりで遠い国へと旅立っていた。

「さよならくらい、いってくれたってよう……」

ソウタは、流れる涙を、歯を食いしばってこらえようとしながら、墓穴《はかあな》を掘り続けた。

　あんまり突然だったから、老人が死んでいるということが認められなかったから、ソウタとチヒロは、夕方のこの時間になるまで、老人とお別れすることができなかった。

　土を掘りながら、独《ひと》り言のようにソウタはいった。

「……いそがねえと夜になる。土が凍っちまう。凍ったら、土が掘りにくくなる。なるべく深く、うめねえと、じいちゃん……くわれちまうからな」

　街道を離れたこのあたりは、気性《きしょう》の荒い野の獣や、未知の「みゅーたんと」たちが、いるはずだと、前に老人から聞いたことがあった。

「俺、じいちゃんには、してもらったことばかりで、何も返せなかったから……せめて、墓穴くらい、深くきっちりと掘ってみせるよ。馬鹿力だけは……自慢だったからな」

　ソウタは、笑おうとして、ひざに手をついて、また目から涙をこぼした。

　老人が、いつもソウタにいっていたことを思い出したからだった。

「自分の持つ力のことを、『馬鹿力』、なんていってはいけないよ。それはおまえに、天の神様が与えてくれた大事な力。自分や自分の大切な誰かを守り、みんなを幸福にするための力なんだからね」

風野《かぜの》老人は、ソウタにいろんな話をしてくれた。地上にあるいろんな街や村のことを。ひとが住むには向かないいまの世界の環境の中で、生き延びたひとびとが、どんなに苦労し、工夫して暮らしているかを。

その工夫の一つが、ソウタも知っている、「命の街道」だった。

これは、世界に点在《てんざい》する、街や村、わずかにある国をつなぐために、世界中のひとびとが、力を出し合い、資材を提供し合って、長い年月をかけて作った道だった。みんなの力で守られている道だ。

いまの世界は、ひとの住む安全な場所と、さまざまな魔物や野獣が跳梁《ちょうりょう》する荒野や森に分かれてしまった。人間が、他の村や街に行こうとするとき、魔物が棲《す》む地を移動してゆくのは危ないことだし、道に迷うことだってある。悪くすればそのまま荒野にゆきだおれることもある。

だから、地上に生き残ったひとびとは、道を作ったのだった。長い年月をかけ、たくさんのひとびとの労力を使って。血と汗と涙を流して。ひとの住む場所から場所へかける、地上に張り巡らせた、命の長い架け橋を。

「ソウタ。命の街道は、いまの世界に生きる人類にとって、血管のようなものだ。人類街道を伝って、情報が、知識が、生きるために必要な物たちが運ばれてゆく。人類という種は、この街道によって、ぎりぎり生き残り、維持されている。街道は大事なもの、人類の財産だ。『旅の記者』が描く地図は、その大事な宝物を守るためのものでもあるんだよ」

そしてまた、老人は話してくれた。長い人生とくり返した旅の間に、自分が見た、様々な美しい、あるいは恐ろしい風景のことを。いろんな情景のことを。かつて栄えた都市の廃墟にある森のことを。海が干上《ひあ》がり、砂漠になった場所の話を。猛々《たけだけ》しい姿の動物たちや、美しい鳥たち、魚たちの姿のことを。

遠い過去に文明が滅び、混乱したあとの地上に住むひとびとは、長い年月を経《へ》た後、その地域や集まったひとびとの違いによって、いまはそれぞれ異質な文化を持って暮らしていた。

過去の時代の文化と文明を残していこう、受け継ごうとした都市があった。

また、手元に残った科学技術の火を消さず、さらに発達させ、いまの世界の状況にあわせて、新しく育てていこうとした都市があった。

あるいは逆に、科学文明が地上を滅ぼしたのだと、すべての文明の恵みに背を向け、手放して、自然と共存する生活を始めた村々があった。

そしてまた、科学技術と過去の人類の罪を悔いて神に祈り続ける、静かな贖罪《しょくざい》の日々を選んだ国があった。死後の世界での魂の平穏が彼らの望みだった。

「じいちゃん」と、ソウタはきいた。

「なあ『科学』って何なんだ？　いまはもうなくなった、遠い昔の魔法みたいなもんか？」

ソウタは科学を知らない。老人によるとひとは昔、その科学なるものの力によって、幸福に暮らしていたという。飢えることもなく寒いこともなく、夜も明るい世界で暮らしていたという。

（そんなたいした力って、お話の世界に出てくる、『魔法』みたいなものなんじゃないのか？）

ソウタは思う。小さい頃死んだ母にきかされた、いろんなおとぎ話に出てくる魔法と近いものにしか思えない。

昔人間は「科学」という名の大きな魔法の力を持っていた。しかしその魔法は人間が操るには力が大きすぎた。人間はその魔法で世界を滅ぼしかけて、そうして「科学」を失ってしまった。自らの持っていた、大切な魔力を失ってしまったのだ。――自分は科学というもののことをそんなふうに思っているのだと老人に話すと、老人は優しいまなざしで、「ソウタは詩人だね」といった。

「この世界には、いろんな暮らし方をしているひとびとがいる。科学と共存するかどうかだけで、本当にいくとおりにも生き方暮らし方が分かれるんだ。大概《たいがい》の街や村では、極端に走らず、残されたものたちのうち、いまの生活で使えるものは使いながら暮らしている。科学をことさらに嫌うことも、憧れすぎることもなくね。失ったものを後悔しすぎることもなく、ただいまも続いている人類の暮らしを、大切に維持しながら生きている。

けれど、さっきいったように、科学文明を完全に捨てた集落もある。そういうひとたちは、神や精霊《せいれい》に祈《いの》り、月の光に願いをかけ、前世《ぜんせ》を信じ、植物の力や呪文《じゅもん》で、病気を癒《いや》そうとするような、そんな暮らしをしているよ。それこそまるで昔々のおとぎ話の中の魔法使いたちのような暮らしをね。

そうそう。どこがどう変化したものか、海の彼方には、それこそ昔の西洋のおとぎの世界に暮らすひとびとのように、女王がいて騎士《きし》がいて、馬上《ばじょう》で槍試合《やりじあい》をするような、そんな日々を送っているひとびともいるらしい。ただ、このおとぎ話の王国は、さっきいった魔法使いたちの暮らしとは違って、残された前の時代の科学の知識をもとに、城に住む錬金術師《れんきんじゅつし》と呼ばれる科学者たちが考え出した、最新式の、新しい科学の力を、暮らしに生かしているという話だけれどね。たとえば騎士たちが使う乗り物は、からくりの馬だそうだ。本物の馬という生き物は、もう絶滅してしまっているからね。城の守りの大砲は、高性能な『みさいる』で、天空の

『ジンコウエイセイ』からの情報を参考に、はずれない弾《たま》を撃つのだそうだ。

科学文明こそが、人類を幸せにするのだと信じているひとびとと、都市も多い。ある都市はね、地平線の上に、まるで巨大なかたつむりのからのように、とぐろを巻いてそびえているよ。その都市は、保存され、再生された、過去の科学の力によって、地上の楽園を創ろうとしているといううわさだった。

あの都市は、わたしが若い頃見たときは、見上げると首が痛くなるほどに、空へとそびえていた。横の方にも、地平の彼方をめざすように、果てしなく広がろうとしていたね。旅の仲間から聞いた話によると、その後あの都市はわたしが見た時代よりも、さらに高く広くなったという話だ。

それで都市の壁や塀の中に、楽園はできあがったのかというと、それは誰も知らないことなのだけれどね。なにしろ、あの街にはよそ者は誰も入れない。そして、あの都市の中から外に出るものも、誰もいないんだ。少なくとも、表向きはね。そういうことになっているらしい。

だからね。そこに楽園があるのかどうか、世界の誰も知らないんだ」

旅で見てきた風物《ふうぶつ》の話をするとき、「おまえは信じないかもしれないが」と、老人は、大概、前置きをした。それから一呼吸おいて話しはじめた。楽しげな表情で、とっておきの物語を語るように。

「世界には、いろんな国や街、都市がある。中には不思議な場所もある。いいかソウタ、おまえは信じないかもしれないが、たとえばこんな都市がある」

そんなとき、風野老人の、大きなつばの帽子の陰の瞳は、若々しく、不思議にきらめいた。

そのまなざしは、実のところ、老人が手品をしてみせるときの、得意そうな目に似ていた。老人は、「てーぶるまじっく」という、ちょっとした手品が趣味のひとつで、よく小さな花や、かわいい木の実、お菓子などを、ふっと宙から取り出して見せたりした。ひょいと手を伸ばして、ソウタやチヒロの服から取り出して見せることもあって、そんなとき、チヒロは驚き、手をたたいて喜んだものだった。

幼いチヒロは、老人の手品を本当の魔法だと信じていた。ソウタも最初の頃は、びっくりして、この老人は空気から飴玉や花を作り出すことができる人間なのだと思い込んだ。けれど目が早いソウタは、やがて老人の動きの端々《はしばし》に、あやしさを見つけるようになってきた。そして老人はある日、これは手品といい、魔法ではないのだ、と、教えてくれたのだった。

ソウタはがっかりした。見抜けた自分が得意でも、不思議なことや魔法が、本当にこの世界に存在するものだと信じていたかったのだ。

「じいちゃん、魔法ってないんだな。不思議なことも、世の中には存在しないんだな……」

するとと老人はにやりと笑い、いったのだ。

「いやいや、この世界には、魔法は存在する。科学では説明できないような、不思議な出来事も、いくらも存在するんだよ。——たとえば……」

いま、ソウタたちが旅している場所、移動しているのは、かつて、「ニホン」「ニッポン」と呼ばれていた島国のあったあたりなのだそうだ。

「あったあたり」というのは、つまりいまは、ニホンという国はないからだ。遠い昔、大きな地震が続いた時代に、ニホンの国土は裂けて、ひずみ、隆起《りゅうき》し、海に沈んだ。まるきり昔とはその形を変えてしまった。ニホンは、西にある大きな大陸と、飛び石伝いに渡っていけそうな感じにつながってしまった。

「かつてニホン人だったものの末裔《まつえい》たちは……わたしたちのようなもののことだな——その一部は、大陸へ渡ってしまった。また逆に、大陸からこちらへと渡ってきたものたちもいる。そういうわけで、かつてニホンがあった場所に住んでいる我々は、島国だった時代と違い、同じような皮膚の色や、似たような骨格《こっかく》をしていると
は限らない、言葉だって通じるとは限らない、食べ物や、生活習慣も違うかもしれ

ない、というわけだ」

ほう、と、ソウタはうなずいた。興味深くて、つい自分の指をかみながらきいていた。

（昔に、「チカクヘンドウ」ってのがあったらしいってのは、しってる……）

ソウタの生まれた村にも、近くの山にも、大昔の地震の後に崩れたという場所のその傷跡が、長い年月の後、緑に覆《おお》われつつあっても、まだ不自然な形をして残っていたからだ。

だから、老人の話にはなるほどと思った。

けれどそのあと、老人は妙な話をした。

「昔の地震は、あまりにも大きかった。そして何度も何度も、揺れた。大地が形を変えるほどにね。それでどうなったかというと、遠い遠い昔、数千年どころか数万年も昔の時代に、海の底で眠りについていた大きな船が、静かにそっと目を覚ましたらしい、という話がある」

ソウタは思わず聞き返した。

「すうまんねん、っていうと、もんのすごい大昔のことになっちまうんじゃないのかい？」

この前の時代に戦争で滅びたという「文明」、「科学」の魔法が栄えていて、ニホン国があった時代よりも、大昔のことになるんじゃないだろうか？

それにしても、「船」が「目を覚ます」とは、どういう意味なのだろう？

（船ってのは普通、寝たり起きたりはしないはずだぞ？）

少なくともソウタは、そういう船を見たことがない。

「船は、ニホンの船ではない。この前の戦争や天災で滅びた文明の、その時代のどの国に所属する船でもない。そのはるかに前の時代、超古代文明の時代に創られた、王族の船だそうだ」

「ちょうこだ……ちょうこだい、ぶんめい？」

「そうだ。はるかに遠い時代に栄えていた、失われた文明、という意味だ。昔、遠い遠い昔には、世界にはこの間滅びた我らの先祖の興《おこ》した文明とはまた違う文明が栄えていたらしいのだよ。そういう伝説がある。

その文明は、科学の力ではなく本物の魔法と錬金術の力によって栄えた文明で、ひとびとは、魔法の力で空を飛び、海を渡り、豊かに幸せに暮らしていたそうだ。ところがある日、急に大きな地震が起こって、津波が起こり、その文明の中心にあった王国、ある海に浮かんでいた大きな島が、住民ごとまるのまま沈んでしまったらしい。それがきっかけとなって、栄えていた文明は勢いを失い、やがて、消えていってしまったそうだ」

はあ、と、ソウタはため息をついた。前の時代の「文明」の話を聞くだけでも、ソウタには目がくらむ思いがするのに、その前の時代の「超古代文明」、となってくると、もう想像力がついていけない。

老人の話すこの物語が、ほんとうなのか作り話なのか、そんなことすら考える気になれない。

老人は、話し続ける。少し声が低くなる。

「――だがそのとき、王族の子どもがふたり、魔法の船に乗せられて、難を逃れたという話がある。子どもたちは死ななかったけれど、船ごと、大きな波にのまれ、深い深い海底へと引き込まれていったそうだ」

「逃げたのに、助からなかったのか……」

ソウタは、またそっと指をかんだ。ふたりだけ助かるのも悲しいような気がしたけれど、せっかく逃げられたのなら、その子どもたちに生き延びさせてやりたかったな、と思った。

「いや、どうだろう？」

老人のまなざしが、ふっと不思議に笑う。

「その船はね、なにしろ魔法の船だったんだ。だから子どもたちは死なずにすんだんじゃないだろうか」

「え。じゃあいまもその子たちはその船に……」

いいかけて、そんなはずはない、と、ソウタは自分で思った。

「なんまんねんも前、に、海に沈んだのなら、もう年とって、死んでるよな、その王族の子どもたち……」

「いいや」と、うれしそうに老人は首を振る。

「ソウタ。その船は、なんといっても超古代文明の魔法の船なんだ。そしてその船は、長いこと海の底に沈んでいた。ひょっとしてその船の持つなんらかの魔法の力で、その子たちは年をとらないまま、生きて、その船とともに沈んでいたとしたら、どうする？　船とともに海底で眠っていたとしたら。

そしてその魔法の船が、いま、復活し、海上に浮かび上がってきているところだとしたら？」

そしてまた、あるとき、老人はこんな話をした。

「年をとらない、といえば、こんな話がある。――ソウタ、ソウタは神を信じるか？」

「かみ？」

というと神様か。

（ああ、村でみんなが、川の畔《ほとり》の大きな石や、森のほこらに、お供え物をして祈ってたっけ）

ソウタも、手を合わせたことはある。うんと小さい頃、母に連れられて、のことだけれど。

石やほこらに手を合わせれば、神様に祈りが通じると母にきいて、祈ったことを覚えている。なにを祈ったかまでは覚えていない。

（あの頃は、信じてたんだな、たぶん）

（じゃあ、いまは？）

ソウタは少し考えて、首を横に振った。

そんなものがいるとは思えない。だってもし神様なんてものが地上にいるとしたら、優しかったソウタの母が、あんなに苦労して、泣き続けたあげく死んでしまうはずがなかったからだ。ごうつくばりで性格の悪い村長一家が、お日様の下で笑いながら、豊かに幸せに暮らしていけるはずがないからだ。

「正直いって、神のことはわたしにもわからない」と、老人はあっさりといった。

「旅を続けてきて、見られる限りの世界を見てきて、いろんなことを知り、結果として、よけいにわからなくなった。神がいるともいないとも、この年になっても、わたしはまだいい切ることができない。……けれど、この世界には神がいる、と信じ、語り合っているひとびともいるのだよ」

「神がいる?」

「わたしたちの祖先が起こし栄えさせた文明、その時代には、世界中にいろんな神がいた。神と呼ばれる存在が、幾通りもいると信じられていた、ということだ。たとえば、我がニホン国の場合、「八百万《やおよろず》の神々」と呼ばれる神たちがいた。たくさんの神々という意味だ。花にも木にも川にも水にも、神々がいると、ニホン人は信じていた。そんな中のひとり、ある山の女神が、いまもこのニホンにいるという。

その神は人間とその失われた文明がとても好きだった。いまも過去の世界を懐かしみつつ、ひと恋しさに旅しているという話があるんだよ。不思議な力でひとだすけをしながら、街道を旅しているのだそうだ」

ソウタは、口をわずかに開いた。正直、この話をどう聞いたらいいものかわからなかった。

けれど老人は、帽子のつばの陰にのぞく目をきらめかせて、楽しそうに笑う。

「その神様は、見た目はほんの若い娘なのだそうだ。ところが正体は神様なので、年はとらない。怪力の持ち主だし、けがすることも、病気になることもない。神様だから、雲を呼び、荒野に雨を降らせることができたり、そして空を駆けることができたりもする」

「そらを、かける、ってえと……」

「空を飛ぶってことだよ。神様だからね、空を飛ぶくらい簡単なことなんだろう」

そしてある夜、野原で星を見上げながら、老人は、ソウタに話した。

眠るチヒロの毛布を掛けた肩を、そっとたたいてやりながら。

「ソウタ、おまえは信じないかもしれないが、ある村の、ある場所にある、ゆるやかな段差を持つ丘の上にね、星から降りてきたひとが住んでいるんだそうだ」

「星から降りてきた、ひと？」

ああ、と老人は天を指さした。

「その夜、その丘のあるあたりは、とても空が晴れていて、星が降るようだったそうだ。あたりに住む村人たちが、空を見上げていたら、光が降ってきたのだそうだ。光は近づくにつれて大きくなり、やがて燃える熱い火の玉になって、村の近くを通りすぎてゆき、遠くの森に落ちた。そのとき空気をつんざくような音があたりに響き、窓ガラスは割れたそうだ。

村人たちは、驚いて、森の奥に落ちた火の玉を捜しに行った。

すると、燃えて輝く光の玉がそこにあり、やがて火が消えると、なかから、人間が現れたそうだ。そのひとは、大きな男のひとの姿をしていた。きらめく銀色の服を着ていた。言葉は通じなかったけれど、笑顔を浮かべて、身振り手振りで村のひとたちにいろいろなことを話したそうだ。

それで、村人たちには、こんなことがわかった。この銀色のひとは、空に住んでいたらしい。火の玉に乗って地上に降りてきたらしい。村人たちはうなずきあった。ということは、この銀色のひとは、星の国に住んでいたひとで、流れ星に乗って地上に降りてきたのだろう、と。この不思議なひとは、神様に近いようなひとなのかもしれない。大事にしなくては。

そういうわけで、銀色の星から降りてきたひとは、村人たちとおだやかに仲良く、暮らしていっているらしい、という話だ。村の近くの丘の上に住み、畑を耕したりしているらしいよ。——この銀色のひとの正体を、ソウタは何だと思うかい？わたしは、村人が思ったように、星の国からきた神様のようなひと、と思うのも楽しいかとは思っている。

でも一方で……ソウタ。その銀色のひとは、からくりの人形たちや、言葉をしゃべって自分で動く道具を連れてきて一緒に暮らしているらしいんだが、そのからくりたちが、銀色のひとに話しかけるとき、『きゃぷてん』と呼ぶのだそうだよ。『船長』と。どういう意味なんだろうねえ？」

そしてまたあるとき、老人はいった。

「神といえば、もうひとつ。若者の姿をした、陽気なよく笑う神が、大きなドラゴンに乗って、世界中を旅しているという話もある。

ドラゴンは、青緑色をしていて、大きな立派な翼をして、とても美しいのだそうだ。背中に乗る若者は、これもまた美しい青年で、容姿もだけれど、声が美しく、「ぎたー」という楽器を弾きながら、誰もが聞きほれるような声で、古い世界の歌を歌うのだそうだよ。

この青年は、世界を、もう何百年ものはるかな間、旅しているのだそうだ。各地に、いろんな言い伝えや、この青年とドラゴンの絵や何かが残っていてね。この青年と出会ったひとびとの話もたくさんあるんだ。

青年は、どの絵でも、同じ姿に描かれているのだそうだ。どの噂話でも、美しい若い青年、と伝えられているのだそうだ。だから、もしその噂や絵のどれもが本当なら、彼は何百年も年をとっていないということになる。

どうもそうすると、この青年は、ひとではないんじゃないかと、そう噂されているんだ。で、ひとではないとすると、じゃあ神様なのかもしれない、とね。

まあこの青年、この間話した、ニホンの山の女神様と違って、特に、人間を救ってくれたりするわけでもないらしいんだが……ただただ人間が好きで旅を続けているらしいよ。地上に生きる人々の暮らしを見守りながら、ドラゴンの背に乗り、旅を続けていると。何百年もの間、歌を歌いながら、長い長い間、ね。

もし彼がこの世に実在しているとしたら……本当に、そんな不思議な若者がこの世にいるとしたら。彼が神様なのだとしたら。そういう陽気な神様もいいんじゃないかな、なんて、わたしは思うよ。彼にはぜひ会ってみたいねえ。わたしが生きている間に、どこかの街ですれ違うことはないだろうか。いつも空を見上げるたびに、つい、彼のことを思い出して、空ゆく青緑色の翼を、さがしてしまうよ。ぎたーの音と、美しい歌声が聞こえてこないかな、とね。

……ああもちろん、わたしだってニホン人の末裔《まつえい》だから、優しい山の女神様にも、いつか会ってみたいとは思っているけれどね」

老人は子どものような笑顔で笑って、そしてふと、首をかしげ、ソウタの目を見つめた。

「不思議な話だと思うかい？　この世界に、こんなおとぎ話のような不思議があり、謎の旅人たちがいるとは思えないかい？　顔に出ているよ。信じられない、ってね。まあ無理もない。こんなに荒れた、生きていくだけでも精一杯の世界だもの。夢見る余裕なんてないような、ひどい時代だものなあ。

でも、わたしは思うんだ。こんな時代だからこそ、不思議な出来事が起きてもいいんじゃないかな、と。荒野と廃墟の中で、ぎりぎりで生きているものたちにこそ、ありえない不思議や、とっておきの夢や魔法との出会いの機会が与えられるんじゃないかと……わたしは思うんだ。

世界には不思議も魔法も存在していて、そしてきっと、我ら人間を幸せにしてくれるんじゃないか、とね」

本当かどうかわからない話が交じることもあったけれど、風野老人に、いまの世界のことを聞くのは楽しかった。

そしてもうひとつ楽しかったのは、「昔」の人間たちの話を聞くことだった。「科学」が栄えていた時代、それは、つくづくソウタには、おとぎ話か伝説のような世界の話だった。「昔」、大きな流れ星がいくつも地上にぶつかって壊してしまう前の世界は、人間の世界だったという。人々はいまのように恐ろしい獣や、いろんな「怖いもの」たちにおびえて暮らすのではなく、厳しい天候のせいで死ぬこともなく、楽しく未来を夢見て暮らしていたのだという。おいしいものを食べ、あたたかく柔らかな服を着て、安全な家の中で、毎日笑って暮らしていたのだという。

その頃の人間は地上を離れて、街から街へ、「飛行機」で空を飛んでいた。そして「宇宙」の、あの月へまでも、蛾《が》のような形ののりもので飛んでいって、また帰ってきていたという。

それから、ソウタにはもう絶対に夢物語としか思えないことだったのだけれど、人間は、「宇宙」の星の海の中に、街を作ったり、星の上に街を作ったりもしたらしい。

その話を聞いた時、ソウタは、「星なんて、あんなに小さくて、空で光っているだけのものなのに、どうしてひとがそこに街を作って暮らすことができるのだろう」と、悩んだ。そもそも、空を飛べるのは鳥や翼のある獣だけで、人間にはどうしたって、飛べるはずがない。

(飛べたとして、どうしたら空に住めるんだ？　空から落っこちちゃうんじゃねぇのか?)

ありえない、と思った。けれど、風野老人の穏やかな声を聞いているのは好きだったので、ソウタは、何もいわずに昔話を聞いていた。頬づえをつき、たき火の火を見守って、消えそうになるとたまに枝でつついたり、眠るチヒロが寒くないように、毛布をかけ直してやったりしながら。

(どこまでが本当で、どこからがそうじゃないのかとか、そんなのはどうでもよかったんだ)

ソウタは冷たい土を掘る。

（昔、この地上に、幸せな人間たちがいて、みんなが飢えることもなく凍えることもなく幸せに暮らしていた、そんな時代があったって――そんなお話を聞くのが、俺は好きだったんだから）


ソウタは泥だらけの手で雑草が根を張る土を掘る。土に埋まった瓦礫《がれき》をどける。白い息を荒く吐き、長い爪がはがれそうになっても、冷たく凍える指先がガラスや「こんくりーと」のかけらで傷だらけになっても、掘り続ける。

老人と初めてあった日のことを、ソウタは忘れない。

（じいちゃん、あれはまだ、たった二年前のことだったんだなあ……）


二年前の冬。廃墟の小さな村の、崩れた店の軒先《のきさき》で、雨にぬれながら震えてうずくまっていたソウタに、低い声で、「どうした?」と聞いたひと。

古い時代の残骸《ざんがい》の、埃《ほこり》が積もった「らむねの瓶《びん》」や「牛乳瓶」が転がる中にしゃがみこみ、ぼんやりと、壊れた白い金属の箱（「れいぞうこ」という、ものを冷やすための道具だと、あとでソウタは老人から聞いた。「昔」は、箱にものを入れるだけで、科学の魔法で、食べ物や飲み物を冷やすことができたのだそうだ）によりかかっていたソウタに、たまたまそこを通りかかった老人は、声をかけてくれたのだった。大きな帽子のつばから雨のしずくをしたたらせながら。

「どうした、少年。ひとりなのか？」

ソウタは耳も鼻も敏感なのに、そのときは疲れと寒さのせいで、そのひとが近づいてきたことに気づかなかった。

驚いて目を上げたら、のぞきこむ小さなチヒロと目があった。

老人の大きな手に手を引かれたチヒロは、老人の長いマントにくるまれて、雨から守られながら、首をかしげ、かわいらしく笑いかけてくれた。


そのときのソウタは、孤独と悲しみのせいで、心が凍り付いていた。見知らぬ老人が近づいてきても、鼻にしわを寄せて威嚇《いかく》してみせるだけで、その場を逃げる力ももうなかった。疲れ果てていたので、声すら出なかった。白く息を吐きながら、かすれた声であえぐだけで。

老人はしわだらけの両手を、優しくソウタにのばしてきた。「冷えてるなあ」と、ソウタの両方の頬を、こすって暖めてくれた。コートのポケットから「合成こんぴーふ」のかんづめをだし、携帯用のコンロで温め、なにかのおまじないのように数滴のしょうゆをたらして、差し出してくれた。「さあ」と、いった。

「食べなさい。おなかがすいているんだろう？」

ソウタは泣いた。泣きながら、缶の中の甘い人工肉を、火傷しそうになりながら、食べたのだった。

老人は、名前を、風野隼人《はやと》と名乗った。「旅の記者」だといった。世界中に点在する街や村を渡り歩き、他の街や村、遠い世界の話を伝えるのが仕事だと。また世界中にある地図を集め、自分でも描き、集落に残してくるのも仕事だといった。

荒廃しきったいまの世界では、街も村も、災害や魔物たちの襲来、流行病《はやりやまい》で、たやすくなくなり、あるいは移動する。だから地図は、いつも情報を更新し、最新の状態にしておかなくてはいけないのだ、と、いった。

「地図にそこにもうない街や村が載っていれば、地図の情報をあてにして街道を旅してきた人々が、危険にさらされてしまうだろう？　みんなが無事に旅ができるように、誰かが地図を描かなくてはいけない。それが、わたしたち旅の記者の大事な仕事のひとつなのだよ」

蜘蛛《くも》の巣の張った無人の民家で、湯を沸かし、鍋でコーヒー豆を煎《い》りながら、誇らしげに老人はいった。

あの日のコーヒーの香りを、ソウタは忘れない。あれがソウタが初めて飲んだ、コーヒーだった。

日は落ちてゆく。しかし穴は深くならない。指先にはもう感覚がなく、疲れ切った腕は小刻みに震える。ソウタは、うめいた。長い糸切り歯が、そうすると目立った。ソウタはそばにあった金属の板をつかんだ。それはかつてそのあたりにあった商店の場所を指ししめす錆《さ》びた看板だったのだけれど、もちろんそんなことは、ソウタが知っていることではない。ソウタには「昔」の字は、ひらがなとカタカナしか読めなかった。漢字もこの先、習う予定だった。でもその前に、老人は死んでしまった。編み物を習ったように、天候の読み方や星座の名前を習ったように、もっともっとたくさんのことを、老人から教わるはずだったのに。

「ちくしょう」

ソウタは、金属の板をにぎりしめた。腕に筋肉が浮き上がる。

ソウタの茶色い目が、いまはっきりと金色に輝いていた。腕にはびっしりと、金色の毛が生《は》えていた。

その腕で、ソウタは看板をスコップ代わりに、やすやすと土を掘った。

なにかに集中し、一生懸命になる時、ソウタの瞳の色は変わる。糸切り歯は伸び、体には金色の長い毛が伸びてくる。そうすると、体に不思議な力がわいてきて、なんでもできる気分になる。

けれど、そんなソウタを、故郷の村の人々は嫌った。不吉な子、いまわしい獣の子とののしった。

ソウタにその血を残した流れ者の父親は早くに姿を消し、村にはいなかったので、病弱な母は村中の人々から、時間をかけてじわじわと責め殺された。

ソウタの生まれた村は、山間《やまあい》の瘦《や》せた土地にある小さな村で、とても貧しかった。ひとの心にゆとりがなかったのはそのせいだったかもしれないといまのソウタは思うけれど、でも、あの頃、村人が母に向けていたまなざしやその冷たい仕打ちを、いまも許す気にはなれない。

母が死ぬまでは、ソウタはこのまま村で生きていこうと思っていた。村の子どもたちからの残酷ないじめにも反撃しなかった。石をぶつけられても家で飼っていた鶏《にわとり》をたわむれに殺されても耐えた。けれど、母が死んでからは、ソウタにはもう、故郷というものはなくなってしまったのだった。

二年前のある夜中、ソウタは、ソウタたち親子をだれよりも迫害《はくがい》し苦しめた村長一家の家の家畜《かちく》をすべて殺して、村を出た。

それきり、遠くへ旅立った。二度とひとが住む場所へはもどらないつもりだった。自分のような「普通」ではない、獣じみた人間は、どこのだれも受け入れてくれないだろうと思ったから、野山で獣として生きていこうと決心していた。それでさびしくないと思っていた。

それにソウタは、自分に流れる血の中に潜《ひそ》んでいる「何か」を、ときはなってみたかった。

いつも、瞳が金色に輝く時、ぎりぎりでソウタは抑《おさ》えている。——「何か」が完全に体から出てくるのを。

(「それ」が表に出てきてしまったら、俺は、もう人間ではいられなくなる……)

そうしたら母さんが泣くから、と、ソウタは自分を抑えていた。

けれど、もう母はいない。人間でなくなっても悲しむひとはいない。

それならば、「何か」になってしまおうと決心したのだった。そうすれば自由になれる。楽になれると思った。

(山に入ろう。どこか、荒野かひとのいない廃墟に行こう。森に棲《す》んでもいい)

ひとりで暮らそうと思った。飢えることはないだろう。ソウタは魚を捕ることも、獣を捕ることもうまかったし、野で眠ることも好きだった。

(どうせ俺は獣なんだしな。ひとの暮らしなんか捨てて、獣らしく楽に生きるさ)

でも村を出たソウタは、楽にはなれなかった。森でひとりで眠るたびに、心の奥に自分が空白をかかえているのを感じた。

木々の葉のざわめきや、風の音を聞くたびに、悲しくて泣いた。何かをほしくて、でも何がほしいのだかわからなくて泣いた。

そんなある日、遠くから風に乗ってふと流れてきた、誰の声とも知れない、何をいったともよくわからないひとの声を聞いて、ソウタは気づいた。

（声が聞きたい……）

ひとの声が聞きたかった。風の音や木々の葉がゆれる音ではなく、声が聞きたい。

（ひとの話す声や、笑う声や、赤ん坊の泣く声や……）

（歌声や）

（そんなのが、俺は聞きたいんだ）

ソウタは、山を下りた。風が声を運んできたと思った方角に向けて、歩いた。けれど、何日たっても、ひとが住む場所にはたどり着けなかった。幻聴《げんちょう》だったのかもしれなかった。

ろくにものも食べないままに、さすらい続けていたある日、たどりついた無人の村の廃墟で、風野老人と出会ったのだった。

老人は、あの雨の日、半分ヤケになったソウタが、その場でひとのものではない力を見せても、逃げなかった。それどころか、すごいなあ、とほめてくれた。

「力が強いということは、いいことなんだよ。何かあったときに、自分が守りたい誰かをその手で守れるということなんだからね。だからきみは、自分のその力のことを恥じてはいけない。むしろ誇りに思いなさい」

ソウタが、うつむいて泣くと、老人はその肩に手を置き、優しい声でいった。

「昔、地上には科学の力があふれていた。人間はその力で、自分たちの身を守り、共同体を守って、豊かに、幸せに、暮らしていた。

野の獣たちは牙や爪を持つ。鳥たちは翼を持つだろう。だけど、人間は牙も爪も翼も持っていない。戦う力のない、か弱い存在だ。かわりにね、人間だけが持つ力が——自分たちの知恵と想像力で未来を生み出す力が、人間の武器だったんだ。

だけど、そうして生み出した知恵が、作り出した文明が、とだえてしまったいま、神様は人間に、新しい力を与えてくれたんじゃないかと、わたしは思う。この荒野で生きてゆくために人間に新しく与えられた力、それがたとえばきみの持つような力なのではないだろうか、とね。

きみのように、獣のような力を持つ子どもたちを、わたしは以前にも見たことがある。未来を読む子どもにも、植物と会話できる子どもにも、飛ぶような速さで野を駆ける子どもにも会ったことがある。——それから、ふしぎな魔法を使う子どもにも会ったことがある」

「魔法？」

老人は、優しい瞳でソウタを見た。

「祈ることや歌うことで、生き物の傷を癒《いや》し、枯れた植物をよみがえらせる力を持つ子どもとあったことがある。死にかけた小鳥が、その少女の手の中で目を開け、また空に飛び立っていくのをわたしは見た。なんて優しい力だろうと、わたしは思ったよ。

その子は『魔女』と呼ばれていた。優しい魔女の子と。実際、遠い昔の時代なら、その子の力は、おとぎ話や物語の中の登場人物が持つようなものだと……魔法と呼ばれていただろう。昔の時代、科学の時代には、そんな子は地上には見つからなかった。いま、世界中でそんな子どもたちが増えているような気がする。人間は、変わろうとしているのかもしれない。この新世界で生き延びてゆくために。

ソウタ、きみの力は祝福なんだよ。きみ自身を守るために、そうしてきみが愛する誰かを守るために、神様が贈ってくれた祝福の贈り物なんだ」

老人がくれる言葉が嬉しくて、ソウタはただ、何度もうなずきながらその言葉を聞いていた。

言葉の意味はよくわからない。深く考えようとしても、知らない言葉が多すぎる。

（ただ、俺は生きていてもいいんだな、と思った――）

(それがわかったんだ。あの日に)

(じいちゃんと会った、あの雨の日に)

廃屋《はいおく》の部屋に満ちるコーヒーの香りに包まれて、久しぶりに聞いたひとの声の響きにうっとりとして、そのひとに自分の力をすごいとほめてもらえたことが嬉しくて、ソウタはそのとき、久しぶりで、本当に久しぶりで、笑顔を見せた。

「お、笑ったな」老人がそういうと、チヒロが、くすくす笑いながら、「笑ったな」といった。

「なんだよ、ちび、生意気だぞ」と、ソウタがチヒロにいうと、チヒロは、きゃっきゃと笑いながら、老人の背中に隠れた。

外には雨が降りしきり、でも、「ここ」はあたたかかった。

そうして、ソウタは老人とチヒロといっしょに、旅をするようになったのだった。

二年間——たった二回ずつの季節の移り変わりだったけれど、ソウタは老人から、いろんなことを教わった。

老人は、旅の記者という仕事をしている自分を、誇りにしていた。

「わたしたち記者を信じて、みんな手紙や小包を託すんだよ」

野に獣があふれ、命の街道以外には、道らしい道もほとんどないような世界では、となりにある集落まで出かけていくことも難しい。旅は、命がけの冒険だった。住んでいる村や町を離れるとき、人々は、遺書をしたためた。行く先が近くに見える場所でも、その習慣を守るひとが多かった。

そんな中、荷馬車をひく大きな獣とともに旅をする記者たちは、英雄のような存在で、そうして彼らは、諸国の話を語ってくれたので、旅の記者たちは、ひとが住む場所に着くごとに、大歓迎されるのだった。

世界中にそういう仕事をしている人々は、わずかだけれどいるのだという。旅の記者たちは、旅をしながら地図を描く。新しい集落を発見すれば地図に記入し、再びきたときなくなっていれば、ため息とともにその名を消した。そして自分が描いた地図を、行く先々に置いてゆくのだ。人々は、地図を見ながら遠い世界を夢見た。この時代、一生涯歩いていける範囲の場所しか知らずに人生を終わる者も多い時代に、旅の記者たちが残す地図は、人々に夢を見させ、自分たちだけが地上に生き残っているのではないと安心させたのだった。

ソウタもチヒロも、老人の旅の仲間、彼の家族として歓迎されたので、ソウタは初めて、ひとのあたたかさにふれた。生まれた村では、誰も向けてくれなかったような笑顔や優しい言葉が、どこの集落にいっても、あふれるようにおしよせた。

はじめはそれに慣れず、慣れ始めてもうろたえて、やがて、少しずつそんなものかとなじんできて、いつか先に笑顔で挨拶《あいさつ》をすることができるようになっていったのだけれど……。

ソウタは新しい町や村で歓迎を受けた後、集落のあたたかな寝床でいつも思うのだった。くちくなった腹を抱き、柔らかな布団にくるまれて目を閉じながら。

忘れないようにしよう、と。

（きっと、俺の本当の姿や力を見たら、ここのひとたちだって、あんな顔はしない。だから、俺、喜ぶな。安心して、「いま」になじむな。あんまりうれしくなっちゃいけないいんだ……。いつか、みんなに背中を向けられたときに辛くなるから。石をぶつけられたとき、心が痛むから）

だけど、と、ソウタは、ほろりと涙を浮かべて思うのだ。

あんな優しい笑顔や、あたたかな言葉を、生まれた村で、一度でいい、見たかった、聞きたかったな、と。

そして、ソウタは夢見た。

（いつか、時の果て、長い旅の果てに、俺を迎えてくれる場所が見つかればいいのになあ）

（世界のどこか、街道の果てに、そんな街やそんな村が、あるといいのになあ）

本物の自分、ありのままの自分でいても、そうちょうど、風野老人がそういってくれるように、ソウタの力を「贈り物」だといってくれる人々に出会えたらいいのにな、と。

（もし、そんな場所があって、俺のことを迎え入れてくれる誰かがいたら……）

（俺を好きになってくれるひとたちがいたら。そう、もしかして、この俺を友達と呼んでくれるひとたちと出会えたら）

（俺はきっと、そのひとたちのために、どんなことでもするだろうな）

（命をかけて、守るだろう。その場所を。そのひとたちを）

（誰にも、傷つけさせたりしないんだ）

俺の持つ、この力で。


ソウタは、土を掘り終えて、老人の亡骸《なきがら》を、そっとそこへ横たえた。毛布にくるんだまま、そこに寝かせた。本当は貴重品の毛布だったけれど、風が凍るようなこの場所で、そのひとを冷たい土の中に直接寝かせることが、ソウタにはどうしてもできなかった。

チヒロが、穴の縁《ふち》にしゃがんで、小さな手を顔に当てて泣いていた。

そのそばに自分もしゃがんで、ソウタは老人を見つめた。そっと手を合わせた。

凍えるような空気の中で、ふたりが吐く息が、まだ生きている証《あかし》のように、白く光って見えた。

チヒロになにか言葉をかけてやろうとして、でも何をいっても嘘になるような気がして、それができなかった。だから、何もいわずに細い体によりそい、肩を抱きしめた。小さく薄い体は、氷のように冷え切っていた。

チヒロはソウタよりも先に、風野老人と出会い、ともに旅していた。チヒロと老人の出会いがどういうものであったのか、ソウタは詳しくは知らない。老人は旅の途中で廃墟で出会ったとしか語らず、チヒロは無口な子だったから。

ただ、その静かな表情が、古い人形を片時も離さずに抱きしめているようすが、過去何があったかを物語っているようにソウタには思えた。

「チヒロ。兄ちゃんだけは、これからもおまえのそばにいてやるからな」

老人と、そしてチヒロと。このふたりだけが、ほんとうのソウタを知っても逃げなかった。

このふたりだけが、ソウタの家族だった。

その同じ日の夜。〈徘徊《はいかい》するもの〉と呼ばれる者たちが、三人、廃墟の街をうろついていた。

彼らは、ひとのような姿をしていたが、ひとよりも大きく、長い腕をして、がんじょうな金属製の爪を持っていた。ぶかっこうな姿をしているのに、猿のような速さで移動することができた。

彼らは、その体の半分以上を、人工の部品で作られた人工生命体、生きている兵器だった。

彼らは、遠い昔に、ある国で作られた。戦争の時、敵国に送りこまれ、その地に細菌をばらまく「死の使い」として。

彼らが歩くと、そのあとに伝染病が蔓延《まんえん》した。そして、彼ら自身がひとを襲えば、襲われた相手の傷口で細菌はふえた。襲われた者が死んだあとは、その亡骸が、病原菌を撒《ま》く温床《おんしょう》となった。

彼らには心がなかった。ただ、効率よくひとを殺すこと、ひとの住む町や村を滅ぼすことを考えることしかできなかった。彼らは、呪われた存在だったが、そんな自分たちを悲しむことさえできなかった。生まれながらそういう心を持つことを許されていないからだった。

彼らを生み出した国は、もう数百年も昔に滅んでしまっていたのだけれど、彼らは、故郷なきあとも、地上をさすらい続けていた。彼らには寿命がなく、「破壊」されなければ、死なない存在だったからだった。食べ物をとる必要もない。太陽電池で命を維持し、動くことができた。

ひとの住まない廃墟には明かりがない。たまに、くずれたビルの間に棲み着いた動物たちが、きらりと目を光らせてみたりしたが、彼らと目が合うと、すうっと逃げていった。動物たちには、彼らの恐ろしさ、異質さがわかるのだ。

彼らの目には、赤外線センサーが付いていたので、どんな獣も、障害物も、夜道でおそれる必要はなかった。休む必要も眠る必要もない体で、彼らは歩き続ける。伝染病をまき散らしながら。殺すべき相手を、滅ぼしてしまうための、ひとの住む集落をさがしながら。


その同じ夜。蘇生《そせい》してから、一ヶ月が経過した神崎臨は、病院の十階の自分の部屋から、窓の外を見ていた。足をジーンズの上からマッサージしながら、布の手触りを、ふっと不思議に感じる。それが家でさわっていたのと同じ手触りだったから。

(長い年月がたってるのにな……)

臨と同じに数百年の時を超えて復活した衣類のうちの一枚が、このはきなれたジーンズ、そして上に着ているフード付きのトレーナーだ。「臨が目覚めた時のために」と、臨の両親が病院に預けてくれていた品物のうちのひとつだった。衣類のほかにも、貯金通帳や保険証書、家の権利書などもひまわりから見せてもらったけれど、懐かしくはあるものの、どれももう元々の価値があるとは思えなかった。

（うちの匂いがする……）

臨は、トレーナーの腕のあたりの匂いをかいだ。服をたたんで紙袋に入れてくれた、母の手のハンドクリームの匂いもするような気がして、胸がきゅっと痛んだ。

臨は立ち上がり、カーテンをしめないままでいた病室の窓に近づいた。

窓ガラスはひんやりとした。外は冷えているのだろう。

いつもどおりに、ひとのいない廃墟は、闇色の水をたたえた湖のように暗かった。

臨の記憶の中では、つい最近に思える時代、あそこには夜ごとに光があふれていた。

臨は、冷たい窓ガラスに額を押しつけた。

（あの街は――ぼくが知っている光野原市は、もうどこにもないんだなあ……）

ありふれていた日常だった。どこにでもある街のひとつだったのかもしれない。でもあの街は、臨にとってたったひとつのふるさと、たくさんの思い出がある場所だった。それが、巨大なハンマーで打ち壊されたように壊れてしまったのだ。

思い出の場所は、もうどこにもない。永遠に失われてしまった。世界中探したって、もう二度とたどり着くことはできないのだ。

ふわ、と、うしろから誰かが優しく肩をたたいた。くまのテディだった。悲しそうにうつむいて、青く光る胸のハートを抱く仕草をした。

『きみが悲しいと、自分も悲しい』

たぶん、そういってくれているのだな、と、臨は思い、そっと、テディのふかふかの腕をたたいた。

「ありがとう。きみの優しさが嬉しいよ」

ひまわりが、温かいココアを持ってきてくれた。そうして、『やけどしないでくださいね』といいながら、明るい笑顔で、わたしてくれた。

臨はお礼をいって、甘いココアを受け取った。

数百年ぶりに飲むココアは、昔と同じに、甘くて、良い匂いがした。

やわらかくたちのぼる湯気を見つめながら、臨は思った。

(ぼくはいろんなものをなくしてしまったけれど、まだ持っているもののことを考えよう……)

ここは未来の廃墟だけれど、自分以外の人類がいるかどうかもわからないような、荒廃した未来の地球だけれど、でも、臨は孤独ではない。看護師ロボットのひまわりや、テディに守られて生きている。病院そのものだって、しっかりと臨を守ってくれているのだ。

（ぼくは、現時点では「幸福」なんだと思う）

臨には、この世界に、自分の他に生きているひとがいるかどうか、わからない。

「いない」という可能性もゼロではないと思っている。

（けれど、もし、この地上に生き延びている人々がいるとしたら……）

臨ほど恵まれた環境にいるひとは、おそらくは少ないだろう、と、臨は冷静に考える。

臨は守られている。ここにいれば、食事も飲み物もいつも用意されていて、飢えることはない。具合が悪くなることがあっても、ここは病院で、ひまわりが正しい判断で世話してくれる。そもそもひまわりとテディ、ふたりのロボットに見守られているのは、贅沢《ぜいたく》なほどに安心なことだった。

外は冬だ。たまに雪がちらつく日もある。とても寒そうだけれど、この部屋はつねにあたたかく、清潔でうるおった空気に満たされている。

これだけでも、いまの時代の人類にとっては、とても贅沢なことなのかもしれないのだ。

（失われた過去を大事に思うのはいい。懐かしむことも。……悲しむことも。それはきっと許されることだ。でも、いまの自分を必要以上に不幸に思っちゃいけな

い。——だって、ぼくはいま、こうして、生きているんだから)

臨は、温かいココアを味わう。

(ほんとうは、死んでいたはずだったんだから)

もし、死んでいたら。遠い過去の、あの十二月に、死んでしまっていたら。

臨は、優の思いを知ることもなく、両親には悲しい思いを抱いたままで一生を終えていただろう。

自分がどれほど故郷やそばにいたひとたちを愛していたかということに気づくこともなく、自分の人生すべてを否定して、生涯を終えていただろう。

(でも、ぼくは死ななかった……)

臨はココアの湯気を見つめる。手の中のぬくもりを握りしめる。

(ぼくは生きる。そしてできれば、この新しい世界で、過去の世界のみんながぼくを誇りに思ってくれるような、そんな生き方をする。

自分で自分を誇れるような、よくやったと思えるような、そんな生き方をしてみたい……)

この世界で、自分にできることがあるのかどうかはわからない。見渡すかぎりの荒野に見えるこの世界で。廃墟が続く中で。

(けれどぼくは、なげださず、あきらめずに、自分ができることをやっていこう)

(そうだな。まずは……)

臨は考え込み、軽くうなずいた。

からだもだいぶ治ってきたことだし、いつか病院を離れる日のために、リハビリをかねて、そろそろあたりの探検を始めてみようか。

(散歩兼《けん》少しだけ冒険旅行、もとい遠足、って感じかな?)

(気分転換にもなりそうだし、ちょっと楽しそうだ)

実は、病院内のコンピュータが持っている情報に期待していたのだけれど、コンピュータはまじめな性格で、臨がどんなに交渉しても、臨が知りたいことは教えてくれなかった。コンピュータが知っている限りのものでいいから、いまの世界のようすや生物たちの変貌《へんぼう》について知りたかったのに、コンピュータにとって、入院患者、それも十四歳の臨が知ってもいい情報は、せいぜいが天気予報(病院内で観測されていた)と、バスや電車・飛行機などの運行に関する情報(当然、どれもいまでは運行していないようだとしかわからない)くらいのようだった。

コンピュータがあてにならないのなら、自分で野に出てゆくしかない。病院を基点に東西南北に歩いていって、手作りの地図や資料を作ろう。臨は密《ひそ》かに決意した。ひまわりやテディに話すと反対されそうだったので、ひとりで弁当でも作って出てゆこうと思った。

料理は一通り作ることができた。昔、父や兄が、男の料理やキャンプ料理を作るのをそばでよく見ていたし、手伝いもした。料理上手な母のその手順を見てもいたので、たいていのものなら、見よう見まねで美味しく食べられるように作ることができた。ひまわりに聞いた話では、病院に大量に貯蔵されているのは、フリーズドライ化された天然の材料各種とパン類にスープ、正体不明の人工肉などなどのようだけれど、油や調味料もあることだし、弁当くらいは作れるだろうと思った。十階の給湯室には包丁《ほうちょう》もまな板も鍋もある。十日ほど前、戸棚の奥にそれを見つけたとき、臨の顔はほころんだ。

(出かけていくさ。荒野にお弁当を持って)

(美味しいものを持って行けば、きっと楽しめるさ)

臨はふっと笑い、ゆるやかに冷め始めたココアを手に、闇で彩《いろど》られた窓越しの夜景を眺めた。

(あの向こうに、誰かいたら……)

見渡す範囲にひとがいないのはわかっている。――でも、一日どこまでも歩いていったら、誰かに会えないだろうか?

廃墟の果てに村や街があって、臨のことを迎えてくれないだろうか?

(ひとの声を、聞きたいな……)

（にぎやかな、街のざわめきが、聞きたい）

雑踏《ざっとう》の、ひとの靴の音。子どもたちのはしゃぐ声。車が行き過ぎる音。商店街の有線放送。高架《こうか》をゆく電車の音。

そんな、なにげない、うるさいとすら思えていた物音が、いま、何よりも聞きたかった。

臨は闇を見つめる。何事もなく世界が続いていれば、いまも眼下《がんか》には街が、商店街があったのだろうか。

昔と同じに、冬のいまくらいの時期には、街はクリスマスの飾り付けをされ、あちこちに飾られたツリーには金銀のモールや丸くつややかなオーナメントや色とりどりの光がきらめき、たくさんのひとがゆきかう中に、有線のクリスマスソングが楽しげに流れていたのだろうか――。

そのとき、臨は、何かに気づいて、窓の外をのぞきこんだ。

小さな光が、一瞬、遠くで瞬《またた》いたような気がしたのだ。

（気のせいかな……？）

ひとのいない街で、明かりが灯《とも》るはずがない。

ソウタは、「山羊」のタロウの口から手綱をはずした。今夜はここで休もうと思ったのだ。

夜の廃墟で、たき火の準備を始めた。汚れた手は痛み、震えが止まらない。

ふり返ると、目の端に、作ったばかりの石の墓標と、その前にしゃがんでいるチヒロが見える。

ソウタがなんといっても、チヒロはそこを離れようとはしなかった。背中にソウタが掛けてやった毛布を載せたまま、冷たい地面に座り続ける。

死臭《ししゅう》をかいで、野に棲む獣たちがやってくるおそれはあったけれど、ソウタも、いまはまだ老人の墓のそばから立ち去りたくはなかった。

(明日には、行かなきゃだけどな……。道の先に、待っているひとたちがいるんだから)

ソウタは胸元に手を当てた。毛糸の上着の下に、たくさんの手紙を入れた大事な麻の袋がぶら下げてある。生前、老人がそうしていた通りに。

ソウタはこの袋を受け継いだ。地図を描くための道具と、丸めた紙の束も。

遠くの街や村で暮らすひとたちへの手紙。きっと愛情や思いやりにあふれた手紙だ。それぞれ世界で一通きりの、代わりのないものたち。

(俺が、じいちゃんの代わりに届けるんだ。いろんな街に)

ソウタは、顔を上げる。しんと凍える空には、冬の星座のきらめく星々がまたたいている。あの星座の名前も、老人は教えてくれた。

おおいぬ座、オリオン座、あの青白く光る星は、こいぬ座の「イットウセイ」プロキオン。旅する者たちに行くべき方向を教えてくれる星たち。

ソウタは不思議な気がした。この地球の上で、人類というものが、もし老人がいうように過去にほんとうに繁栄していたのならば、あの星々は、人類が幸せに栄えていた時も、いま、魔物や獣たちの影におびえている時も、変わらずに見下ろしているのだろうか……。ずっと同じ場所から。同じ輝きで。

ソウタには、それが恐ろしいような悲しいようなことに思えて、白い息を吐いて、ついとはなをすすった。


獣たちをさけるためにも、急いで火をおこしたかった。

ソウタは貴重な固形燃料に、これも貴重なマッチで火をつけた。

こういうものを作ることができるひとは世界にもうほとんどいないらしいのだけれど、昔に作られたものがたまに発掘されるらしい。無人の「コウジョウ」で機械が生産し続けていることもあるらしいともきいた。老人は旅先でいろんなものを入手してきては、使い方をソウタに教えてくれた。

（じいちゃんには教わるばっかりだったな。助けてもらうばっかりだったなあ）

ソウタは、たき火の火を枯れ枝でつつきながら、煙が目にしみたふりをして、汚れた手の甲で目をふいた。

自分はチヒロの兄なのだから、しっかりしなくてはいけないのだから、もうこれ以上泣くわけにはいかないのだ。

（じいちゃんさあ。俺、夢があったんだよ……）

いつか風野老人がもう少し年をとって、体が弱ったら、旅の途中のどこかの村で見た老人と孫のように、自分が老人を支えてあげようと思っていた。その手を取り、肩を貸してあげようと。いつもそばにいていたわって、そうして旅を続けていこうと。

（そんなふうに、思ってたんだ……）

ソウタは、黙って、炎を見つめた。そして、自分の顔を両の手のひらでぱんとたたき、水筒の中の水をわかす準備を始めた。

火は燃えさかる。この火で、たいていの獣たちはこないだろうと思われた。もし来るものがあるとしても……ソウタは、かたわらに佇《たたず》む獣を見る。大きな角を持つ老いた獣は、目を青く光らせて、ゆったりと柔らかそうな耳を動かしている。

「タロウ、おまえ、チヒロを守ってくれるよな？　いままでと同じに」

タロウはくちびるると歯を見せて、笑うような表情をした。そして、そっと、老人の墓標の方を見た。

賢い獣は、老人の埋葬《まいそう》を首をたれて見ていた。そのようすは自分も葬式に参列しているようであり――実際そういう気持ちだったのだろうとソウタは思う。この「山羊」はほんとうに賢く、長い間老人と旅してきた、古い友人だったのだから。

ソウタは微笑むと、ふと顔を上げた。

左手の、少し離れたところの丘の上に、大きな光る建物がある。そびえ立っている。さっき、夕方になった時に、たくさんある窓が四角く明かりを放ち始めたのを見て、びっくりしたのだけれど、逃げようとは思わなかった。ああいうものは「遺跡」というのだと、老人から教わっていたからだ。

かつて人間たちが持っていた文明が、ほとんどとだえてしまってから久しいけれど、時に昔の人間が残したものたちが、廃墟で光を放っていることがあると。ひとのいない建物がひとりでに明かりをともし、主《あるじ》を失ったからくりの人形たちが、荒野を歩いていることがあると。

ソウタは実際、老人といっしょにいた時に、ひとのいない「遺跡」で夜を明かしたことがあった。荒野で星空の下をどこかへ旅していく「ろぼっと」たちとすれちがったことがあった。廃墟になった公園で、月の光の下、さみしげに歌い踊る「ろぼっと」を見たこともある。地上の主であった人間たちがかつて持っていた「科学」――魔法の力を失った世界で、主を失くした「ろぼっと」たちは昔のままに暮らし、動き続けているのだった。

ソウタはこのあたりにもうひとが住んでいないらしい、滅びた大きな街があるということを、老人に前に聞いていた。

だから、あの巨大な明るい建物も、無人なのだろうと思っていた。

(明日、あそこまで探検にいこう。何かおもしろいものが拾えるかもしれない)

ソウタは明かりを見上げて、そして、ふと、不思議に思った。

(……しかし、あんな大きなものを作れた人間の「文明」が、どうして滅びちまったんだろうな?)

と、建物の窓のひとつから視線を感じたような気がして、ソウタはまばたきをし、まじまじと丘の上の明かりを見つめた。

しばらく見つめ続け、やがて、そんなはずもないと思い直して笑った。

あそこは無人の廃墟のはずで、窓からソウタを見下ろす「誰か」など、いるはずがないのだ。

空飛ぶ猫アルファは、ひかる猫を見失ったまま、ゆうらりと廃墟の街の上を飛び続けた。

（アノフシギナ猫、イナイイナイ？）

（ドコイッタノ？　ヒカッテタ猫？）

こうもりの翼の銀色の猫は、謎の猫を捜し続け、やがて疲れて、廃墟にたつ枯れた高い木の上に舞い降りた。

それが夕方のことで、そこで眠って、気がつくと、あたりは夜になっていた。

風が冷たい。アルファは身を震わせた。

と、いい匂いがした。

（ナンノニオイ？　ゴハンノニオイ？）

（ソレトコレハ、人間ト火ノニオイ？）

アルファは、青い光を放つ緑色の目を見開いて、黒いこうもりの翼を広げた。ふわりと音もなく飛び立つ。

遠い日に研究所を逃げ出してからは、青年の言葉を守って、アルファは、ひとの住む場所から遠ざかっていた。人影が少ない土地に住むようになっていた。子猫だったころは、ひと恋しくて鳴く夜もあったけれど、いまは慣れたと思っていた。身近にひとのいない状態があたりまえになっていた。

でも、いまアルファは、風のような速度で、夜風を切って空を飛ぶ。

（アタタカイトコロ、アタタカイトコロ）

（ヒトノソバハ、アタタカイヨ）

（ノドナデテクレル、頭ナデテクレル）

（遊ンデクレル）

アルファは、ひさしぶりで、ニャア、と鳴いた。ミルクをねだる声で。

〈徘徊《はいかい》するもの〉たちは、夜の廃墟を歩いた。足跡に伝染病のウイルスをまき散らしながら。

と、三人がほぼ同時に、ひとつのものに気づいて、同じ方向に、ぶかっこうに顔を向けた。

明かりと熱を感じる。——誰か、そこに誰か、生きている人間がいるのだ。

ソウタは、フライパンに薄く木の実の油をしいて、干し魚を温めていた。このフライパンもまた、老人がどこからかもってきた、遠い時代の貴重な遺物、旅の道具だった。香ばしい香りと薄い煙があたりにたなびく。ソウタは、くんと匂いをかぎ、チヒロの後ろ姿に声を掛けた。

「もうすぐできるからな。うまいもの食べて、元気になろうな。じいちゃんのためにも、俺たちは元気に次の街に行かなきゃいけないんだからな」

川魚とは違う海の魚の香りをかぎながら、ソウタは、「海」のことを思う。ソウタはまだ、海を見たことがない。水が地平線いっぱいにあるところ。それはどんなところなんだろうか？　海を知らないふたりの子どもに、老人は言葉を尽くして、その広さを美しさを教えてくれようとした。けれどそれはとても難しいことだった。いいさ、いつかつれていってやるさと笑顔で老人が約束していたことを思い出し、ソウタは眉根《まゆね》を寄せて涙をこらえた。

（チヒロには、俺が海を見せてやろう）

（いつかきっと。じいちゃんのかわりにつれていく……）

そのとき、チヒロが、「いらない」といった。小さい声だったけれど、はっきりときこえた。

「チヒロはごはんいらない。次の街にも行かない。ずっとここにいる」

「な、何をいうんだ、おまえ」

ソウタはフライパンを取り落としそうになって、あやうく柄《え》をつかみなおした。

チヒロは小さな赤いくちびるをかみしめていた。人形を抱きしめて、いった。

「チヒロは、死にたい」

ソウタは、言葉を失った。

チヒロは、からだを丸め、低い声で、大人のようにいった。

「……お父さんもお母さんもお姉ちゃんも死んじゃった。近所のひともお友達もみんな死んじゃった。みんな辛《つら》いって、痛いって、悲しい苦しいっていって死んでいったんだ。──おじいちゃんとお兄ちゃんと出会えて楽しかった。大好きだったけれど、おじいちゃん、今日、死んじゃった。

人間は、どうせみんな死んじゃうんだ。生きるって、辛くて悲しくてさよならばっかりなんだ。だったらもう、チヒロも死にたい。ここで死ぬ」

チヒロのやせて汚れた頬に、新しい涙が流れた。しゃがれた声でいった。

「お兄ちゃん。チヒロ、もう疲れたよ。もう生きていなくていい」

「ばかなこと、いうんじゃねえよ」

ソウタはつばを飛ばして叫んだ。

「お兄ちゃんは」と、チヒロは聞いた。

「……何のために、生きてるの？」

ソウタはぐっとつまった。そんなことを、考えたことがなかったからだ。

自分の手をぎゅうっと握りしめ、また開き、握ってそうして答えた。

「──幸せになりたいからだ」

「幸せに？」

「生きていれば、きっと幸せになれる。旅していけば、いいことが待っている。だからだ」

「でも、いいことなんてないかもしれないよ？」

「俺は、あるって信じてる」

ソウタは自分の胸を押さえた。

「なぜって俺は、じいちゃんに会えた。チヒロに会えた。だから、生きてて良かったんだ」

胸がどくんと鳴った。

そうだ俺は、辛くても生きていて良かったんだ、と、思った。

チヒロは、無表情に黙り込んだ。

そのとき、ソウタは魚が焦《こ》げる匂いに気づいて、フライパンをふり返り、黒くなった魚に、「うわ」と悲鳴を上げた。

同時に、背中に嫌な予感が走って、真上に顔を上げる。

赤くひかる丸い眼鏡のようなものを顔に張り付けた巨大な人間が、真上から振ってきている。闇の中をふわりと白い顔が近づいてくる。

一瞬だけ、驚いた。一瞬だけ、何が起きているんだろうと考えた。——いやどちらも、まばたきするよりも短い時間のことだった。

ソウタはフライパンを魚ごとひねりながらふりあげると、熱々のその底を、「そいつ」の顔に押し当てるようにして叩きつけた。

風を切る、ぶん、という音が響いた。肉を打つ嫌な音と、肉を焼く嫌な匂いと音と、たちまちあがる煙と。

迷わなかった。疑いようもない悪意と殺気を、「そいつ」が放っていたからだ。

「そいつ」は笛が鳴るような声で悲鳴を上げた。フライパンを腕で跳ね返すと、一瞬だけ地面につま先をつき、そのまま、ひとではないような筋力で、うしろへとそりかえり、不自然な姿勢でとびすさった。ごろんごろんと音を立てて、フライパンが転がってゆく。干物の魚が地面に落ちる。

チヒロの名を呼んで、ソウタはふり返る。廃墟の陰から、何か大きな爪のある腕が伸びてきて、立ちつくしているチヒロを後ろから抱え込もうとしていた。――が、その影に、地面を蹴って飛びかかったものがあった。

タロウだった。大きな角《つの》を持つ「山羊」は、巨大なその人形《ひとがた》の生き物の腹の辺りを角で真横に払い、そのまま首をひねり、宙にはねとばした。

そしてタロウは蹄《ひづめ》を鳴らして、横たわるチヒロのそばに降り立った。頭を下げ、うなり声をあげ、ひかる目をして、周囲を威嚇《いかく》した。

ソウタは妹のそばに駆けよった。あやしい人間の腕がふれたのは瞬間のことに思えたのに、チヒロの腹部から太ももにかけて、ざっくりと傷が走っているのが見えた。指先がなま暖かいもので濡れた。血の匂いがする。チヒロは蒼白《そうはく》な顔色になって、荒い息をしていた。体が震えている。

「ちくしょう」

ソウタはチヒロを抱きしめて、前方から迫ってくる人影をにらみすえた。残りふたつの人影も、左右からぶかっこうな動きで、近づいてくるのがわかる。そう、目でとらえなくても、ソウタには近づいてくる生き物の気配がわかるのだ。

怒りで煮えたぎる頭の中で、老人から聞いた言葉を思い出す。全身の毛が逆立《さかだ》つ。むきだした犬歯《けんし》が鳴る。

〈徘徊するもの〉

悪い病気を地上にまきながら、ひとを殺し、村や町を滅ぼすものたちがいると、そんな怪談を、老人から聞いたことがあった。不気味な姿をして、恐ろしいほどの運動神経を備えたそのものたちは、疲れず、寝る必要もなく、倒れることもなく、寿命もなく、そしてひとの心もなく、世界をさすらうのだと。――怪談だと思った。思っていた。まさか伝染病の菌をまき散らすような生き物がこの世にいるとは思いたくなかったから。きっと誰かの作り話か、噂の中だけの存在なのだろうと。

けれどそのとき老人から聞いた姿と、目の前にいる恐ろしげなものたちは、たしかに同じ姿をしていた。

ぎり、と、ソウタは奥歯をかみしめる。

そう。そのものたちはいまそこに実在していた。嫌な臭いの空気を、あたりにただよわせながら。


（ナニ？）

空飛ぶ猫のアルファは、目の前に近づいてきた明かりと風に乗る食べ物の良い匂いのその上空で、身震いを感じて、宙に止まった。

黒いこうもりの翼に、ぴりぴりと震えが走るほど、嫌な予感がする。

（嫌ナモノガイル）

（嫌ナモノガイルヨ、アソコ）

逃げ帰る方がいいのだとわかっていた。危ないものからは遠ざかるべきなのだ。小さなアルファは、いままでもそうすることで、生き延びてきたのだから。何かの焦げる匂いと、不吉な血の匂い、かいだことのない不気味な生き物の匂いがした。

——けれどアルファは目を細めた。

（デモ、アノ炎、アカルイネ……）

そばへ行けば、きっと暖かいだろう。

光を追いかけて、暗い廃墟を、荒野の上の空をここまで飛んできて、やっとたどりついた、それがあの明るさだった。

あのそばに行けば、優しい手があるだろう。アルファを抱き留めてくれる腕があるにちがいない。からだをのせてくれるひざがきっとある。

（アソコニハ、嫌ナモノモイル。変ナ匂イガスル。——デモ……）

（優シイヒトモ、イルカモシレナイ）

アルファは、のどを鳴らした。

懐かしさで気が狂いそうで抱きしめてほしくて、そうしてアルファは、自分が長い長い間、求めていたものを知ったのだった。

たき火に向かって飛びながら、ふと、アルファは、目を上げた。目の前の丘の上には、明かりを放つ建物がある。あれは彼女が育った施設と同じ、ひとの手が作った場所だった。

（アソコニモ、誰カガイルノ？）

（イルノ？　優シイヒトガイルノ？）

ふう、と、アルファは息をついた。ひげがふるえる。アルファのからだに流れる血が、明るい光とひとのいる建物に強くひかれていた。

そう、長い長い間、猫たちはひととともに暮らしてきたのだ。そのそばにいて害獣を遠ざけ、ひとの子どもたちと遊び、おとなたちを癒し、ともに寝床で身を寄せ合って寝て暮らしてきたのだ。友達として、家族として、暮らしてきたのだ。猫たちは、数千年の昔から、どんなに進化しても、ひとなしでは生きていけなかった。それをいまアルファは、言葉ではなく、心の底で気づいていた。

（アタシハ、人間ガスキダ）

（アタシハ、人間ノソバニイタイ）

（ヒトリデハ、イキテイケナイノ）

アルファは、宙でばさりと大きな黒い翼を鳴らし、まずは近くにある灯、たき火の炎に向かって、舞い降りていった。

同じころ、臨は病院の一階へと、エレベーターで下りたところだった。手には病室で見つけた大きな懐中電灯を持っている。

ジャケットを羽織《はお》りながら、急ぎ足で玄関に近づこうとすると、違うエレベーターで下りてきたひまわりが、臨を追い抜いて走り、前に回り込んだ。

『臨くん、夜に外に行くのはだめ。危険です。どんな凶暴な動物がいるかわからないんですから』

「危険な動物もいるかもしれませんが……」

臨はひまわりのそばを通り過ぎて、いった。

「人間も、いるかもしれない。あの炎はたき火だと思うんです。人間が燃やしている火なんじゃないかと。きっとあそこには人間がいる。——ぼくは、そのひとに会いたいんです」

臨の腕に手を掛けようとしていたひまわりが、その手をふっと引いた。悲しそうな顔をした。

やはり追いかけてきていたテディが、こちらは芝居がかった仕草でさびしいと訴《うった》えた。

『臨はやっぱり、人間がいいんだね。ぼくらみたいなロボットじゃなく』

テディには言葉がしゃべれない。そういう風に造られていないからだ。でも、何がいいたいか一目瞭然《いちもくりょうぜん》だったので、臨は苦笑してため息をついた。

「そういう意味じゃないよ。ひまわりさんには感謝してるし、テディは大好きだ。——それと……」

臨は、会話を聞いているだろう、最後のひとりにも話しかけた。

「もちろん、光野原市民病院のコンピュータさんにも、感謝してます。——でもぼくは、やっぱり人間にも会いたいと思うんです。そして、こうしてこの世界に生きている以上、いまのこの世界のことを少しでも知りたいんです。それには誰かこの時代の人間と話をするのがいちばんだと思うから。だから、もしかして、あそこにひとがいるかもしれないなら、ぼくは行って、そのひとに会ってみたいんです」

ふうと、ひまわりもまたため息をつく。

『わかりました。でも、せめて、夜が明けるまで待ったらどうかしら？』

「夜明けまで、あのたき火があそこにあるかどうかわからないと思うんです」

それに、と、臨は思う。懐中電灯を握りしめて。

（一刻も早く、ぼくは、人間に会いたい）

あの明るいたき火の炎。あのそばにいるのは、どんなひとなのだろうか？

不思議と、悪人だとは思わなかった。根拠は何もないけれど、確信していた。

あの炎のそばには、自分が会うべき誰かがいる。

臨は玄関に向かって走った。窓ガラスの向こうは、塗りつぶしたような暗闇だ。

病院の自動ドアが、「しかたないですね」というように扉を開き、臨を外へと送り出した。

ソウタは、チヒロを抱きしめた。

押し寄せる異形《いぎょう》のものたちを、ぎっとにらみつけて。

その腕に顔に体に、ざわざわと毛が生《は》えた。それは黄金色《こがねいろ》の獣の毛だった。

（俺は、チヒロを守るんだ）

（ここでこの子を死なせてたまるか）

（じいちゃんが死んだばっかりだっていうのに、またこの手で墓を作るなんて、俺はぜったいに嫌だ）

　頭の中で、何か熱いものが燃えていた。煮えたぎり始めていた。いつもなら、とちゅうでとめていた、抑えようとしていた怒りのエネルギーが、いま、抑えようもなく、体中に満ちていた。

　ソウタはチヒロをかかえたまま、地面を蹴った。まっすぐ前から走ってきた〈徘徊するもの〉の顔を、右のこぶしで下からまともに殴《なぐ》りつけた。

　あごが上を向いたところを、あいた腹にひざ蹴りを入れ、そのまま つま先で、砕けるほどに真上に蹴り飛ばした。

　異形の殺戮者《さつりくしゃ》は、ふっとんでいった。

　そこへ後ろから、もうひとつの影が駆けよってきた。目の端でそれを認めたソウタは、ふりかえりざまに、頭突《ずつ》きを相手の脇腹にたたき込んだ。

　骨が折れるような感触があった。ぶかっこうな巨人は、声もなくくずおれ、倒れてゆく。しかしそのときに、こちらへしがみつくようにのばした長い爪が、ソウタの顔を音を立ててえぐり、左頬に長く深い傷を残した。

　飛び散る血液が目に入り、ソウタは腕でぐいと目をぬぐった。

視界が赤くなる。皮膚が裂けた痛みに目がくらむ。その隙《すき》をついて、真後ろから、三人目が襲いかかってきた。ソウタは抱きしめたチヒロをかばいながら、真上からのしかかるそいつの爪を背中で受ける覚悟を決めた。

(けど、いい気になるんじゃねえぞ)

受け止めた爪は、すぐ振り返り、腕で抱き込んで、腹と胸に蹴りを入れてやるつもりだった。

血が流れ込むせいで、目が片方しか開かない。傷の痛みは灼《や》けるようだ。けれどソウタは不敵《ふてき》に笑った。

(こいよ。襲いかかってこいよ。さあ)

闇の底に佇《たたず》むような、光を見失ったような夜だった。この苦しみと悲しみをぶつける相手がいるのなら、いっそ嬉しいと心が叫んでいた。

同じ心で冷静に考えていた。下手したらチヒロを守れないかも知れない、と。

笑ったままの口元に白く長い犬歯《けんし》をのぞかせて、ソウタは思った。

(いいさ、そのときは俺も死ぬだけさ。じいちゃん、そしたらさ、また会えるかな。また旅ができるかな。三人で一緒に、海に行けるかな?)

思わぬ助けがやってきたのは、そのときだった。

臨は、懐中電灯に明かりを灯しながら、廃墟を走った。闇を照らす遠いたき火の炎をめざして。

あとからひまわりとテディがついてきているのがわかったけれど、いつか引き離していた。

（走れ。もっと速く、動け、足）

臨は舌を鳴らした。走りだしてみてわかったけれど、まだ足が心許《こころもと》ない。

（ちっくしょう）

重だるい足を引きずるようにして、臨は走った。走り続けた。冷たい空気が胸を切るようだ。呼気《こき》は白く闇に流れる。

小さいころから足が速いことが自慢だったのに。リレーだって持久走だって得意だったのに。速く駆けてゆかないと、たき火の灯が遠ざかりそうな気がする。遠くで星のように臨を呼んでいるあたたかな光が、目の前の暗い廃墟から、ふっと消えてしまいそうな気がする。

足元で、砕けたアスファルトが音を立てる。枯れた草、廃墟に茂る木の根が、罠《わな》のように足を取ろうとする。針金や金属片がふいに現れる。

ほこり混じりの風が通りすぎた。冬の夜の風は身ぶるいするほど冷たかったけれど、一瞬目を閉じ見上げた空に、臨はため息をついた。——あの空は変わらない。

（同じ星座だ。ぼくの街の冬の夜空。子どもの頃から何度も見上げた、あの空）

オリオン座やおおいぬ座が、臨にお帰りといってくれているようだった。

星座が光る空を背景に、廃墟の影は黒々とそびえる。夜風に吹かれて、まばらに生えた木や草の葉が音を立てる。臨の足音と呼吸の音は、しんとした夜の空気の中、無人の廃墟に反響《はんきょう》し、消えながら遠くへと響き渡ってゆく。

たまに廃墟の陰に、青や黄色の、ガラスのような対《つい》の光がきらめく。光はまたいたあと、すぐに消えた。どうやら、獣たちの瞳のようだった。ひまわりが話していた、「犬もどき」や「猫もどき」の目なのかも知れない。臨は一瞬立ち止まってその姿を確認したいと思ったけれど、その気持ちが通じたのか、たくさんの光る目たちは、臨のそばから遠ざかり、ぱらぱらと散らばりながら闇に溶け込んでいってしまった。

風に、たき火の匂いが混じった。

（それとこれは……）

干物《ひもの》の魚を焼く匂いだ、と思った。

臨はその懐かしい匂いに、ふっとほほえみを浮かべた。

（これから晩ご飯なのかな？）

火のそばにいる誰か、火を囲む人々は、いま、あたたかな団らんの時間を過ごしているのだろうか？

いよいよたき火が近づいた時、臨の足は止まった。

急には止まれず、その場でたたらを踏んだ。

明るく照らされた廃墟に、臨ほどの年齢の少年の姿を認めたからだ。

鮮やかな色の毛糸の服を着た、大柄のその少年は、臨に気づいていないようだった。たき火のそばにうずくまり、暗闇を見据えていた。そばには山羊のような大きな獣が、これも闇に向かって身構えながらたたずんでいる。

少年が腕に動かない少女を抱きかかえているのに気づいた時――臨は、もうひとつのことに気づいた。

（どこかで、ぼくはこの子たちに会わなかっただろうか？）

でもそれがどこでのことなのか、思い出せなかった。思い出そうとすると、記憶が薄れ、ぼんやりと遠ざかってしまう。

ふたりに声をかけようと思い、足を踏み出そうとした時、臨はぎょっとした。まるで闇からしみだしてきたような、あやしげな、黒い大きな人影が、少年に襲いかかったのだ。

闇の中で見ても、その人影は、まともなものではないとわかった。一目見て、恐ろしく邪悪《じゃあく》な感じがした。

そしてそのものは、間違いなく殺意を、少年たちに対して抱いていた。ぶかっこうな、湾曲《わんきょく》した長い腕をゆらりとふりあげる。腕の先には刃物のような光を放つ、長い指と爪がついていた。

臨は、恐ろしい予感に息をのんだ。しかし、少年は、その邪悪な人影をはねとばした。続いて飛びかかってきた人影も、頭突きで倒した。

なんて素早い動きなんだろう、と、荒く息を吐きながら、臨は思った。まるで映画の中の登場人物のようだ。特撮《とくさつ》かCGだ。

が。三人目の大きな影が覆《おお》い被《かぶ》さろうとした時、どういうわけか、少年は動かず、無防備なままのように見えた。死神の鎌《かま》のような、黒く大きな長い腕が、少女を抱いてかばおうとする少年の背中に迫る。炎の赤い揺らめきを映したはさみのような爪が、空気を切る音をさせて降ってくる。

「危ない」

臨は、駆けだしていた。瓦礫《がれき》の山の中に光っていた金属の棒を拾い上げながら走った。ずしりと重く冷たい棒のその重さに足をとられそうになりながら。

「やめろ」

そして臨は、たき火のそばに、やっとたどりついた。光の輪の中へふみ込んだ。

少年に迫ろうとしていた黒い人影はゆらりと半身で振り返った。背が高い。それに向かって、臨は金属の棒を振りかぶり、思い切りたたき込んでいた。

授業で習った剣道、そのままで。竹刀《しない》と違って、金属の棒はひどく重く、ざらついた錆《さび》が手のひらを痛めたけれど、棒はずっしりと、不気味な人物の肩から胸元へと食い込んだ。ずぶずぶと柔らかくめりこんでゆく感触と、棒が何か堅いものにあたり、それが砕けるような嫌な感覚があり、手がしびれた臨は、棒を手から離した。金属の棒は、大男のへこんだ胸元に、べっとりと埋まり、食い込んでいた。

力の加減ができなかったことを、臨はしまったと思った。――けれど、その心配は無用だった。

不気味な大男は、からだから金属の棒を生やしたまま、ゆらりと長い首を折って臨を見下ろしていた。

顔の皮膚に丸い眼鏡が張り付いているように見える、そのようすと、表情のない顔に、臨はぞっとした。青白いその顔は、まるで死体の顔のように見えた。

大男は、自分の胸元に食い込んだ金属の棒を、わずかも痛みを感じていないような表情で、ぐいとつかみ、ひきはがした。

がらんと音をさせて廃墟の暗闇に投げた。そのからだから、生ぐさい赤い血が、あたりに散った。

臨は、立ちつくした。

(なんだこいつ——マジで映画の登場人物か何かか?)

(とんでもない悪役じゃないか)

ハリウッド映画のSF大作に、よくこの手のやたらに頑丈《がんじょう》な敵役が出てきたような気がして、臨はいまが夢なのか現実なのかわからなくなった。

臨の家では、居間のテレビで、たまにレンタルDVDを見た。父が臨と優を喜ばせようとして、お土産《みやげ》のように話題作を借りてきてくれていたのだ。優の方は目を輝かせて見ていたものだったけれど……。

(ぼくは、ああいうのは、趣味じゃないんだけどな……洋画なら、もっとお洒落《しゃれ》なのが好みだ)

いままで走ってきた疲れと緊張で、自分の息がひどく荒くなっているのがわかる。目眩《めまい》もする。

(ちくしょう。前がよく見えない……)

ふうっと辺りが暗くなる。風景が揺らめいて見えるのは、地震ではなく臨のからだが揺れているのだろう。

大男が地面に投げた金属の棒が、がらんがらんと耳ざわりな音をたてて転げながら、手近にやってきた。

臨はためらいもせず、血に濡れたそれを拾った。こわばる指で握りしめ、また体を起こす。足に力が入らない。

たまにブラックアウトする視線のはしに、自分の背中にかばった毛糸の服を着た少年と女の子と、山羊のような獣が見える。

「思い出した。夢で見たあの子たちだ」

臨は、やっと思い出していた。鼓動《こどう》が高鳴る。——あの子たちとは夢で会った。思い出した、とひらめいたわりには、そう思ったとたん、捕まえたと思った記憶が遠ざかり、ほんとうにそんな夢を見たのかどうか自信がなくなってしまったのだけれど。

(でも……たぶんだけど……ぼくはあの子たちを、夢で見た。少し悲しい夢だった。雪が降る夜の夢だったかも知れない。あの子たちは、大きな動物が引く車に乗っていた。そうだ。暗い道を灯が近づいてきたんだ。……あとひとり、おじいさんもいたような気がする。ぼくは、あの子たちと、何か会話して……)

なぜ、夢であの子たちに会えていたのかは、わからない。けれど。でも。

再会がうれしかった。この地上で知っているひとびとに出会えてうれしかった。

そしてたぶん、臨はあの少年たちとまた出会いたかったのだ。別れてからずっと気になっていたのだ。かすかにそんな記憶があった。

臨は、大男を、金属の棒を手に、にらみすえた。背中に、少年たちをかばいながら。力の入らない足で冷たい地面を踏みしめて。

（あの子たちの、話を聞きたい）

（ぼくは、あの子たちと話すんだ）

感情のかけらもないような大男の表情や、怪物にしか見えない巨大で不気味なその姿を見ると、病院に逃げもどりたいと、そんな気もする。背中が震える。

あんな存在に挑《いど》みかかろうなんて、それもよくわかっていない未来世界で――冷静に考えると、自分はずいぶん無茶なような気がした。

そう。冷静に考えると、きっと生き延びるためには、臨はここで逃げるべきなのだろう。その命を守るためには、逃げてもいいのだろう。

（でも、ここで逃げたら、後悔する……）

臨は、両手で金属の棒を構えた。邪悪なものの血でぬめり滑《すべ》る、ずしりと重い、大切な武器を。

（逃げるのはかっこわるいことだから。律兄さんならそんなことはしないから）

そう。思ってから、ふと、笑った。律ならそうしただろうって、それだけじゃない。臨は、自分がそうしたいから、あの怪物と戦うのだ。そして……。

（ああ、そうだ。ぼくが逃げないことをきっと優が喜んでくれるから、がんばるっていうのもいいかな？）

立体映像の再生装置の中で、臨にほほえみかけていた、大人になった優の姿。強く優しい、優の笑顔。

『ぼくを友達と呼んでくれるかい？』と、聞いた声。まっすぐに臨を見つめるまなざし。

それを臨は忘れない。けっして、忘れない。

この世界が、たとえどんな世界でも、この先何があっても、優の笑顔はいつだって自分を励ますだろうと、臨は悟《さと》った。

ふっと、臨は不敵に笑った。金属の棒で、不気味な大男を指して、かすれた声でいった。

「……いい気になるなよ。映画だったら、あんたみたいな一見無敵の怪物は、序盤《じょばん》にでてくる雑魚《ざこ》にすぎないんだぜ？」

ソウタは、急に目の前に現れた少年に、驚いた。

一瞬、また新しい敵が現れたのかと思ったけれど、そうではなかった。

その子からは、邪悪な匂いがしなかったのだ。

その子は、〈徘徊するもの〉に金属の棒で殴りかかった。そして、それが効き目がないとわかりながら、その場から逃げなかった。拾い上げた棒を手に、またも立ち向かおうとしていた。

（おいおい、俺たちを背中にかばってくれてるのか？）

まさか、と思った。けれど、ちらちらとソウタたちを見る視線や、気遣《きづか》わしげな表情で、間違いなく、この見知らぬ少年が、自分たちの身を案じてくれているのがわかった。

（なんだ。まさかこいつ――）

（俺を、俺たちを、助けにきたのか？）

（助ける、つもりなのか？）

ソウタは、大きな金色の目を瞬《まばた》きした。

（ほんとになんなんだ、こいつは？）

すらりとした、いっそか細くさえ見える少年だった。ソウタよりは背が低く、ソウタよりは体ががっしりしていない。年はたぶん、自分と同じくらいだろう。黒い瞳がたき火の明かりにきらめいている。賢そうな瞳だと思った。少年は、ソウタが見たことのないような服を着ていた。そして、少年からは不思議な匂いがした。記憶をたどってみると、老人が持っていた薬の中に、似たような匂いのものがあったような気がした。謎の少年は、たくさんの薬とそして金属やプラスチックの匂いをさせていた。鼻がよいソウタにはそれがわかった。

少年がしゃべった言葉は、何かが違っていた。ききとれはしたけれど、あちこち意味がわからなかったし、話す速度も、ずいぶんとゆっくりだった。ソウタが話しているのと同じ、ニホン語のようではあるけれど。

（なんか、変わった奴だな）

しかし、どんなに変わった奴でも、その少年はソウタとチヒロを助けようとしてくれているのだ。関係ない通りすがりなのだろうに、命がけで。

（ありがとよ）

ソウタの心は熱くなった。チヒロの肩を抱き寄せる手に力が入るのがわかった。

（大丈夫だ、謎の少年。チヒロも、そしておまえも、俺が守ってやるからな）

（おまえの気持ちはありがたいけれど、あの化け物は、おまえには倒すのは無理そうだ）

（俺が、倒すさ）

（きっと、倒してみせるさ）

そのとき、ソウタは初めて、老人の言葉の意味を真に理解して、心の底から同意した。

『きみの力は祝福なんだよ。きみ自身を守るために、そうしてきみが愛する誰かを守るために、神様が贈ってくれた祝福の贈り物なんだ』

星空を見上げるソウタの目が、金色に輝いた。同時に体の中で、なにか歯車がぐるりと回ったような、そんな感じがした。筋肉が痛い。骨が、関節が、妙な音を立てて動いている。血が——全身に流れる血が熱い。沸騰《ふっとう》しそうだ。ざわざわと耳鳴りがする。金色の毛が渦《うず》を巻き伸びてゆく。

ソウタはうなり声をあげ、チヒロを腕に抱いたまま、体を前に倒した。自分の腕が金色の毛に取り巻かれながら、長く伸びていくのがわかる。顔も痛い。歯もあごも痛い。骨格が変わってきているのだ。からだの中にいままで封じ込められていたものが、ふくれあがり、解き放たれようとしている。

ばん、と、頭の中でなにかがはじけたような気がした。——そして、ソウタは変身を終えた。

臨は、再度、目を疑った。少年がうなり声をあげ、その場で体を折ったと見る間に、みるみるうちに、その姿を変えたのだ。

地面に倒した体が巨大化していく。毛糸の服が、伸びほつれ、ちぎれてゆく。ズボンが裂けてゆく。

やがて四本の長い足で地上に立ったその姿は、昔に図鑑で見た剣歯虎《けんしこ》、サーベルタイガーに似ていた。

少年はどうやら、狼男《おおかみおとこ》、ではない、金色のサーベルタイガー男だったらしい。

（いよいよ映画みたいなことになってきたなあ。ぼくは実は夢を見てるんじゃないのか？）

臨は自分の頬をつねろうとしたけれど、その前に、邪悪な大男が爪のはえた手でぶんと殴りかかってきたので、危うくかわした。

足がよろめいて足首を捻挫《ねんざ》しそうになったその痛みで、いまがやはり夢の世界ではないことを思い知った。

臨は金属の棒を構えなおした。ぺろ、と、くちびるをなめる。

（未来世界は、ハリウッド映画的世界のような側面も持つというわけか。――理解した）

理解した、と思いつつ、臨は自分で自分に、

（ちょっと待て。ぼくは現状の何をどう理解したっていうんだ？）

というつっこみもいれずにはいられなかった。訳《わけ》がわからない状況だということは、全然変わっていないのだから。

臨は、自分めがけて飛びかかってきた「巨大な悪役その一」に向き直った。とに

かくいまは、生き抜くしかない。あの謎の変身少年と話すためにも。

(ぼくはあいつと話すんだ)

突き出された爪を、臨は両手で持った金属の棒で受け止めた。かちん、と音がして、暗闇に火花が散った。

受け止めた、と思った。けれど、恐ろしい力で、後ろへと押されて、足元で地面の瓦礫《がれき》が嫌な音を立てた。

歯を食いしばるけれど、大男の力はものすごく、そして臨は病み上がりだった。足にまるで力が入らない。そこへ、斜め後ろから、もうひとりの大男が飛びかかってくる。臨はそちらへ気をとられ、瓦礫に足を取られて、その場に転んだ。尖《とが》った瓦礫がしたたかに背中を打った。

真上に見上げる星空に、くっきりと黒い影になって、赤くひかる丸い眼鏡をかけた大男がのしかかってくる。

もうひとりが横から、とがった爪がはえた妖怪じみた長い腕を伸ばしてくる。

臨は金属の棒で、手近にいる大男ののどを突こうとしたが、片手でつかまれ、かわされてしまった。そのまま棒をとりあげられ、投げられてしまう。

しまったと、つばを飲み込んだ、そのときだった。

目の前をさあっと金色の風が吹いたと思ったら、のしかかっていたふたつの黒い影は吹き飛んでいた。

あの少年が変身したサーベルタイガーが、グローブのように大きな前足で、黒い影たちをはり倒したのだ。わずか数瞬のうちのことだった。

臨が目を開けると、その目の前に、サーベルタイガーの大きな顔があった。「大丈夫か」というようにのぞきこんでいた。

金色の目は黄水晶《きずいしょう》のように澄んでいた。薄闇の中で、凛《りん》とした美しい光を放っていた。

なんて澄み切っていて、そして、悲しい瞳なんだろう、と、臨は思った。

サーベルタイガーは、ふいと顔をそむけると、風のように跳んだ。そして、なおも迫ってきていたもうひとりの巨大な人影に向かっておどりかかっていった。がっしりとした首をしなやかに振って、大きなあごで、かみふせた。

かみふせたものの、ソウタは、どうしたらいいのか迷っていた。

口の中に、なま暖かい錆の味が広がる。〈徘徊するもの〉の、肩と胸をくいちぎったときに、口に入った血の味だった。

（血の味だ。ああ、こいつらにも、俺と同じ、人間の赤い血が流れているのか）

そう思ったとたん、ソウタは恐ろしくなった。——ソウタは人間を殺したことはなかったのだ。

いま、前足の下に押さえ込んでいる傷ついた〈徘徊するもの〉、こいつにとどめを刺すべきだと、本能が教えている。さあ急げ、早く、と。

けれど、でも、人間としてのソウタはためらいをおぼえた。

(……でも、じいちゃんは殺せといった)

かつて、この不気味な人間の形をした兵器たちの話をしてくれた時に、老人はいったのだ。

『あいつらは、ひとの形はしていても、ひとの心を持たない兵器なのだよ。自分たちの命がつきるまでは、ひとの命を奪い続け、村や街を滅ぼし続けていく奴らなんだ。だから、もしであったら、殺さないと……「破壊」してやらないといけない。そうすることが、生まれながらに呪われた、彼らの魂を救うことにもなるのだから。それがたったひとつ、彼らを救うための方法なのだから』

でも、と、ソウタは目を閉じた。

(じいちゃん、俺にはひとは殺せねえ……)

ソウタの中で目覚めた獣の力は、猛々しさと自由さにあふれていた。

耳の奥で、どくどくと流れる血潮《ちしお》が、高らかに歌っている。戦え、邪魔者はうち倒せ、かろやかにどこまでも駆けてゆけと血は歌う。

それは、混沌《こんとん》とした、熱い、どこか懐かしい世界から響いてくる歌声で、どこか知らない場所にある故郷へとソウタをいざなう呼び声だった。

——こちらにおいで。何もかも忘れてしまいなさい。ひととして生きてきたいままでの日々をすべて忘れて。

（「あっち」に帰れば、たぶん楽になれる。心を手放して、見たとおりの獣になっちまえば……）

（誰もそれを、止めやしねえ。止める権利もねえはずだ）

（人間の世界は……俺を追い出そうとした。俺に優しくなかった）

（「あっち」にいけ、「こっち」にくるな、と、いつも、いつも追い払うばかりで）

（俺はこのまま獣になっても、いいんだ、きっと……）

けれど、ソウタの心は人間のままだった。

心の中に、風野老人の笑顔があった。目がくらむような野生の呼び声に心がさらされながら、その笑顔はそこにくっきりとあった。

あれはいつの記憶だろう。静かに雪が降りしきる午後、どこかの遺跡で発掘された、「かっととまと」の缶詰めと、煮た魚の缶詰めで、老人は美味しいシチューを作ってくれていた。雪降る中で、もうできるぞ、と老人が笑う。鍋からふわふわと白い湯気が上がる。老人の隣でチヒロが、人形と踊りながら笑っている。おいしいものができるおいしいものをおじいちゃんが作ってくれているのよ、とでたらめな歌をうたいながら。

ふたりは、ソウタを呼ぶ。ふりかえって手を振って呼ぶ。こっちにおいで、と。

(だめだ、俺は獣にはなれねえ)

(獣になっちまったら、俺はもう、じいちゃんやチヒロの家族でなくなっちまう)

ソウタは、輝く瞳を閉じ、ひと筋の光る涙を浮かべた。

優しかったあの老人はもういないけれど、でも、自分はずっと旅の記者、風野隼人の家族でありたい、と思った。

サーベルタイガーに殴られた大男のうちのひとりが、ゆらりと立ち上がった。臨はぞっとした。その大男の顔から首にかけて、大きく皮がはがれていて、プラスチックやら金属やらのコードが、血や脂肪、崩れた皮膚といっしょにだらりとたれさがり、流れ落ちていたからだった。

あれはどうやら、生体に機械を組み込んで造られたものだったらしい。

臨は自分の口元をぬぐった。胃がぎゅっとちぢむ感じがする。

(——スプラッタ映画かよ、おい……)

趣味が悪すぎる。もうついていけるもんか、と、口の中でつぶやいた。

スプラッタ映画風大男は、ゆらりゆらりと、サーベルタイガーの背後めがけて近寄ってゆく。

そのとき、臨の足は、急に限界を迎えた。足ががくがくして、もう立っていられなくなったのだ。

（ちっくしょう）

臨は両膝に手を置いて、なんとか足を前に進めようとした。

一方で、安心もしていた。あの変身少年は強そうだから、自分が手助けしてやらなくても、大丈夫だろうと。

背後から新手《あらて》の敵がやってきても、きっとサーベルタイガーは気づくだろう。風のように軽やかによけて、またかみ倒すにちがいない。

が。サーベルタイガーは大男を前足の下に置いたまま、薄く目をつぶっていた。

そして、サーベルタイガーの背後に立った大男が、サーベルタイガーの背中をその長く曲がった腕で殴りつけた瞬間、彼が低い声で悲鳴を上げ、身を震わせるようすで、臨は我に返った。

（なにかあったんだろうか？　――ああ、それに、あいつは、強いっていったって、痛いんだ）

そうだ。どんな生き物だって、傷つけば痛いだろう。たとえ、謎のサーベルタイガーの少年でも。

当たり前のことを忘れていたような気がして、臨はなんとか前に進もうとした。しかし、数百年ぶりで長い距離を走った足は、ひざのあたりがふらふらとして、話にならなかった。

(ちくしょう。がんばれ。がんばれ、この足)

目の前で、もうひとりの大男が、よろよろと立ち上がるのが見えた。そいつもまた、サーベルタイガーの方に向かってゆく。長い腕を空に振り上げて、振り下ろす。はさみのような爪が宙で輝き、獣の背中をえぐる。サーベルタイガーにかみふせられていた大男が、下からサーベルタイガーの首に抱きつくようにして、捕まえているのが見えた。あれでは体の自由が利《き》かない。下手したら、大男三人の思うままになってしまう。獣はもがいていた。痛みに背中をのけぞらせる。

このままではひどい最期《さいご》が、あの美しい獣に訪れるだろうと推測できた。

「待て。待つんだ。ちくしょう……」

臨は、前に向かってよろめきながら、走った。

もはや手には武器はない。探す暇も、拾い上げる暇もない。だからただ、大男の背中に向かって、そのままの勢いで突進し、その肩をぶっつけた。

不意をつかれた大男は横倒しに倒れ、臨もまた、大男に寄りかかるようにしてその場に倒れた。

瞬間、臨は思った。

(ああ、これで万事休《ばんじきゅう》すだ)

(せっかく、はるかな未来まで生き延びたのに、ぼくの人生、ここで終わりなのか……)

同時に、まあそれもいいか、と思った。

不思議と心が軽かった。

もし今夜、たき火の灯に向かって走らなかったら、臨はこんな目に遭《あ》わなかっただろう。

少年を助けようとしなかったら、謎の大男たちに襲われずにすんだだろう。

でも、もし走らなかったら。少年を助けようとしなかったら。

(たぶん、自分を嫌いになっていた。恐ろしく恥ずかしい記憶になっていた)

時の彼方に置いてきた懐かしい人々に、優に恥ずかしいと思っていたに違いない。顔が向けられないと。

ふりかえった大男の赤い丸い眼鏡の奥の目が、にやりと笑ったように思えた。宙にふりあげた長い腕の先の、節のあるはさみのような指と爪がぎちぎちと音をたて、かぎ爪のように曲がってゆく。

大男は、どっしりと、臨の上にまたがると、真上から両手で首を絞《し》めてきた。

空飛ぶ猫アルファは、あたりのようすに身を縮めた。空で黒いこうもりの羽をふるわせる。

（怖イ、怖イヨウ）

大きな男たちが、血の匂いをさせて、動き回っている。なにかを、襲っている。

金属のようなプラスチックのような、嫌な臭いをさせている。

アルファはおじけづき、やはり、空へ帰ろうかと思った。

そうだ。また平和な森へ帰ろう。人間のことなんて忘れて——。

けれど、そのとき、懐かしい匂いが漂い、空を舞う彼女に、柔らかな糸をかけたように、その場に引き留めた。

（ナンダロウ？）

（コノ匂イ、ナニ？）

（ナツカシイ）

（オニイサントオナジ匂イ）

アルファは匂いの元を目でさがした。そして気づいた。いま、大男に地面に押し倒されている少年が着ているもの、その布地から漂《ただよ》う匂いに。

それはジーンズの染料の匂いだった。アルファを育てた青年は、白衣の下に、よくジーンズをはいていたのだ。

（アッタカイ、オヒザノニオイ……）

アルファは、青い光を放つ、緑色の目を細めた。

青年の膝で眠った、懐かしい子猫だった日々のことを思い出して、黒い爪をきゅっと握った。のどがごろごろと鳴った。

その瞬間だった。

その少年が、目を上げて、アルファを呼んだ。その名前を。


臨はそのとき、空に浮かんでいる猫を見た。

銀色の縞《しま》の猫は、青い光を放つ緑色の目で、じっと、臨を見下ろしていた。

息苦しい。首が痛い。視界が赤く染まってゆく。謎の大男の手はいよいよ首を締め付けていて、臨がその手を殴ろうとひっかこうと力を弱めることはなかった。首がちぎれ、骨がぐしゃりと折れてしまいそうだ。

たまにぶれるように意識が遠のいてゆく。頭と目が破裂しそうだ。

そんな中で見た銀色の猫は、夜空に浮かんでこちらを見下ろしている幻のようなあの猫は、遠い昔に死に別れたアルトにしか見えなかった。

ふと思い出す。アルトの背に翼がはえて、飛び去ってゆく夢を見たことを。臨は、空へと腕を伸ばした。消えていこうとする意識の中で、必死に、大切な存在を呼びもどそうとした。

「……いかないでアルト。いかないでくれ」


かすれた声で少年が呼んだ名前は、正確にはアルファのものではなかった。

でも、アルファのとがった耳は、響きの似た名前を聞いた瞬間、自分がどれほど名前を呼ばれることを願っていたか、ひとの声を聞くことを願っていたか、思い出した。

のどが渇《かわ》いた旅人が水を求めるように、アルファの耳は、ひとの声で呼ばれた自分の名前の響きを求めていたのだ。

(イカナイデ、トイッタ?)

(アノ子ハ、イマ、アタシニ、イカナイデトイッタ……)

アルファの脳は、いろんな国の言葉を理解することができた。元は戦場で役立つようにと与えられた能力だった。スパイとして働けるようにと。

アルファは、宙で大きな翼を広げた。

（アノ子ハ、オニイサンミタイニ、「カエッテクルナ」トハイワナイ）

アルファは、星空を背に、矢のように舞いおりた。少年とその上に覆《おお》い被《かぶ》さる大男の間に割り込んだ。

大男の頭上におりたつと、緑色の瞳で、大男の目をのぞきこんだ。

前足を伸ばすと、その額《ひたい》に手をふれた。黒い爪が伸び、食い込む。

とたんに電流が走った。大男は声もなくのけぞり、少年から手を離し、猫を顔から引きはがそうとした。

アルファは再び、電流を大男の体内に流し込んだ。

先ほどのものとは違う、手加減なしの、高圧電流を。

廃墟に光が走り、肉とプラスチック、金属が焦げる嫌な臭いがした。


臨は、地面に身を起こし、荒く息をした。痛むのどが胸が空気を求め震えている。爪に傷つけられた首が痛い。

ひどい頭痛がする頭を抱えながら、顔を上げる。目が痛い。よく見えない。

気がつくと、いままで臨に覆い被さっていたはずの大男が、仰向《あおむ》けになって倒れていた。ぴくりとも動かない。

そして、臨めがけて、懐かしい匂いと感触のものが飛びついてきた。ごろごろとのどを鳴らして。

臨は、信じられない思いで、その暖かい生き物を抱きしめた。

「……アルト？」

けれど、その猫の背中にはこうもりの翼があり、そうしてその猫は、人間の言葉を話した。早口で、甲高《かんだか》く、けれどたしかに日本語で。

「アルトジャナイヨ、アルファヨ、アタシ」

倒れている大男を、臨はふり返った。

しゃべる猫は、得意そうにいった。

「アタシガ、ヤッツケタノ。アイツ、悪イヤツダカラ。アタシ、強イデショ？　オリコウデショ？」

ソウタは、傷だらけになりながら、その身を起こした。

（なんだ、あの変なちびの獣は？）

どこかの街で見た猫という生き物に似ているような気もしたけれど、猫は空を飛んだだろうか？　あんなふうに羽が生え、ひとと話をしたろうか？

（どっちにしろ、敵じゃないならいいけどよ）

　ソウタはそれから、謎の小さな獣と抱き合っている少年を見て、心の中で微笑んだ。

（ありがとよ）

　痛みと出血で力が入らない四肢《しし》に力を込めて、ソウタは大地に立ち上がり、轟《とどろ》くような声で吠《ほ》えた。そのまま跳躍すると、ぶかっこうなかかしのようにそこに立っていた〈徘徊するもの〉に真上から襲いかかった。片方の前足を胸にかけ、相手がソウタの体重をうけとめようとバランスをくずしたところで、もう片方の前足で手かげんなしにその顔を打った。〈徘徊するもの〉はその場に倒れ、もう起きあがらなかった。

　あとひとり、〈徘徊するもの〉がそこにいた。物陰に潜《ひそ》み、地面に片膝をついて、ソウタをじっと見つめていた。

　飛び上がり、ソウタに飛びかかるかと見せかけておいて、宙で方向を変えた。そちらには、廃墟の柱の陰に隠しておいたチヒロがいた。そちらへ跳ねていこうとしているのが見てとれた。

（しまった）

　ソウタは泡を食って、大男の跡を追ったけれど、わずか数歩の差で追いつけそうになかった。ぶかっこうなくせに恐ろしく俊敏な動きだった。

が、そのときだった。廃墟の暗がりから現れた白い服を着た女のひとが、両手を広げて、大男とチヒロの間に入り込んできた。

歩く巨大なぬいぐるみが、チヒロを抱き上げ、後ろにかばった。

大男は、わずかの間――そうほんの一呼吸の間、たたらを踏んだ。

そこを、背中から、大きな前足で、ソウタは殴るように押し倒した。

地面に押さえつけ――そしてソウタは、ため息をひとつつくと、前足に力をこめ、その大男の命を奪った。

臨は、胸元に抱きついている羽つき猫を抱きしめたまま、ひまわりとテディをふり返った。

ひまわりは、テディの腕の中の小さな女の子のようすを見ているところだった。

「……大丈夫なんですか、その子。ひどいけが、してるんですか?」

臨もまた、少女を見た。顔が蒼白で、意識を失っているようすに、臨は自分も青ざめ、それからそっと少女の手を握った。

手は冷たかった。けれど、くまの腕の中で、少女は薄く目を開き、微笑んで、早口でなにかつぶやいた。天使がどうとかいったような気がした。

臨はやはり、この子を夢で見たことがあるような気がした。そのときも、この灰色の髪の幼い少女は、天使の話をしていたような気がするのだ。

おさげの少女の、弱々しい、でも幸せそうな笑顔を見た時、臨は直感した。

（大丈夫、この子は死なない……）

たとえどんなに具合が悪そうに見えても、死なないだろうと、なぜかわかった。

サーベルタイガーに変身していた少年が、人間の姿に身を変えるのが見えた。

すっぱだかになった少年はぼろぼろになった毛糸の服を拾い上げ、なんとか体に巻き付けて、走ってきた。

「妹は大丈夫なのか？」

と、いうようなことを、泣きそうな目で臨に訊いた。変身は疲れることだったのか、息が荒かった。からだのあちこちにあるひどい傷も痛むのだろう。

ひまわりは、難しそうな顔をしたあと、笑顔になった。『とにかく、病院に帰りましょう』といった。チヒロの体を抱き、左足をひきずるようにしながらも、急ぎ足で歩き始めた。ほっそりとした見た目にはそぐわない、力強いようすで、廃墟の道をまっすぐに歩いてゆく。丘の上の明るい建物を目指して。

「ビョウインってなんだい？」

毛糸を身にまとった少年が、早口にそう訊いて、首をかしげる。

それを聞いていたしゃべる猫が得意げに、

「病気ノヒトヤ、ケガシタヒトガイクトコロ」

と、解説すると、少年は生き返ったような笑顔になって、臨やひまわりに明るい声でいった。

「聞いたことがある。そこには『お医者様』や『看護師さん』がいて、人を助けてくれるんだよな。妹も、そこで助かるんだな」

そのときの少年の、にっこりと笑った笑顔は、血と泥で汚れていても、どこか真っ白な、汚れのない笑顔だと臨は思った。

（お日様みたいに笑うんだなあ）


ソウタは、匂いで、この自分たちを窮状《きゅうじょう》から救ってくれた少年たちが、あやしいものではないということを理解した。白い服を着た女のひとは、人間ではない匂いがするけれど、「いいひと」だと確信した。チヒロを抱いて明かりがついている丘の上の建物（つまりあれが、ビョウイン、なのだろう）に一心に向かっているあのようすを見れば、ひきしまった表情を見れば、ソウタにはもう優しいすてきなお姉さんにしか見えなかった。

たとえ良すぎる耳が、「お姉さん」の体内で動く歯車や、「もーたー」のたてる音をとらえていても。鋭い鼻が、見た目の通りのひとの肌と血潮の匂いではなく、鉄と「おいる」の匂いをかぎとっていても。

（そうか。あのお姉さんは、からくりの人形、「ろぼっと」、なんだなあ）

ソウタは旅の途中で、何度かそういう存在に出会ったことがあるのを思い出していた。でも、この「お姉さん」のように、とても人間らしい「ろぼっと」にはまだ会ったことがなかった。

（じいちゃんは会ったことがあるっていってたな。友達になったこともあるって）

よくできた「ろぼっと」は人間と同じ。ひとを思う、あたたかな心を持っていて、とても優しいものなのだ、と、老人はいっていた。

ひまわりの後を、ちょこちょこついてゆく、大きなくまのぬいぐるみの形の「ろぼっと」も、ソウタには優しいくまに見えた。くまは腕の中に、チヒロの人形をそっと抱いて歩いていた。

そしてソウタは、自分の少し前を、羽つき猫を肩に乗せ、歩いている少年の方を見る。

（なんていうのか、妙な話し方をする奴だよなあ）

ソウタの耳には、少年の話し方は、おそろしくゆっくりに思えた。声も低いし、それから、ソウタにはうまく説明できないところが、なんだかこの少年はあちこち「違う」。ひっかかる。

でも、優しい声だとソウタは思う。この少年の声は、春先の、耳元をかすめる柔らかな風の音に似ている。

(ていうか、なんでこいつ、俺の正体を見ても、怖がらないんだろう?)

かつて住んでいた村では、ソウタが怪力を見せるだけで、おびえられていた。途中まで変身したところを見ただけで、みんな怖がり、不気味だとののしり、石をぶつけてきたものだ。それがこの少年は、逃げるでもなく、それどころか、ソウタを助けようとしてくれた。恐ろしい化け物を相手に闘ってくれた。

(それになんだか、こいつ、どこかで会ったことがあるような……)

どこで、どんなふうに会ったかが思い出せないけれど。懐かしかった。そばにいると、ほっとした。まるで、昔から知っていた友達のように……。

(「友達」……)

ふと自分の心に浮かんだ単語に、ソウタはひとりで顔を赤らめ、首をふった。

いままでひとと出会うごとに、何度その甘ったるい優しい言葉を思い浮かべて、そのたびに何度、どうせ自分なんか、と、思ってきただろう、と思うと、悲しくて笑えたから。

けれどソウタは、少年の後ろ姿を見つめ、息を詰めて、一言だけたずねた。

「俺のこと、不気味じゃないのか?」

少年はふり返り、一呼吸する時間、何かを考えるようなようすを見せてから、ゆっくり、「どうして？」と、たずね返してきた。

「だって、俺……獣に、なっちまったし」

「ああ」と、少年は明るい笑顔でいった。

「そのことを、きみに聞こうと思ってたんだ。ねえ、いまの時代の人間は、みんな変身したりするの？」

「へ？」

「虎になったり狼になったり、みんな、いざとなると変身するのかな、と、思って。しかし、あの変身の原理はなんなんだろう？　一種の先祖返り？

だとしたら、人間の遺伝子の中に、元々動物に変身するためのものがあったということになるのかなあ？　それにしてもなんだって、サーベルタイガーなんてものに変身できるんだろう？　なんだかあんまりすごすぎないかな？」

少年は、不思議な言葉を話した。ソウタには全然わからないことを、さらに考え込む。

「……ひょっとしたら、世界の伝説にある狼男の話や、狐《きつね》や狸《たぬき》が人間に化けるという話は、実際に動物の姿に変身する能力を持つ人々がかつて世界のどこかには存在していたという、その事実を伝えるものだったりして。天変地異《てんぺんちい》と戦災で、地上の環境が激変したいま、人間の中に眠っていた変身の能力が、目覚めたと考えるのは、無理があるだろうか。……うう、無理な推測か。やはりちょっと、いくらなんでも小説や映画じみてるか」

「ええと、あの……」

少年は、にっこりと笑った。

「すごいなあ、と思ったんだ。なんていうか、変身できるって、かっこいいよね」

少年の最後の言葉は、ソウタにも理解することができた。

だからソウタは、少年に駆けより、血と泥で汚れた手で、少年の、同じく汚れた手を取っていった。

「あのな、あのな、おまえもかっこよかったぞ。たすけてくれて、ありがとな」

少年は、照れたように笑った。ソウタの手を握り返しながら。

「助けられたのは、ぼくの方だよ。ありがとう。——それと、今夜、ぼくに会ってくれてありがとう」

「え？」

「きみと話ができて嬉しいんだ。きみはこの時代で出会った、ぼくの初めての友達なんだ」

ソウタは何度もうなずきながら、少年の手を握りしめた。壊さないようにそっと握りしめた。

　少年の黒い瞳は、風野老人に似ていた。世界中の不思議を知っていて、未知の世界へとさらに足を踏み出そうとするひとの、叡智《えいち》と勇気にあふれた瞳だった。

（これが、友達――）

　ソウタは、紅潮《こうちょう》した頬で、泣きたいような思いで、少年の瞳を見つめる。

（俺の、俺の初めての……）

　この少年のためなら、自分は命をかけて戦おう。何度だって誰とだって戦おう、と、ソウタは思った。心に誓った。

　少年は、低い、柔らかな声でいった。

「ぼくの名前は、臨。神崎臨。きみは？」

「俺は、ソウタ。ソウタだ」

「よろしく、ソウタ」

　友達が目の前で笑っている。ソウタは夢のようだと思った。

　だから横から、猫が甲高い声で、

「臨ハ、アタシノナノ。アタシガ、臨ノイチバンノ友達ナノ」

　と、騒いでいても、気にならなかった。

病院の建物は、明るく光に満ちていた。ソウタは看板の読めない漢字を見た。ソウタには四角い記号にしか見えないその字の連《つら》なりは、「光野原市民病院」と書いてあった。

ソウタがびっくりしたことには、四角い大きなガラスの板が扉になっていた（割れていない、ここまで大きなガラスも、ソウタには珍しかった）。

ひまわりがガラスの扉の前で、立ち止まった。病院の建物に向かって、叫んだ。

『扉を開けて。急患《きゆうかん》と、その付き添いの方よ』

ソウタは建物の中に誰かいるのかと思ったけれど、誰もいないようだった。

と、ひまわりが困ったように臨をふり返った。目がちらちらと猫の方を見る。

口元に手を当て、臨にそっと、話しかけた。

『病院は「ペット禁止」なんです。どうしよう。きっと、病院のコンピュータが、猫さんはダメって中に入れてくれません。おわかりでしょうけれど、彼は規則にはとことん厳格《げんかく》で、まじめな性格なんです。鉄筋コンクリート造りなだけに、ちょっとその四角四面《しかくしめん》というか、頭がかたいというか……』

羽つきの猫は、臨の肩にまたがり、ひし、と首にしがみついて離れようとしなかった。

臨はちょっと考え、そして明るくいった。

「ひまわりさん。この猫は、動物介在《かいざい》療法《りょうほう》の猫なんです。冷凍睡眠から目覚めたばかりの、精神的に不安定なぼくには、動物の与えてくれるぬくもりが必要です。動物介在療法、看護師さんなら、もちろんご存じですよね？　お年寄りの集まるホームなんかでも、動物がいるとみんな元気になって寿命が延びるっていう、あれです。アニマル・セラピー。動物は、ひとを癒す、偉大な力を持っているんです。いまのぼくには、この猫の力が必要なんです」

それから臨は、自分の後ろにいる「山羊」のタロウの無言の視線に気づいたようにふり返って、「この山羊もです」と付け加えた。

もちろんソウタには、臨がいっている言葉の意味が、さっぱりわからなかった。けれど、ひまわりは、うんうんとうなずき、元気よくいった。病院を見上げて、

『この猫さんはね、動物介在療法に使う猫さんなのよ。猫さんがいるだけで、臨くんの精神状態は落ち着くし、血圧も安定するの。臨くんはまだお年寄りじゃないけれど、寿命も延びる勢いで元気になるの。だから、猫さんだって、病院に入っていいんだわ。もちろん、山羊さんだっていいんだわ』

ガラスの扉が、静かな音を立てて開いた。開けるひともなく開いたので、ソウタは一瞬後ろにとびすさったが、ソウタ以外のひとびとは（腹が立つことには猫さえも）平然としていたので、彼はきょろきょろしながら、その場に何とか踏みとどま

った。

ひまわりはチヒロを抱き直し、中に入った。臨やテディ、山羊とソウタもあとに続いた。

（これで、だいじょうぶだ）

臨はそのとき、そう思った。

この病院に残された科学の力が少女を救うだろう。

が。臨たちよりも、一呼吸早く、病院の中に駆け込んだ黒い影があった。

全身から血を流し、ちぎれた皮膚をぼろぞうきんのように身にまとった、〈徘徊するもの〉だった。片方の足の関節はぼろぼろになり、皮膚の裂け目から、関節を構成する、金属とプラスチックからなる球体が見えていた。コードやチューブが血にまみれてぞろりとたれさがる。

丸い眼鏡の奥のどろりとした目が、じっと臨たちを見つめた。

ひまわりがチヒロを抱きしめる。テディが大変だというように、そのそばに立つ。

「ちくしょう、まだ生きてやがったか」

ソウタがくやしげにかちりと犬歯を鳴らす。

臨は自分の顔から血の気がひくのを感じた。さっき廃墟で戦った三人の怪しい大男たち。そのうちのひとりがまだ生きていたというのだろうか。

（なんてしぶとい奴らなんだ）

映画の悪役なみというより、むしろそのものだ。

ソウタはふうと息を吐いた。変身しようとしたのだと、臨は思った。けれど、ソウタは額のあたりに手を当てて、その場にうずくまってしまった。

臨は、「大丈夫？」と、声をかけながら、どこかで納得していた。ひとから獣に骨格を変えるなんて、体力と精神力がいることにちがいない。

（きっと変身は、続けてそう何度もできることではないんだ）

そして、夜の廃墟ではあんなに力強く、たくましく見えた大きな山羊のような獣が、明るい光の下で見ると、実は年老いて疲れ切っていることに、臨は気づいた。怪物に向かって、頭を下げ、長い角を向けながらも、山羊の傷ついた細い脚は、ぶるぶると震えていた。

臨の肩にいる電撃を放つ猫も、しょんぼりとひげをたれているところを見ると、こちらも、何度もさっきのような電撃を放つことができるわけではないらしい。

臨の頭は、そういえば、と、間の抜けたことを考えた。

（水族館で展示されているデンキウナギだって、電気を放つのは日に数回と決めら

れているって、図鑑に書いてあったじゃないか)

そして、臨は唇をかんだ。これはどうやら大変な状況だ。大変すぎて、かえって冷静になる自分を感じた。

臨はソウタを見、ひまわりの腕の中の女の子を見つめた。このままでは——あの殺意みなぎる怪物の思いのままにさせていれば、自分だけじゃない、ソウタが、女の子が殺される。

(ぼくの未来世界での初めての友達が……)

(そして、あんな小さな女の子が)

臨は、さっき手に取った少女の小さな細い手を思い出した。骨ばかりのように思える手と、そして手首。汚れた頬。細く華奢《きゃしゃ》すぎる体。

臨がつい最近の出来事のようにおぼえている過去の世界では、あんな女の子はいなかった。あれくらいの年齢の女の子は、臨のいた世界ではいつも元気に笑っていて、たまには生意気なこともいって、でも、親やまわりの人々に大切に愛されているものだと臨は思う。

まちがってもあんなに、細い手首なんかしていてはいけないのだ。赤いほっぺで笑ったり、わけもなくスキップしたりする年頃のはずなのだ。

(この世界が、大変な世界だってのは、うすうすわかってきたけどさ)

あんな小さな女の子が、きっといままで何かに耐えて生きてきたのだろう女の子が、痛い思いをして恐怖に震えたあげく、あんな化け物のような奴らに殺されてしまうなんて、そんなことがあっていいはずがない。

いくら、この世界が、「平和」だった昔とはちがう、すさんだ世界だとしても。

（そんなこと、許せるもんか）

（ぼくが、何とかする）

（きっと、何とかしてみせる）

臨は、怪物をにらみ、同時に、何か武器になるものはないか、目でさがした。

あるものを見つけ、飛びついた。

埃《ほこり》まみれの廊下においてある、大きな、金属製の赤い物体。

臨が知っているものとはどこか形が違っていたけれど、白い字で書いてあった言葉は「消火器」。

使い方がそれを入れている透明な箱に日本語と英語で書いてあるのも、埃越しに見て取れた。

（たのむから、使えてくれ）

臨は透明な箱を、ふりあげた両手の拳《こぶし》を叩きつけて割った。中にある赤く重い箱に手をかけ、ひきずるようにしてひっぱり出した。

同時に、使い方を目の端で読む。読みながら、操作した。重い。大きさと重さに振り回されそうだ。

過去の時代に、学校で消火器の使い方を教わったことがあった。避難訓練で、学年の代表のひとりとして扱わせてもらったのだ。

記憶の中で、消火器には耐用年数《たいよう》があったはずだと思う。このいつからここにあったのだかわからない消火器が使えるはずがないとも思う。

（使えたら、きっと奇跡だ）

数瞬の間にそれだけのことを臨は思い、奇跡が起きることを祈った。

消火器は、怪物の顔めがけて、白い泡を放った。

臨がおぼえている昔の消火器よりも、恐ろしい速度と勢いで、泡を放った。空気をさくような鋭い音をたてて、泡はほとばしる。

まるで銀色の炎のようだった。反動で真後ろに向かってとばされそうになり、臨は消火器を抱え込むようにして、なんとかその場に踏みとどまった。

呆然《ぼうぜん》としているひまわりやソウタの目の前を、消火器の白い泡に吹き飛ばされた怪物が、後ろへと下がってゆく。ガラスの自動ドアに向かって。怪物は、なんとかして泡から逃れようとしたけれど、顔に張り付く泡はきりがなく、そして目が見えないのに加えて濡れた足元はすべるので、自分ではどうしようもないままに、後ろへと押されてしまうようだった。

怪物は、下がる。ガラスの扉がその背後で開いた。よりかかるものもなく後ろへと倒れ込む怪物の前で、扉が閉まろうとする。病院のコンピュータが閉めようとする。怪物を、外に追い出そうとして。

(あと少し)

臨は思った。あのガラスの厚さからして、そしてこの病院のコンピュータの律儀《りちぎ》さからして、きっといま、扉の外に押し出しさえすれば、怪物はこの病院の中に二度と入れないだろう、と。

が、怪物が完全に外に閉め出されてしまう前に、消火器の泡がつきた。

怪物は閉まりつつあるガラスの扉に手をかけ、再び建物の中に入ってこようとした。

臨はそれに駆けよった。怪物の血と泡にまみれた、無表情な顔を見つめ、睨《にら》みすえ、からになった消火器を、その両目のあいだめがけて投げつけた。

ひい、と、笛のような声を一声出して、怪物は後ろへ倒れていった。長い両腕を振りながら、闇の中へと。

ガラスの扉がそのすきに、しっかりと閉まった。そして、上から分厚く頑丈《がんじょう》そうな金属製のシャッターが、どん、と、地響きとともに降りてきて、完全に、怪物を外へと閉め出したのだった。

それから、十日ほどの日にちが過ぎた。チヒロの傷はなかなかに深く、そして、病院には看護師ロボットはいても、医師はいなかった。

ひまわりは臨に、チヒロを眠らせることを提案した。自分にも、病院のコンピュータにも、このけがは治せない。でも、いつか医師がこの病院にもどってきたら、きっと治してくれる、その日まで、眠り姫のように眠らせておこう、と。

かつての、臨のように。

その話を聞いたソウタは、涙を流した。麻酔で眠っているチヒロの手を取って、うなずいた。

臨を眠らせ、守ってきた技術が、時を超えてうけつがれてきた知識がチヒロを守るだろうとひまわりはいった。その言葉に臨はどこか救われるものを感じながら、眠るチヒロを見守ったのだった。「入れ物」に入る前、深い眠りについたチヒロは何の夢をみているのか、口元に静かなほほえみを浮かべていた。

かすかに覚えている幻の中で、臨はチヒロに自分が天使だと呼びかけられたことを思いだした。

(あれがほんとうならば……ほんとうの記憶ならば)

なぜそんなことをいったのか尋ねてみたいな、と思った。いつか――いつかこの子の目が覚めたときに。

それからしばらくのあいだ、臨だけでなくソウタも、患者として入院することになった。傷の手あてのためと、それと、これは臨もなのだけれど、伝染病にかかっていたのだ。気づかぬうちにあの〈徘徊するもの〉がまき散らしていた病原菌にとりつかれていたのだけれど、そちらの方は、コンピュータとひまわりの連携《れんけい》プレイで、簡単に治療してもらえたばかりか、また病気になったときのためにとワクチンまでも用意してもらえたのだった。


ひまわりは、得意そうにいった。

『計算するとか、開発するとか、医薬品を製造するとか、そういうことなら、うちのコンピュータは、お手の物なんですからね』

ワクチンの瓶には針がついている。口元を折って皮膚に押しあてれば、それでもう体内にワクチンが入るのだという。

臨は手渡された真新しいワクチンの瓶を見ながら、ふとつぶやいた。

「あの不気味な大男たちが、もし地上に病気をばらまきながら歩いている存在だとすれば、いまの世界には、このワクチンをほしいひともいっぱいいるはずですよね。これがあれば、助かるひとたちが、地上にはたくさんいるのかもしれない……」

臨は、瓶をそっと握りしめた。そして、顔を上げて、いった。

「ひまわりさん、ワクチンをたくさん作っていただけますか？　そしたらぼくは、このワクチンを持って、誰かを助けにいきます」

臨は、心の中に、新しい火が燃えているのに気づいていた。

この世界で、自分がどんなことができるかはわからない。何をどこまでやれるかは、わからない。でも、自分がワクチンを持って旅することで、地平の彼方にいるだろう、だれか知らないひとたちを助けることができるのなら、それで臨は幸せになれるような気がした。

『ワクチンを？』と、ひまわりはまばたきをした。そして、困ったように、言葉を続けた。

『でもあのね……臨くん。このワクチンは、入院患者である臨くんや、ソウタくんのために作ったけれど、それ以外の分を大量に作ることは、病院の決まりからいってできないと思うんです。――そうですね。少しくらいなら、なんとかなるのかもしれないけれど……でも規則違反になるから、今回だけの特例で許可って感じになるかもしれないです。目の前に、この病院に患者様がきてくれさえすれば、どんな治療でもしてあげられるんですけれど。

――ああ、もちろんあとで治療費やお薬代はいただきますけどね』

ソウタが、苦い顔をした。いまの時代のお金を、病院のコンピュータがソウタから話を聞きながら換算《かんさん》し請求した治療費の額《がく》が、ソウタにはなかなか手痛い失費《しっぴ》だったらしかった。

臨は、顔を上げて、ソウタに聞いた。

「ねえ、ここに病院があって、病気やけがの治療を受けられるってことは、いまの時代ではあまり知られてないの？」

「あまりも何も、俺は知らなかったぜ。物知りだったじいちゃんも、この病院の話はしてなかったから、たぶん知らなかったんだと思う。――世界には、よくわかってない場所が多いからな」

「どうして？」

「どうしてもなにも……。人間はふつう、みんな自分が住んでいる街や村からはなるべく外に出ないで、暮らしているからさ。集落の間には、砂漠やら荒野やらがあって、獣や、あの〈徘徊するもの〉みたいな変なのがうろついてるからな。だから、よっぽどの変人か、勇気ある奴か、訳ありの人間じゃなけりゃ、よその街に行ってみようとはしないんだよ。そういうわけで、みんな外の世界には、積極的には関わろうとしないんだ。ていうか、みんな生きてくことに必死で、知らない世界に好奇心を持ってるひまも、余裕もないしな。だから知らないことは知らないままで終わってしまうんだ」

「でも……ここにたどりつけさえすれば、助かる病気もけがもあるだろうに」

中世のヨーロッパみたいなものなのかもしれない、と、臨は思った。集落と集落は、森と荒野に断絶《だんぜつ》されていて、ひとびとは一生を、その集落の中で送った時代。旅するものたちは特殊な存在としてあつかわれた時代。

いまは、再び、そういう時代なのだ。全世界がそうなのか、かつて日本という国であったこの地域、あるいはその中の一部だけがいまの状態になっているのかは臨にはまだわからないけれど。

臨は考え込み、そして、いった。

「わかった。ぼくはじゃあ、ここに病院があるということを広めるための旅に出ます。そして、病人やけが人を、ここに連れてきます。世界中のひとたちに、ここに来れば助かるって、広めてきます」

ええええ、と、ソウタと猫と、ロボットたちは声を上げた。声にはならずとも、病院のコンピュータも、そしてひょっとしたら「山羊」も、驚いたのにちがいなかった。

『でもあの』と、ひまわりがあわてたように、身をのりだした。

『あの不気味な怪物だって、外にはうろついているんですよ。危険だわ、臨くん』

病院のシャッターに追い出された怪物は、それきり姿を消していた。どこかで手《て》負《お》いの獣のように、臨たちを待ち伏せしていないともかぎらない。

けれど、臨は、晴れ晴れとした表情で、顔を上げた。

「いいえ、ぼくは行きます。自分がしたいことを見つけたんです。そしていま、ぼくには、自由と、たくさんの時間があるんです」

今日も臨の肩の上にいた羽つき猫のアルファが、あたたかいざらりとした舌で、臨の顔をなめた。

「ダイジョウブヨ。アタシガイツモソバニイル。ズットソバニイル。オリコウサンデカワイイアタシガ、りんヲ、タスケテアゲルカラ」

「ありがとう」と、臨はそっと、猫の頭をなでた。猫は幸せそうに目を細めた。

そばで、ソウタがふっと笑った。

「わかった。俺もいっしょにいくよ」

「え？」

「おまえ、頭はいいし、勇気はあるけれど、あんまりこの世界のことをわかっていないみたいだしさ。俺が道案内してやるよ。旅の途中で悪い奴がでたら、ぶっ飛ばして、おまえを守ってやる」

「でも……危険な旅になるかもしれないし」

「つれないこというなよ。俺たち、その……友達だろう?」

ソウタは照れたように、小さな声でいった。

臨は微笑んだ。

「そうだね。友達だね。じゃあ、冒険の旅にさそってもいいのかな?」

ソウタはうなずき、へへ、と、鼻の下をこすった。

「それに俺には、俺の旅の目標もあるんだ。まず、『旅の記者』として、いろんな街や村に、他の集落から預かった手紙の束を持っていかなきゃならない。新しい地図も渡さなきゃならない。それと——俺は医者を捜したい。ちょうど東に向かおうとしてたところだしな」

「医者を捜す?」

「ああ。ひまわりさんの話だと、昔、東の果てをめざして、お医者さんたちが旅していったっていうじゃないか? 俺は、それっきり帰ってこないっていう、そのお医者さんたちを捜したいんだ。……いやもう、もちろんそれは昔の話で、そのひとたちがもういないとしても、何かそのお医者さんたちのあとを継ぐ技術を持つひとたちが、世界のどこかにいるんじゃねえかと思うんだ」

ソウタは、眠りについているチヒロを思うように目を伏せ、そして誓うようにいった。

「医者を見つけたい。チヒロのからだを治して、目覚めさせてほしいんだ」

臨はうなずいた。

「そうだね。お医者さんを見つけよう。いっしょにいこう」

ふたりは見つめあい、そして、互いの手を取り合って、強く握りしめた。

そして季節は、春になった。

その頃には、臨の体は完全に回復し、昔通りに行動できるようになっていた。

廃墟の街に、白や黄色のたんぽぽの花が咲くころに、少年たちは旅立った。「山羊」のひく車に、ワクチンや薬を積み、食料や衣類や、旅に必要ないろんな道具を積んで、はるかな東へと旅立っていった。

病院の中庭には、一本の桜の木があった。かつて、「新しいルネサンスの時代」と呼ばれた輝かしい時代に、病院が改装された記念にとそこに植えられた時は、可《か》憐《れん》な小さな苗《なえ》だった桜は、再び世界が崩壊したあとに、手入れされないままに放置され、たまに細々と咲きながら、樹齢《じゅれい》数百年を経た大木になっていた。荒廃した地上の様子を悲しむように、長く咲いていなかったその桜の木は、今年、本当に久しぶりで、満開の花を咲かせた。

花びらが光のかけらのように、さらさらと流れ落ちる。青い空へと風に吹かれてゆく。

『まるで、子どもたちに祝福を与えている桜の言葉みたいね』

看護師ロボットのひまわりは、桜色の唇に微笑みを浮かべて、つぶやいた。

桜の下で、ひまわりは、テディといっしょに、少年たちの後ろ姿が遠ざかるのを見ていた。

その場所は、小高い丘になっていて、遠ざかる少年たちが、いつまでも見えるのだった。

少年たちは、「山羊」のひく車と歩きながら、丘の上の病院をたまにふり返り、まだひまわりとテディがそこにいることがわかると、春の野原の道で大きく手を振ったり、飛び上がってみせたりするのだった。

そのたびにひまわりは、自分も手を振りかえしたり、見えないだろうとわかっていても、微笑み返したりするのだった。

少年たちの姿が遠ざかり、すっかり小さくなったころ、ひまわりは、桜の木のそばにあるベンチに、疲れたように座り込んだ。テディも、そっとそのそばに寄り添った。ふかふかした茶色い前足で、看護師ロボットの細い手を抱くようにした。

ひまわりは、テディに語りかけた。

『テディ、わたしにはたぶんよくわかっていないことなのだけれど、もしわたしが人間で、わたしに弟というものがいるとすれば、わたしがいまのあの子たちに対して感じているような感情を持つものなのかしら？』

しゃべるように造られていないくまは、黙ってうなずき、ひまわりの頭をそっとなでた。

ひまわりは、くまの大きな肩に寄りかかって、ため息をついた。

『わたしはロボットだけど、本当に、あの子たちのことを大好きだと思うの。いいえ、自分が工場で造られて、起動のためのスイッチが入れられたその日から出会った人間たちのことを、わたしはすべて愛しているわ。とくに、この病院で出会ったひとたちのことは——先生たちのことも、仲間の看護師や事務員さんも、お掃除のひとたちも売店のひとも、そして何より、患者様たちのことを、ひとりひとり、みんな愛してる。みんなおぼえてる。

みんな……もう、死んでしまったひとばかりなのだけれど、会えなくなったひとばかりなのだけれど、わたしは、忘れない。忘れられないの。ずっと記憶している』

ひまわりは目を閉じる。透明な涙を、すうっと流した。

『ねえ、テディ。ひとは死ぬと天国に行くというわ。患者様に訊かれたらそう答えなさいと教えられているから、わたしはいつも、死期が迫った患者様たちに、そう話していたの。なるべく笑顔で。手を握って。大丈夫ですよ、また会えますからって。そうしてみんな、心安らかに死んでいったのよ。

わたしもだからいつか、人間は死んでも魂《たましい》は死なないんだ、天国に行くんだ、と、信じていたの。だから、死はさびしいことなんかじゃないんだって。

でもね、テディ。ロボットは死んだら、どこに行くのかしら？　ロボットにも天国はあるの？　魂は、あるの？』

ひまわりは、そっと自分の脇腹を押さえた。そこからは、たまに黒いオイルがしみだし、流れ落ちる。

『昔、彗星《すいせい》が落ちた時、わたしは一度壊れたの。……いまでもね、体の奥の深いところが壊れたままよ。直してくれる病院の技師《ぎし》さんも、メンテナンスをしてくれる、ロボット製造会社のひとたちもいないんですもの。でも、臨くんが目覚めたあの日、わたしは立ち上がったわ。人工知能が無茶だって計算したけど立ち上がった。だって、わたしの他に、光野原市民病院に看護師はいなかったんですもの。わたしがあの子の担当の看護師だったんですもの』

ひまわりは、澄んだ目で、地平線を見つめた。春霞《はるがすみ》にけぶる地平線には、いまはもう、少年たちの姿はかすかなゆらめきのようにしか見えなかった。

『臨くんが目覚めるまで、わたしはずっと、考えていたわ。長い長い時間を。天井からゆっくりと降る埃《ほこり》に汚れながら。少しずつ壊れていきながら。床の上で。死んでしまったら――完全に壊れてしまったら、わたしの心はどうなるんだろうって。怖いなあ、死にたくないなって思ってた。まだ考えていたい。感じていたい。いろんなことを覚えていたいなって思ってた』

ひまわりは脇腹を押さえる。ひまわりの体の中には、無数の故障した箇所があり、ひびわれ、ひずんでいる場所があった。かろうじてもちこたえているいまのバランスが崩れたら、今度こそ動けなくなるのだと、ひまわりには理解できていた。

ひまわりは微笑んだ。そっと、臨が直してくれた腕の傷の跡をなでた。

『でも、わたしは……臨くんに、あの子に会えてよかった。看護師として、あの子の命を守れて、よかった』

ひまわりは、ふうっと深い深いため息をついた。目を伏せて、静かに笑った。

そして、かつて入院患者たちから、「病院の天使だ。アイドルだ」と、愛され好かれていた明るい笑顔と声で、テディの顔を見上げて、いった。

『だいじょうぶよ。佐藤ひまわりは、まだがんばれるわ。だって、いままた、入院患者様をひとり預かってしまったんですもの。かわいらしい、けなげなチヒロちゃんをね。そしてきっと臨くんたちが、病人やけが人を、たくさんこの病院に連れてきてくれるわ。そしたら当院にたったひとりの看護師ロボットのわたしが壊れちゃってるひまなんてないんですものね。

そう――いつか、病院が復活するその日まで、わたしはここでがんばらなきゃいけないんだわ。ね、テディ』

テディは、ひまわりの頭を抱き寄せた。優しいふかふかの前足で、ぽんぽん、と優しく肩をたたいた。

二人の上に、桜の花びらが散っていた。

臨は、春の廃墟を歩いた。

履きなれたスニーカーは、昔のままの履き心地で臨の足を包み、そのことが臨の心をふっと感傷的《かんしょうてき》にさせた。

遠い昔、同じスニーカーを履《は》いて、この病院のそばの道を、何度も歩いたことがあったからだった。

あのとき、懐かしい春には、道の両脇にはポプラが並び、少し離れた川沿いの道には柳が若葉を風になびかせていた。街はにぎわい、小学生たちが笑いふざけあいながら道を歩き、バス通りを車がゆきかっていた。川には澄んだ水が流れ、時に魚が水面に身を翻《ひるがえ》した。空は青かった。

いま、川は涸《か》れ、たぶん水が流れていたと思える場所には、川底の白い石ばかりが見えていた。

ひとのいない街はいまや、臨が知る古代の廃墟と同じに、ただの都市の亡骸《なきがら》、瓦《が》礫《れき》の山でしかない。

(変わらないのは——春の青空と)

臨は、そっと道ばたのたんぽぽに手をふれた。不思議とたんぽぽは、昔のままだった。

「たんぽぽか?」と、明るくソウタが聞いた。

「それはな、根っこを煎《せん》じて飲むと、香ばしくてうまいぞ。おれのじいちゃんは、たんぽぽコーヒーって呼んでた。葉っぱはおひたしにしてだな……」

つもうとしたのを、臨はそっと止めた。

「ごめん。いまは、このまま花を見ていたいんだ」

「ふうん」と、ソウタは鼻を鳴らし、それから、にっと笑った。

「そうだな。たんぽぽはあんまりうまいもんでもないしな」

臨とソウタは、たんぽぽの花が風にゆれるのを見つめた。

その花に羽音をさせて舞い降りた、蜜蜂《みつばち》とおぼしき大きさの蜂は、あざやかな赤い色をしていた。そうして、目は複眼《ふくがん》ではなかった。白目のような部分の中で、ぎょろりと黒目らしき緑色の部分が動いた。

（変わったものと、変わらないものがある）

臨は、思った。

（いろんなものが姿を変えて、いろんなものをぼくは失ったように思えたけれど、変わらないものもある。春には、いまもたんぽぽが咲くんだ）

そして、手に入れたものもある。

ひたすらに純粋な友達と、かわいくて賢い猫と。自由に生きてゆける人生の時間と。やりたいことと。

羽付きの猫は、蜜蜂もどきを見ると、猫の本能がうずくらしく、しっぽをひくひくとさせて、身構えた。とびつこうとしたので、臨はあわてて、

「毒の針をもってるかもよ。刺されるよ」

猫はなんとも渋《しぶ》い顔をして、それから「山羊」の背中に飛び乗ると、顔を洗い始めた。

臨は笑った。賢くても、気分を落ち着かせるためにする仕草は、昔の猫と同じらしかった。

「いこうか」と、少年たちは、どちらからともなく立ち上がった。

このまま東に行けば、やがて大きな街に突き当たるはずだと、ソウタは風野老人から聞いていたという。二人の最初の目的地は、その街だった。

「どんな街なのかなあ？」

臨が聞くと、ソウタは鼻歌を歌いながら、

「めったにないような豊かな街だって、じいちゃんはいってたな」

「豊かな街？」

「ああ、ひとがたくさん住んでる街だって。すごくにぎやかで、きれいな場所で、いつもお祭りしてるみたいだっていってたかな？」

臨は、楽しみだな、と思った。ひとのにぎわいは、やはり恋しい。

そして、この世界、遠い未来の「日本」や他の国々は、どんなふうに栄え、そこではどんなふうに人々が暮らしているのか、これからの旅でそれが見られるだろうことが、とても楽しみだった。

この世界は、どんな世界になっているのだろう？

人間はどんなふうに生活を成り立たせ、どんな街角で、あるいは森や荒野や廃墟で、何を夢見、暮らしているのだろう？

そのとき、春霞《はるがすみ》で揺らいで見える景色の中に、何かたくさんの数の獣たちが駆けているのが見えた。

白い波が、ゆらゆらと動いているように見える、あれは……。

遠くを走る獣たちの、その白い姿を見た臨は、自分の目を疑った。

(――ユニコーン?)

それはたぶん、かつて馬であった生き物が、進化したものだったのだろう。あるいは鹿や山羊が姿を変えたものかもしれない。

ひたいに輝く角を持つ、ほっそりと美しい獣たちは、二十頭ほどもいただろうか。しなやかに身を翻し、白銀の糸のようなたてがみと尾を日差しにきらめかせながら、春の荒野を駆け抜けた。軽やかな蹄の音を残して、幻のように、たんぽぽの咲く廃墟の街を駆け去っていった。

臨は、薄青い春の空を見上げながら、時の彼方に残してきた従兄弟の名を、心の中で呼んだ。――優、と。

(優。この世界には、ユニコーンがいるんだよ。きみなら、あのユニコーンの群れを見て、どんなに喜んだろうね。

――きみに、あのユニコーンを見せてあげたかったよ)

そこにいるはずもない従兄弟の姿が、臨には見えるような気がした。

たんぽぽの野原で、眼鏡をかけ直し、茶色いふわふわの髪を揺らして、ユニコーンの群れに驚喜《きようき》する従兄弟の姿が。

(『黄金旋律』か……)

結局は読むことのなかった本のタイトルを、臨は思い出す。

戦乱の続く荒れた大陸で、冒険の旅を続ける勇気ある少年少女の物語だと、遠い昔、少年だった従兄弟はいった。

読んでおけばよかったなと、臨は、苦笑した。今頃になって、惜しくなった。きっともうその本が手に入らないだろう時になって。

(優、リアルでぼくは、そういう生き方をすることになってしまったみたいだよ)

目の前にはるかに広がる、廃墟と荒野の地平線。たんぽぽの咲きほこる春の大地。これから未知の世界に旅してゆく自分と、その冒険ファンタジーの主人公たちは、きっと同じ気持ちだろう。もし、読んでいたら、その物語に励まされていたかもしれない。

立体映像の中で、いつか読んでほしい、きみの心の支えになるだろう、と、大人になった従兄弟がいっていたけれど。

臨は、瓦礫を踏みしめて、歩き出した。笑顔で。冒険者のように。

(結局は、強いのは優だったんだね)

ほんとうに強いのは、優の方だったのだ。

もっと前に気づけばよかった、なぜ昔にわからなかったのだと、そんなふうに思うのも、後悔するのも簡単なことだ、と、臨は思う。

（けれど、きっとそんなこと、優は望んでいないよね？）

優も、そして過去の時代に残してきた、優しい思い出の中の人々も。

臨は薄くにじんだ涙を、そっと拭《ふ》き取った。口元に笑みを浮かべて歩いた。

一歩歩くごとに、思い出から遠ざかるような気持ちになりながら。気を抜くとこみあげそうになる涙を、呑み込みながら。

（思い出は、遠ざかってしまった。ぼくの思い出の場所もひとも、世界からみんな消えてしまった……）

（いまはもうどこにもない。誰にも会えない。それは不可能だ。——でも）

ぼくは自分を不幸だとは思わない。

臨はそっと手を握りしめる。かすかな傷跡の残る、自分のてのひらを。

（ぼくは、だって、いま、生きている）

ここは廃墟でも、ぼくはまだ生きている。

思い出をなくしてしまったのなら、この世界で、また新しく作ればいい。

愛することができる場所を、大事にしたい人々とのつながりを、また新しく作り出せばいいのだと思った。

この廃墟で。いま歩き始めた大地で。

荒野だけが続くように見える世界で、どこかにある光を探せばいい。

春の野原を歩きながら、臨は遠い地平線を見る。

太陽の光を浴び、風に吹かれて輝く世界を。

（きっと見つかる。見つけてみせるさ）

そのために、臨は旅立つのだから。


風が吹き渡る。臨の髪を揺らして。

臨は空を見上げた。吹きすぎる風の音を聞きながら。

（ぼくはこれから、たくさんのひとと出会うだろう）

この荒野で。歩いてゆくには、きっと十分に果てしなく、広い世界で。

見渡す世界は本当に広い。途方もなく広く思えて、そのことが震えるほどに不安に思えた。

でもそれは、同時に、震えそうなほど幸福で、胸がはずむことのようにも思えた。

吹く風の音を聞くうちに、ふと思い出した。

（昔、廃墟の夢を見た）

（ひとりきり、そこに取り残される夢を）

（とても寂しい夢を）

あの日の夢と違って、空は柔らかく青い。夢の中で重く立ちこめていた灰色の雲はない。

空気は澄んでいて、吹く風は優しく、そして、臨はひとりではなかった。

（そうさ。ぼくはひとりじゃない）

臨は微笑み、顔を上げる。履きなれたスニーカーで、荒野をふみしめる。

瓦礫のかけらが散らばる中に、たんぽぽは白や黄色に、光のように咲き、歌うように、風に揺れていた。

あとがき

ＰＨＰ文芸文庫版『黄金旋律　旅立ちの荒野』は、角川書店から二〇〇八年に刊行された、同タイトルの本の原稿に加筆修正し、さらに完成度を上げたものとなります。物語を改めて読み直し、丁寧に文章に手を入れました。

角川版の物語を楽しんでくださった皆様にも、いまこの作品と出会ってくださった皆様にも、喜んでいただける作品になっているといいなあ、と思います。

またここであらかじめお断りしておきますが、この作品はこれから長く続いていく物語の第一話、あるいは序章の位置づけとなる作品です。この本一冊だけでも十分楽しんでいただけるように構成しているつもりですが、その前提の上で読んでいただけますと、物語をより楽しんでいただけるかと思います。

さて、今回この作品を文庫化するにあたって、ＰＨＰ研究所のＹさんからどうしましょう、と相談されたのは、物語を「いま」二〇一三年の物語として書き直しますか、ということでした。

文庫化されることによって、新しくこの物語と出会ってくださる読者の方々は多いでしょうし、今年生まれ直した作品として、「いま」の物語に書き換えるのも自然なことかと思います。——思うのですが、この物語は、二〇〇八年の空気の中で成立していますので、あくまでも二〇〇八年の少年のお話のままでの再出発とすることにしました。

年月の変化がわかりやすく現れているのは、たとえば主人公の臨は「富士通製の白い携帯電話」を使っています。この時代はまだ、日本にスマートフォンは定着していませんでした。いまの時代の少年の話として描いたとしたら、ここは iPhone 5にしていたでしょう。

またネット関係のあれこれについて描いたくだりで、臨は「掲示板」で先達にパソコンについて教えを請うた、と描きましたが、いまでしたらこの子は、掲示板やブログよりも Twitter でリアルタイムにやりとりをしているだろうなあ、と思います。

そして、同時に、もし臨が「いま」のこの時代にいるという設定にしていたとしたら——この子はここまで自らを追い詰めて孤独にならなかっただろうし、遠い世界に旅立つこともなかったように、わたしは思うのです。

この数年のネットの進化により、世界は体感的に狭くなりました。地球の裏側に住んでいる見知らぬ誰かの喜びや悲しみを、瞬時に知り、共感し、ワンクリックで

「拡散」することが出来る時代となりました。もしいまここに臨がいたら、臨の悲しみや苦しみを理解し、共有してくれる誰かと出会えたかも知れませんし、臨もまた世界中のいろんな人々の言葉や感情にふれる中で、違った発見をし成長してゆく可能性があったかも知れません。

臨がもし、「いま」の子どもなら。臨の両親が「いま」を生きていたら。たとえば、あの震災を経たあとも、それぞれの不幸を抱えたまま暮らしていられたかどうかわからないと思います。

それにしても、今回、原稿に手を入れながら、つくづく思いました。この数年間の、日本のそして世界に起きた出来事や変化のなんと多かったことだろうと。そしてこの数年間にどれほどたくさんの人々がリアルでは遠い地に住む国々の人々と情報を共有し、喜怒哀楽を共にしただろうと思うのです。知らない街の人々の幸福を喜び、不幸を悲しみ、平和を祈っただろうと思うのです。

特にあの震災の時に、世界中でどれほどたくさんの人々が日本のために涙を流し、救いの手をさしのべようとしてくれただろう、とその優しさを感謝と共にいまも思います。

自分たちがこの地球の人類のひとりであることを、大きな共同体の中に属して暮らしているのだということを、改めて感じることの多かったここ数年でした。

また日常のはかなさ、生命がたやすく絶たれてしまうこと、そのことを今更のように目の前につきつけられた数年間でもありました。

それにしても、この作品の元の原稿を書いた当時は、自分で地上に起きる種々の悲惨な出来事を描きつつも、「まあこんなことになることはないだろうなあ」とか思っていたのですが。地球が荒野になってしまうような未来というのも実際にやってくる可能性って意外とあるものだったのだなあと、いまのわたしは思っています。

同時に――この『黄金旋律』は、人類の意志と理想、未来に託す想いが子どもたちを守り、地球を救っていくという物語なのですが、自分が思っていたよりも、リアリティがある設定だったたと気づきました。

人間は優しいのです。人類はきっと、この先どんな不幸が世界を襲っても、遠い未来まで自らの文明を維持していくことが出来るだろうと思います。

この青い地球の上で、互いに支え合い、手を取り合って。

さてさて、『黄金旋律』二巻以降の物語ですが、簡単に予告しておきますと、臨とともに物語を語ってゆく登場人物たちが、このあと本格的に登場してきます。

とりあえず第二巻『赤い魔女』（仮）では、あの草原に立っていた少女、赤い髪のハルシャの目から見た世界が語られます。この物語のもうひとりの主人公ともいえる、重要な役割と使命を持つ彼女は臨と再会することが出来るでしょう。

そしてまた、この先、巻数が進むにつれ、風野老人がソウタに語った、不思議な噂話の中に登場してきた王国や、謎めいた人々が、臨と出会い、関わっていくこととなります。

そして、臨にとっては架空の物語である『黄金旋律』にでてくる理想郷が、この世界ではなぜか、実在の場所、どこかにある実在の楽園として語られていることに、あるとき臨は気づきます。はたしてそれはなぜなのか。

また楽園の噂には常に、金属製のドラゴンを操る謎の青年の陰がまつわりついてきます。彼は一体何者で、その正体は何なのか。

現代日本で育ったひとりの中学生が、荒廃し荒《すさ》んだ世界で、知恵と理想と優しさだけを武器に生きていく物語。友人たちと出会い、やがては世界を変えてゆこうとする物語。

最終話、世界の謎がとけるその時の臨と仲間たちを描く日がいまから楽しみです。——ずいぶん先の未来のことになるやも知れませんけれど。どうかみなさまその日までおつきあいくださいませ。

最後になりましたが、角川書店版『黄金旋律』上梓の際にお世話になりました、角川書店のSさん、物語の誕生に立ち会ってくださってありがとうございました。原稿に手を入れるにあたって、優しく繊細なアドバイスをくださったＰＨＰ研究所文芸書籍課のYさん、ありがとうございました。美しくドラマチックな絵をくださった、画家の片山若子さん、品の良い装丁の柳本あかねさん、今後とも臨たちの旅によろしくおつきあいくださいませ。角川版と今回と、二回ともお世話になりました、校正と校閲の鷗来堂《おうらいどう》さん、ありがとうございました。再校を細かく見てくださった光森優子さん、感謝です。そして物語を書くにあたって、科学的な考証や機械、インターネット関係の設定を考えるとき、相談に乗ってくれた、たかやんさん、Marlin さんをはじめとする友人の皆様に我が弟。応援してくださっている、読者の皆様、司書や書店員の皆様。

おかげさまで『黄金旋律』、ここに再出発となりました。ありがとうございました。

二〇一三年　三月　桜の花が咲き始めた頃に

村山早紀

本書は、二〇〇八年十二月に角川書店より刊行された作品を
大幅に加筆・修正して文庫化したものです。

著者紹介

村山早紀（むらやま　さき）

1963年長崎県生まれ。『ちいさいえりちゃん』で毎日童話新人賞最優秀賞、第4回椋鳩十児童文学賞を受賞。『シェーラひめのぼうけん』シリーズ、『アカネヒメ物語』シリーズ、『コンビニたそがれ堂』シリーズ、『カフェかもめ亭』、『はるかな空の東』シリーズ、『花咲家の人々』、『竜宮ホテル』など、多数の著書がある。

ホームページ　http://kazahaya.milkcafe.to/

Twitter @nekoko24

ＰＨＰ文芸文庫　黄金旋律

旅立ちの荒野

2013年5月31日　第1版第1刷

2023年7月27日　第1版第3刷

著　者	村山早紀
発行者	永田貴之
発行所	株式会社ＰＨＰ研究所
東京本部	〒135-8137 江東区豊洲5-6-52 文化事業部　☎03-3520-9620（編集） 普及部　☎03-3520-9630（販売）
京都本部	〒601-8411 京都市南区西九条北ノ内町11
PHP INTERFACE	https://www.php.co.jp/
組　版	朝日メディアインターナショナル株式会社
印刷所 製本所	大日本印刷株式会社

ISBN978-4-569-67990-7

PHP文芸文庫

魔神航路

肩乗りテューポーンと英雄船

仁木英之 著

いきなりギリシャ神話の世界にタイムスリップし、神々と融合した若者たち。彼らが目指すべき場所とは。ユーモアと感動の長編冒険小説。

PHP文芸文庫

脇役スタンド・バイ・ミー

沢村 凜 著

あなたの周りで不思議な事件が起こった時、見て見ぬふりをしますか？　全ての謎が解決して浮かび上がる事実が胸を打つ連作ミステリー。